책꽂이
투쟁기

책꽂이 투쟁기

초판 1쇄 인쇄 2019년 9월 10일
초판 1쇄 발행 2019년 9월 20일

지은이 김홍식
펴낸이 김연희
주 간 박세경

펴 낸 곳 그림씨
출판등록 2016년 10월 25일(제2016-000336호)
주   소 서울시 마포구 월드컵북로 400 문화콘텐츠센터 5층 23호
전   화 (02) 3153-1344
팩   스 (02) 3153-2903
이 메 일 grimmsi@hanmail.net

ISBN979-11-89231-21-7 03800

이 도서의 국립중앙도서관 출판예정도서목록(CIP)은 서지정보유통지원시스템
홈페이지(http://seoji.nl.go.kr)와 국가자료공동목록시스템(http://www.nl.go.kr/kolisnet)에서
이용하실 수 있습니다.(CIP제어번호: CIP2019027419)

책꽂이 투쟁기

김흥식 지음

그림씨

프롤로그:
책꽂이 속으로

책을 본격적으로 벗 삼은 것이 몇 살 때부터인지 정확히 기억나지는 않는다. 내가 세상을 살아가고 있구나, 느낄 무렵 이미 집에는 온갖 책들이 꽂혀 있었다.

"지금 집에 꽂혀 있는 책은 내가 읽은 책 가운데 극히 적은 숫자다."
이제는 돌아가신 아버님께서 늘 하시던 말씀이다.

"내가 살아온 세상은 하도 어수선해서 많은 책들을 순간순간 버려야 했다."

그러셨다. 당신 한 몸의 평안보다는 세상의 평안을 꿈꾼 사람들이 그러하듯 '대한민국' 위정자들로부터 갖은 핍박을 받아야 했기에 모든 책을 간직하실 수는 없었을 것이다. 분서갱유焚書坑儒는 2천 년 전 진秦나라 때만 벌어진 비극이 아니니까.

그래도 남은 책들을 읽고 또 읽었다. 도대체 즐거운 일이라고는 독서밖에 없던 시절이었다. 그런데 그렇게 읽고 또 읽었건만 그 책들은 지금 내 곁에 없다. 이번에는 그럴 듯한 정치적 문제 때문이 아니다. 1972년에 서울을 덮친 전대미문前代未聞의 홍수는 부모님께서 상경

하여 힘겹게 장만한 집을 완전히 삼켰고, 내 어린 시절 책꽂이에 있던 책들 또한 모조리 앗아갔다. 그 어떤 추억, 경험보다 더 소중한 우리 형제들의 독서의 역사는 그렇게 사라져 갔다. 그리하여 오늘날 내 책꽂이에 꽂힌 책들은, 몇 권을 제외하면 그 후 이어진 독서 편력의 과정이다. 젊음, 꿈, 삶이 새겨진 살아 있는 화석化石인 셈이다.

나이를 먹어 가면서 갑자기 이 책들에 대한 이야기를 늘어놓고 싶었다. 다른 이들에게는 잡담에 불과할지라도 내게는 삶의 전부일 수 있다. 스무 살이 갓 넘어서 같은 과 친구들이 모두 금융인이나 사업가의 꿈을 꿀 때 출판인이 되겠다고 다짐한 것도 이 책들 때문이요, 그 후 온갖 어려움 속에서도 꿈을 접지 않은 것 또한 이 책들 덕분이며, 머리가 하얗게 센 오늘도 머릿속에서 이 책, 저 책, 그 책 하며 갖은 책을 출판하고 싶은 욕망이 피어오르는 것 또한 이 책들 탓이니 말이다. 뭐가 그리 재미있느냐, 의미 있느냐 묻는다면?

"이리 재미있습니다. 그래서 출판하는 삶은 즐겁습니다."라고 대답할 수밖에 없다.

이제 책꽂이 속으로 들어간다.

책　　　은
인 간 의
역 사 다

역사歷史란 기록으로 남아 있는 인류 문명의 자취이니, 기록으로 남지 못한 선사先史와 구분된다. 그렇다면 인류 문명은 어디에 기록하는가? 책이다. 재료가 대나무건(고대 중국을 비롯한 동양에서 주로 사용), 비단이건(역시 고대 중국에서 사용), 파피루스건(고대 이집트에서 사용), 점토판이건(메소포타미아 지방에서 사용) 문명을 기록한 것은 모두 책이다. 그래서 책은 인간의 역사다.

꼭 그래서만은 아니겠지만 인간의 역사를 기록한 책들을 좋아하고 많이 읽었다. 젊은 시절, 지리산을 오르다 문득 이런 생각이 떠올랐다. '지금 걷는 이 길을 백제의 어느 백성이, 신라의 어느 화랑이 걸었겠군.' 세상이 하루가 다르게 변한다 해도 지리산 숲길을 이루고 있는 흙이야 별로 변하지 않았을 테니 말이다. 그 후 역사가 무척 궁금했다. 그리고 그 역사라는 것이 결코 오늘과 단절되어 있지 않다는 생각을 지울 수 없었다. 책꽂이에 '역사History' 분야 책과 함께 '○○의 역사'에 관한 책이 많은 것은 이러한 까닭이리라.

사실 인간의 역사를 통째로 이해하는 데는 백과사전만한 것이 없다. 그래서 두 종류의 백과사전을 간독看讀한 적이 있다. '간독'이란 단어는 사실 내 멋대로 만들어 나 혼자 쓰는 말이다. 책을 꼼꼼히 읽는 정독精讀도 아니요, 처음부터 끝까지 빼놓지 않고 읽는 통독通讀도 아니며, 아무 곳이나 마구 읽는 남독濫讀도 아니다. 책을 처음부터 끝까지 읽기는 하지만 중간중간에 필요 없다고 여기는 부분은 건너뛰기도 하고 필요하다고 여기는 부분은 꼼꼼히 읽는 방식을 나는 간독이라고 한다. 그리고 많은 경우 간독을 한다.

처음에 간독한 백과사전이 《한국민족문화대백과사전》이었다. 이 사전에는 우리 겨레의 사상을 비롯해 문화, 인물, 사건, 성과물 등 거의 모든 것이 담겨 있다. 그래서 꽤 열심히 읽었다. 그러고 나니 세계가 궁금했다. 《브리태니커 백과사전》을 간독한 것은 그 때문이었다. 그러나 백과사전은 백과사전이고 단행본은 단행본이다.

인간의 역사를 다룬 책은 크게 두 종류로 나눌 수 있을 듯싶다. 하나는 '역사'를 역사로 가능케 한 수단, 즉 문자와 기록 등에 관한 책이다. 사실 '역사'의 반대말이 '선사先史'라고 한다면, 기록을 가능케 한 수단이야말로 역사라는 존재의 탯줄이라고 할 것이다. 그래서 문자와 기록에 대한 책을 대할 때면 흥분을 감출 수 없었다. 다른 하나는 말 그대로 다양한 문명의 역사를 다룬 책이다. 이는 백과사전에 등장하는 개별 항목의 확장판이라 할 것이다. 백과사전에 등장하는 체 게바라가 궁금하면 《체 게바라 평전Che Guevara》(장 코르미에 지음, 김미선 옮김, 실천문학사, 2005)을 보면 되고, 미국에 거주하는 라틴 아메

리카 사람들의 삶이 궁금하면 《Latino U.S.A.》(미국에서 출간된 만화책인데, 번역되지 않았다)를 읽으면 된다.

책을 읽는 것은 결국 인간에 대한 궁금증을 해결해 가는 과정일 것이다. 본질적으로 책이 다루는 존재는 인간일 테니까. 그래서 책을 읽으면 읽을수록 인간이라는 존재의 복잡다기複雜多岐한 본성을 확인하게 된다. 물론 그러한 사실을 확인한다는 것이 살아가는 데 꼭 도움이 된다고 말하기는 힘들겠지만. 그렇다고 손해도 아닐 것이다. 우리의 삶 또한 결국은 나를 포함한 인간과의 끊임없는 교류와 이해일 테니까.

그래서 책이란 것이 읽으면 읽을수록 더 많은 책을 찾는다는 점에서 중독성中毒性이 있다. 이런 중독성이라면 빠질 만하지 않은가 싶기도 하다. 이만큼 값싸면서도 세월이 흘러 몸을 가누기 힘들 정도가 되어도 결코 곁에서 떠나지 않는 존재도 드물 테니까. 게다가 시공時空을 초월한 이런 여행 가이드가 또 어디 있는가!

《문자 이야기》(앤드류 로빈슨 지음, 박재욱 옮김, 사계절, 2003)

"나를 읽기의 길로 이끌어주신 어머니께 이 책을 바칩니다."라는 저자의 헌사獻詞가 눈물 나도록 감동적으로 다가온다면 그야말로 독서가讀書家일 것이다. 책에는 문자의 작동 원리를 비롯하여 문명 속에서 소멸해 간 문자와 현재 사용 중인 문자들이 담겨 있는데, 아쉽게도 한글이 실려 있지 않다. 그렇지만 책을 펼치는 순간 인류가 남겼거나 사용 중인 문자의 황홀경 속으로 빠져들 수밖에 없다. 그리고 우리가 문자에 대해 갖고 있는 상상력이 얼마나 보잘것없는지도 확인하게 된다.

어느 유럽인 중국 서예 전문가의 대표적인 견해에 따르면, 알파벳은 마치 화폐와 같이, 자연과 인간 산업의 모든 산물을 각자의 교환 가

《문자 이야기》

《세계의 문자체계》

《세계기호대전》
《ZERRO 零~世界記號大全》은 대만에서 출간된 책이다. 저자 황벽군黃碧君은 직업이 자유문자공작자自由文字工作者란다. 우리말로 하면 '프리랜서 문자 제작자'라고나 할까. 그러니까 컴퓨터에서 사용하는 다양한 문자─요즘 이를 '폰트'라고 하는데─를 만드는 작업을 하는 게 아닐까 싶다. 그래서 그런지 책 자체도 무척 예쁘다.

치에 따라 공통적인 이름으로 환원시키고, 물리적 현실의 무한한 부요富饒함을 어떠한 내재적 가치도 없는 몇 개의 기호 조합으로 축소시킨다. … (이와 대조적으로) 중국 문자는 … 가시적 기호 뒤의 추상적 실재를 찾게 하기보다는 기호로 표현되는 현상과 현상으로 드러나는 기호의 관계·구성·반복을 연구하도록 한다. … 이것은 우리의 사고방식과는 다르게 정신을 이끌지만, 동일한 보상을 해 준다.*

그렇다고 이 책이 상형문자에 대해 편향적偏向的이라고 여긴다면 큰 오해다. 꼼꼼히 읽어 보면 오히려 반대 입장임을 알 수 있으니까. 그러나 우리가 책을 읽으면서 가장 경계해야 할 점이 바로 책의 주관主觀만을 수용하고 주관 외의 다양한 의견을 외면하는 것이리라. 좋은 책일수록 자신의 주장이 옳다고 외치기보다는 자신의 주장과 다른 주장의 차이를 제시하고 독자가 판단하도록 만들테니까.

*《문자 이야기》
213쪽에서 전재.

《세계의 문자체계》(제프리 샘슨 지음, 신상순 옮김, 한국문화사, 2000)

《문자 이야기》가 한글을 다루지 않고 있는 반면 영국 출신 인공지
능 전공 교수가 쓴 이 책은 10개 장章 가운데 한 장을 오롯이 한글
에 할애하고 있다는 사실이 놀랍기만 하다. 그만큼 한글은 '문자의
역사적 영향력'이라는 측면에서 보면 미미할지 모르지만, '문자의
기능'이라는 측면에서 보면 그 어떤 문자보다 확장성을 내포하고
있다는 의미가 아닐까?

《도설/세계의 문자와 말》
《圖説 世界の文字とことば》는
세계에 존재하는 온갖 문자의
기원과 형태를 소개하는 얇은
책자인데, 보고 있기만 해도
즐겁다. 한글도 당연히 등장한다.

《서법오천년》
《書法五千年》은 중국에서 출간된
책인데, 영어 제목을 《The History of
Chinese-Calligraphy and Civilization
of 5,000years》라고 붙였다. 제목만
보아도 읽고 싶은 마음이 큰데
안타깝게도 중국어를 못한다. 그래서
번역, 출판해서라도 읽고 싶지만 너무
두꺼워 엄두가 나지 않는다. 평소에는
베스트셀러 목록에 오른 책을 그다지
부러워하지 않는데, 이런 책을 볼 때는
솔직히 부럽다. 100만 부는 고사하고
10만 부라도 나가는 책을 출간했다면
내고 싶은 책을 꽤나 많이 낼 수 있을
텐데.

그러나 이 책을 재미있게 읽은 이유는 단순히 한글을 중요하게 다루고 있다는 협소한 민족의식 때문이 아니었다. 첨단 학문을 전공하는 학자가 쓴 책답게 문자를 바라보는 다양한 시각을 제시하고 있기에 매끄럽지 않은 번역에도 열심히 읽었던 기억이 있다.

《한글의 탄생-〈문자〉라는 기적》(노마 히데키 지음, 김진아·김기연·박수진 옮김, 돌베개, 2011)

한글과 관련된 책은 웬만하면 다 읽고자 하는데, 특히 읽으면서 입을 다물 수 없었던 책이다. 어떤 사물이나 사건을 당사자보다 객관자客觀者가 오히려 새로운 시각으로 바라볼 수 있을 거라는 생각을 결정적으로 하게 만든 책이다. 그전까지는 막연히 그럴 거라고 믿었다면, 이 책을 통해서 구체적으로 확인할 수 있었기 때문이다. 다음 구절을 읽어 보면 왜 이 책이 한글 사용자가 아닌, 제3자의 시각에서 탄생했는지 확인할 수 있을 것이다.

(훈민)정음의 자획字劃은, 전서篆書와 비슷하다고는 하나 붓으로 생기는 돌기가 없는, 거의 완전한 산세리프체 즉 고딕체이다.* 기필起筆도 종필終筆도 없어 — 기필이라고 부르기도 어려울 정도로 직선이기에 — 붓으로 쓸 수 있는 모양이 아니다. 전서는 붓으로 쓰는 서체인 데 비해 정음의 자획은 완전히 붓 쓰기를 거부한 형태인 것이다. 갈고리나 삐침도 부정하고, 두

《한글의 탄생》

* 이에 대해 이의를 제기하는 독자가 계실 텐데, 한글을 처음 창제하여 반포하던 때 세종대왕과 집현전 학자들은 한글을 고딕체로 만들었다.

글자 이상을 이어서 쓰는 '연면連綿'도 부정한다. … 그렇다면 정음은 왜 '붓으로 종이에 쓰여지기'를 거부한 것일까? 두 가지 이유를 생각해 볼 수 있다.

하나는, 붓을 쥔 사대부가 아닌 '백성의 에크리튀르*'를 상정했을 수 있다는 것이다. … 붓·종이·벼루·먹 등 문방사우文房四友로 상징되는, 문자를 문자로서 성립되게 만드는 '쓰기'의 수련 과정이나 기법은 '어리석은 백성'과는 너무도 거리가 멀었다. 그 수련 과정과 기법이라는 신체성身體性을 거부한다는 것은 거기에 담겨 있는 정신성精神性까지도 거부하는 일이다. 정음은, 붓을 알지 못하는 백성이 나뭇가지로 땅에 끄적이기에 결코 부적합한 문자가 아니었다.

정음이 붓의 자획을 거부하고 붓으로 쓰이는 '형태'를 거부한 또하나의 이유는 인쇄술과 관련한 문자의 의장意匠, 곧 문자의 미학을 혁신하려 한 시도에서 찾아볼 수 있을 것이다. … 신체성을 거부하고 정신성을 거부한 끝에, 정음은 로지컬logical한 논리의 '형태'를 각인한다. … 정음은 그 등장 자체가 동양 '게슈탈트**' 변혁의 기치旗幟였다.***

---

* 쓰기, 쓰인 것, 문자를 의미하는 프랑스어로, 자크 데리다Jacques Derrida가 형이상학을 탈구축하는 중요한 계기로서 사용하였다.
** 형태주의라고 번역하기도 하는데 대부분 게슈탈트라고 쓴다. 부분 혹은 요소의 의미가 고정되어 있는 게 아니라 부분들이 모여 이룬 전체에 따라 달라진다고 보는 시각으로, 전체와 부분의 전체성, 혹은 통합성을 강조하는 개념이라고 하겠다.
*** 《한글의 탄생》326-330쪽에서 발췌, 전재.

독서를 단순히 즐거움으로 여기는 주제에 턱없이
욕심을 낸 경우도 없지 않은데, 《한국 고지명古地名
차자표기借字表記 연구》(이정룡, 경인문화사, 2002)나
《한국 고문서 연구》(최승희, 한국정신문화연구원, 1985),
그리고 도수희 교수의 평생의 역작인 《백제어 어휘
연구》(제이앤씨, 2005), 《삼한어 연구》(제이앤씨, 2008),
《한국의 지명》(아카넷, 2003) 같은 책을 구입해서
간독한 것이 만용을 부린 결과다. 평소에는 수천 년
전, 우리 조상들이 어떤 말을 사용했는지 썩 궁금하지
않았을 것이다. 그러나 이런 책을 접하는 순간, 갑자기
궁금해진다.

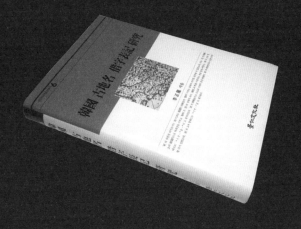

책   은
독 자 의
역 사 다

책이 인간의 역사라면 책꽂이에 꽂혀 있는 책들은 독자讀者의 역사이기도 하다. 누구? 독자! 모든 독자가 아니라 그 책을 읽은 독자의 역사인 셈이다. 만일 내가 19금禁 소설을 10년 동안 천 권을 읽어왔다면 내 사적私的 역사는 성욕性慾으로 점철되었다는 말을 들어도 변명의 여지가 없을 것이다.

예전에 비디오 대여점이 성행할 때의 일이다. 집 앞 비디오 가게를 자주 이용했는데, 그때 처음 알게 된 사실이 있다. 누군가의 이름을 입력하면 그동안 빌린 비디오의 대여 기록이 고스란히 뜨고, 그걸 근거로 그 사람의 관심 분야가 자동으로 나타난다는 것이었다. '에로', '코미디', '판타지', 뭐 이런 방식으로 평가했을 것이다. 그런데 나를 보니 '알 수 없음'이라고 나오는 게 아닌가. 하기야 예나 이제나 영화든 음악이든 책이든 장르를 가리지 않고 섭렵했으니 그 똑똑한 컴퓨터도 나라는 인간을 규정짓기 힘들었을 것이다.

관람한 비디오도 대여자貸與者의 역사일 수 있으니 책꽂이가 독자의 역사라는 사실은 분명하다. 그래서 나는 책으로 집안이 가득 차서 걷기 곤란할 정도가 되더라도 여간해선 책을 버리지 않는다. 물론 가끔 솎아 내는 책이 있는데, 그건 내가 구입한 책이 아니라 누군가가 주었거나 어떻게 이 책꽂이까지 오게 되었는지 모르는 것들이다. 오욕汚辱의 역사도 역사인 것과 마찬가지로 지금은 쓸모없는 책이

라 하더라도, 아니 지금 책꽂이에 꽂혀 있다는 사실만으로 얼굴을 화끈거리게 해도 그 또한 내 삶의 흔적이요, '나'라는 독자의 역사다. 그러니 그런 책을 버리는 행위는 사초史草를 세탁하는 행위와 다르지 않다. 나는 그래서 책을 버리지 않는다. 부끄러우면 부끄러운 대로, 자랑스러우면 자랑스러운 대로 기록되길 바라기 때문이다. 그러하기에 오늘도 책꽂이 안에서는 버리고 싶은 책과 영원히 간직하고 싶은 책들 사이에 갈등이 지속되고 있다. 이런 갈등은 일반 독자들에게는 단지 개인적 차원의 것일 수 있다. 그러나 출판을 업業으로 삼는 자에게는 그렇게 단순한 일이 아니다. 책은 출판사의 역사이기도 하기 때문이다.

도서관을 다닐 때마다 느끼는 일인데 오래전, 그러니까 무작정 출판에 삶을 걸겠다고 다짐하고 나서 출판계에 뛰어든 후 출간한 책들 가운데는 지금 보아도 얼굴이 화끈거려서 바라볼 엄두가 나지 않는 책들이 많다. 요즘 출간한 책들 가운데도 그런 책들이 없는 건 아니지만. 그래서 언젠가는 도서관 사서司書 분께 정중하게 부탁한 적도 있다.

"저, 이 책이 너무 오래되고 낡아서 그러는데 제가 새 책들로 바꾸어 드리면 안 될까요? 사실 제가 이 책을 출판한 출판사를 운영하고 있거든요." 그러나 돌아온 반응은 절망적이었다.

"도서관에 들어온 책은 절대 폐기할 수가 없어요. 마음은 감사하지만 어쩔 수가 없네요."

그때, 나는 책을 출판한다는 것은 단순히 한 권의 책을 출판하는 데 그치지 않고 출판사의 역사를 쌓아 나가는 것이요, 책 한 권 한 권이 곧 사초라는 사실을 깨달았다. 특히 요즘처럼 이른바 검색이 일상화된 시대에는 더욱 그렇다. 도망갈 구석이 없는 것이다. 아! 책을 없애고 싶다. 그 책을 지워 버리고 싶다.

복거일의 소설 두 권은 내 책꽂이에서 가장 치우고 싶은 책들이다. 젊은 시절, 그러니까 군대 같지도 않은 군대를 다녀와서, 군대에 머물며 바라본 세상과 시대를 엽편소설葉篇小說처럼 써 내려간《높은 땅 낮은 이야기》를 재미있게 읽었다. 그래서 다시 산 책이《비명을 찾아서》인데, 이 소설은《높은 땅 낮은 이야기》와는 사뭇 달라서 구성도 성근데다 문체도 비교할 수 없었다. 그래서 그길로 그의 작품과는 연을 끊었다. 그런데 사실 그의 책을 치우고 싶은 까닭은 작품성이 아니다. 작품성이 떨어지는 책이 어디 한두 권이랴.

재벌을 옹호하고 이해할 수 없는 보수(스스로 보수라고 하니 그런가 하지, 그건 새로운 형태의 파시즘이다)를 주장하는 그의 이력 또한 개인의 자유니까 탓하고 싶지 않다. 그러나 '영어 공용화' 주장만큼은 도저히 용납할 수 없다. 어찌 글을 다루는 자가 자신의 모국어를 사장死藏시킬 것이 분명한 주장을 펼치는지 이해할 수 없다.

언어는 어릴 적에 각인되므로 되도록 일찍부터 배워야 한다. 이중 언어 사용은 크게 이롭다. 풍부한 정보들을 얻어 삶이 풍요로워진다. 마음이 민첩하고 갈등을 잘 풀고 치매에 대한 저항력이 높다. 당연히 지능계수가 올라가고 소득도 높아진다. 반면에 여러 언어들을 동시에

《높은 땅 낮은 이야기》,《비명을 찾아서》

배우는 데서 나오는 부작용은 없다. 통념과 달리 어릴 적에 배워도 심리적 불안이나 정체성의 혼란이 나오지 않는다.

영어는 쓸모 있는 정보를 얻는 길이다. 기회가 나올 때마다 내려놓을 짐이 아니다. 왜 영어를 배워야 하는지 모르는 채 억지로 영어를 공부하는 젊은이들이 그 점을 깨닫도록 하는 것은 중요하다. 개인적으로나 사회적으로나 영어 습득에 대한 투자는 사회 기반 시설에 대한 투자와 같다.[*]

그의 글을 읽으니 치매 방지니 풍요로운 삶이니… 한마디로 영어는 삶의 만병통치약이라는 거다. 나는 만병통치약을 파는 이들을 믿지 않는다. 경험상 그들은 모두 사기꾼이었다. 이것이 그의 책을 치우고 싶은 까닭이다.

[*] 복거일,《중앙일보》
2017.7.27.자
인터넷판 특별기고
〈영어는 어떤
언어인가〉에서 인용.

부자연스러운 번역 또한 책을 읽기 싫게 만드는 중요한 요인이다. 베르너 하이젠베르크Werner Karl Heisenberg(1901~1976)의《부분과 전체》라는 과학 고전은 대표적인 사례로 내 뇌리에 남아 있다.

예를 들어, 사람들이 물은 원자로 구성되어 있다고 가정한다면, 화학은 이 개념을 효과 있게 사용해 왔지만 우리가 학교에서 배운 뉴턴의 운동법칙을 가지고는 그 같은 물질의 최소부분의 운동의 안전도를 설명할 수는 없을 것이다. 따라서 이곳에서는 원자들이 항상 반복하여 같은 상태로 배열되고 운동하고, 그 결과 동일한 안정된 특성을 가진 원소들이 반복해서 생성된다는 사실을 설명할 수 있는 다른 종류의 자연법칙이 작용하지 않으면 안 된

다는 말이 된다.[*]

《부분과 전체》

위 글을 읽고 이해하는 데 특별한 과학적 지식이 필요한 것인지, 아니면 번역의 부자연스러움 때문에 이해할 수 없는 것인지 확인할 수 없지만 끊임없이 고통을 받으며 이 책을 다 읽을 만한 인내력이 내게는 없었다.[**]

---

[*]《부분과 전체》(하이젠베르크 지음, 김용준 옮김, 지식산업사, 2005) 40쪽에서 전재.
[**] 최근에 이 책의 판권이 새로운 출판사로 넘어가 새 번역본이 출간되었다는 소식을 들었다. 언제 기회가 닿으면 읽고 싶지만 첫 책을 읽을 때의 난해함이 머릿속에 남아 엄두가 나지 않는다.
[***] 무선無線은 '실이 없다'라는 뜻이니, 과거 책을 실로 꿰매 만들던 방식과 비교해 실을 사용하지 않는 제본 방식이라는 말이다. 실로 꿰매는 대신 접착제로 붙인 것으로 가격이 싸다. 한편 무선 제본과는 달리 양장洋裝 제본은 두꺼운 표지를 덧대어 만든 제본 방식으로, 서양에서 들여온 제본이라는 뜻일 것이다.

《좋은 땅이란 어디를 말함인가》

아! 이 책만 생각하면 얼굴이 화끈거려서 나 자신을 쳐다볼 수가 없다. 이럴 때 가장 치워 버리고 싶은 물건은 거울이다. 출판사를 시작하고 나서 얼마 되지 않아 형님과 벗이셨던 최창조 선생님으로부터 옥고玉稿를 받게 되었는데, 그게 바로《좋은 땅이란 어디를 말함인가》라는 책이었다. 그런데 바로 그 책, 우리 출판계에 길이 남을 책에게 이런 폐를 끼치게 될 줄은 꿈에도 몰랐다.

그 무렵은 전자조판電子組版이라는 방식이 처음 도입되던 시기였다. 즉, 활자를 한 자 한 자 뽑아서 판을 만드는 활판인쇄活版印刷 방식과 전자조판이 함께 사용되고 있었는데, 그때 사용하던 전자조판은 오늘날 시각에서 보면 원시적인 수준이었다. 이 책을 출간할 무렵 욕심을 한껏 낸 나는 그 무렵 첨단 기술을 개발했다는 회사에 편집을 맡겼다. 그런데 그 과정에서 심각한 잘못을 저지르고 말았다.

우선 책에 상당히 많이 삽입된 사진에 대한 설명이 무더기로 빠졌다. 이런 일은 사실 실수라고 할 수조차 없는 짓이다. 책을 책이 아니게 만든 셈이니까. 게다가 욕심을 부린 탓에 고급 종이인 아트지를 사용했는데, 이게 또 탈이 났다. 500쪽이 넘다 보니 책의 무게가 상당했는데, 제본소 말만 듣고 무선無線*** 제본을 한 것이다. 그러자 무게를 견디지 못하고 책의 낱장들이 떨어져 나가기 시작했다. 무선 제본도 문제였지만 제본소의 기술도 문제였을 것이다.

결국 초판은 모두 수거할 수밖에 없었다. 사실 수거해서 문제가 해결된다면 얼마나 좋으랴! 그러나 앞서 언급한 바와 같이 책이란 게 한 번 출고가 되면 이미 역사의 기록이 되고 만다. 그리하여 도서출판 서해문집은 낙장落張과 파본破本, 오·탈자가 무시로 등장하는 책을 출간한 곳으로 영원히 기억될 수밖에 없게 되었다.

출판을 처음 시작하는 벗의 아우를 믿고 평생의 원고를 주신 최창조 선생님의 심경은 내 참담함과는 비교조차 할 수 없을 만큼 크셨을 게 분명하다. 지금도 이 책만 보면 그때의 느낌이 고스란히 전해 온다. 그래도 이 책 덕분에 배운 게 있었으니, 책을 만드는 게 얼마나 두려운 일인지 깨닫게 되었다. 그 후로도 무수히 많은 책을 출간하면서 잘못을 저질렀다. 그러나 이 책에 비할 수는 없다. 지금도 초판 책을 책꽂이에 꽂아 놓고 있는 까닭은 타산지석他山之石으로 삼고자 함이다.

《좋은 땅이란 어디를 말함인가》

시골에 살다가 가난하기 짝이 없는 세간과 다섯 아이를 이끌고 서울로 올라오신 부모님께서 처음 자리한 곳이 오늘날 서강대교가 위치한 북쪽, 마포구 신정동이었다. 이곳은 그 무렵 매년 물난리를 겪는 지역이었는데, 그 탓에 김홍식이라는 독자의 역사는 대부분 유실되고 말았다. 독자로서의 역사뿐 아니라 개인의 역사도 대부분 범람하는 한강물에 쓸려 사라졌다.

그 외중에 남은 책이 단 한 권 있었으니 이 책을 얼마나 애지중지했는지 알 수 있다. 지붕까지 물에 잠기는 급박한 상황에서도 무슨 일이 있어도 이 책 일곱 권만은 가져가야 한다고 우겨 겨우 살아남았을 것이다. 그만큼 사랑했다는 말일 텐데, 지금 내 책꽂이에는 다섯 권만 존재한다. 두 권은 어디로 갔는지 잘 모르겠다. 아마 어디엔가 깊숙이 감추어져 있지 않을까 싶다. 이 책을 결코 버리지는 않았으니까.

《새 세계를 움직인 사람들》

《새 세계를 움직인 사람들》(전 7권) 제1권은 정치편으로 케네디, 네루, 쑨원, 드골, 처칠을 다루고 있다. 제2권 평화편에는 퓰리처, 루스벨트 부인, 함마르셸드, 난센, 슈바이처가 수록되어 있고, 제3권 예술편에는 피카소, 앤더슨 Marian Anderson(미국의 흑인 성악가), 디즈니, 헤밍웨이, 채플린, 제4권 과학편에는 브라운, 퀴리

《새 세계를 움직인 사람들》

부인, 플레밍, 페르미, 아인슈타인, 제5권 발명편에는 베어드John Logie Baird(스코틀랜드의 공학자로 컬러텔레비전을 처음 선보인 것으로 알려져 있다), 캐러더스Wallace Hume Carothers(미국의 화학자로 나일론을 개발한 것으로 알려져 있다), 라이트 형제, 디젤, 에디슨, 제6권 탐험편에는 힐러리, 아문센, 피카르Auguste Piccard(스위스에서 태어난 벨기에 국적의 물리학자이자 탐험가로, 직접 설계한 배에서 바다의 깊이를 측정하고 우주선을 연구하기 위해 기구氣球를 제작한 후 16,916m 상공까지 올라갔다), 버드Richard Evelyn Byrd(미국 해군 군인으로 남극을 탐험하는 등 다양한 탐험 활동을 하였다), 헤딘Sven Anders Hedin(스웨덴 출신 탐험가로 중앙아시아 탐험에 나서 많은 고고학적·지리학적 성과를 거두었다), 제7권 산업편에는 이스트먼, 포드, 워너메이커, 카네기, 뒤퐁이 실려 있다.

책에 수록된 인물의 면면을 살펴보면 이 책을 편집한 인물이 예사롭지 않다는 사실을 알 수 있다. 오늘날 대한민국 출판계에 종사하는 사람도 잘 모를 인물들의 간략한 위인전을 1968년에 집필, 간행한다는 것은 매우 어려운 일이었을 테니까. 그래서 일본의 위인전을 가져다가 번역을 하지 않았을까 하는 의심을 지울 수 없다. 게다가 내용의 구성 또한 책 한 권마다 다섯 명을 다루고 있음에도 결코 부실하다는 생각이 들지 않을 만큼 충실하니 분명 편집한 이의 능력이 상당했음을 알 수 있다.

겉 표지는 낡아 떨어지고 속지는 허술하기
그지없지만 오늘의 김홍식을 만든 소중한 책이다.

1년에 고기를 두 번 먹던 집에서 이 전집을 구입하는 게 얼마나 힘
든 일인지 책의 홍수 시대를 사는 오늘날 독자들은 이해하기 힘들
것이다. 그러나 수십 년이 지난 오늘날까지 생생히 기억날 정도로
어머니께 떼를 써서 구입한 이 책은 결국 나와 우리 형제 몇의 삶
을 바꾸어 놓았다고 확신한다.

사진에서 볼 수 있듯이 이 책들은 헐고 떨어져 있는데, 이는 책을
함부로 다루어서가 아니라 읽고 또 읽은 결과다. 공자가 말했던
가? 위편삼절韋編三絶(고대 중국에서 대나무를 엮어 만든 책의 가죽 끈이
끊어지고 또 끊어져 세 번이나 다시 묶을 만큼 책을 읽었다는 데서 유래한 고
사성어)이라고. 아무리 줄여서 말해도 어떤 책은 100번 이상, 가장
적게 읽은 책도 수십 번은 반복해서 읽은 기억이 생생하다. 그러니
모든 세간을 버리고 도망쳐야 하는 순간에도 이 책만큼은 챙겨 나
오지 않았을까. 책은 독자의 역사를 넘어 독자 자신임을 알려 주
는, 내게는 가장 소중한 존재다.

혁명이라는 단어는 언제 들어도 가슴이 뛴다. 그렇다면 혁명이란 단어가 내포하는 의미는 무엇일까? 혁명처럼 다양한 면을 품고 있는 단어도 드물 것이다. 쿠데타를 일으킨 장본인이 자기 행위를 혁명이라 합리화하는가 하면 본인은 그저 합리적인 요구를 했을 뿐인데, 그 행동을 제3자가 혁명으로 정의하는 경우도 있다. 그러니 혁명이란 당사자도 제대로 알지 못하는 사이에 벌어지는 상황일지 모른다. 국립국어원에서 발행하는《표준국어대사전》에서는 혁명을 이렇게 정의하고 있다.

1. 헌법의 범위를 벗어나 국가 기초, 사회 제도, 경제 제도, 조직 따위를 근본적으로 고치는 일.
2. 이전의 왕통을 뒤집고 다른 왕통이 대신하여 통치하는 일.
3. 이전의 관습이나 제도, 방식 따위를 단번에 깨뜨리고 질적으로 새로운 것을 급격하게 세우는 일.

우리가 일반적으로 상정하는 혁명이란 첫 번째 정의에 해당하는 사건일 것이다.《혁명의 탄생》(데이비드 파커 외 지음, 박윤덕 옮김, 교양인, 2009)에는 "혁명은 되돌릴 수 없는 단절이다."라는 구절이 나온다. 그럴 듯하다.

《혁명의 탄생》

《다시, 혁명을 말한다》(오세철, 빛나는전망, 2009)

연세대학교 경영학과 오세철 교수는 '사회주의노동자연합' 사건으로 긴급 체포되었다가 구속영장 기각과 기소라는 우여곡절을 겪은 끝에 집행유예 판결을 받은 인물이다. 이런 그가 '공개적이고 대중적인 사회주의 운동을 전개하는 거스를 수 없는 역사적 흐름에 발맞추어 나의 삶과 나의 입장을 숨김없이 드러내는 일은 혁명적 마르크스주의자가 해야 할 최소한의 일부라고 생각'하며 '본격화되는 자본과 권력의 탄압에 맞서는 조그만 도구로' 출간한 책이 바로 《다시, 혁명을 말한다》이다.

나 같은 소시민은 그의 사회주의 운동이나 자본과 권력에 맞서는 행동과 이론에는 관심도 없을뿐더러 잘 이해하지도 못한다. 반면에 책을 읽다가 오교수의 아버님은 우리나라의 대표적인 극작가 가운데 한 분인 오화섭, 누님은 유명한 극작가인 오혜령이라는 사실과, 1965년에 연세대학교 졸업식장에서 "수석졸업 오혜령, 차석졸업 오세철"이 호명되었다는 사실을 알게 되었다. 중요한 것보다 지엽적인 것에 관심을 갖는 나 자신이 한심스럽다. 사실 이 책은 이념 서적이라기보다는 고통을 어떻게 극복해 나가야 하는지를 알려 주는 힐링용 책이요, 자기 계발서에 가깝다.

《다시, 혁명을 말한다》

《혁명과 저항의 세계 백과사전 *The International Encyclopedia of Revolution and Protest −1500 to the Present*》(Immanuel Ness 편집, Wiley−Blackwell, 2009, 전8권)

진정한 의미에서의 혁명 또는 혁명가와 관련된 책들을 읽다가 우연히 발견한 거대한 책이다. 편집자 이마누엘 네스 교수는 평생 노동자와 피억압자, 소수자 편에 서서 그들을 대변하고 지원하며 저술에 몰두해 온 행동하는 학자다. 그가 편집한 이 책은 2009년에 출간되었고, 그해에 '미국 출판인상'을 수상하였다.

근대가 태동하던 무렵부터 오늘날까지 혁명과 저항에 관련된 모든 사건과 인물을 망라한 이 백과사전을 발견한 순간 주머니 사정은 따지지도 않고 덜컥 사버렸다. 물론 구입만 했지 읽겠다는 생각은 언감생심 엄두조차 못 내고 있다. 다만 출판인으로서 이런 책을 출간할 수 있는 환경과 그 문화의 깊이가 부러울 따름이다. 그리고 읽고 싶다. 부끄러운 책들 사이에서 위안이 되는 책 가운데 하나다. 언젠가는 간독이라도 해야겠다는 의지를 불러일으키니 삶의 의지도 부여해 주고.

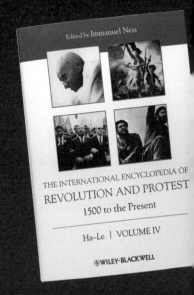

THE INTERNATIONAL ENCYCLOPEDIA OF REVOLUTION AND PROTEST

Edited by Ness

VOL. I
A–Bl

WILEY-BLACKWELL

Edited by Ness

VOL. II
Bl–Da

WILEY-BLACKWELL

Edited by Ness

VOL. VII
Su–Z

WILEY-BLACKWELL

Edited by Ness

VOL. III
Da–Ha

WILEY-BLACKWELL

Edited by Ness

VOL. VI
Pe–St

WILEY-BLACKWELL

Edited by Ness

VOL. IV
Ha–Le

WILEY-BLACKWELL

Edited by Ness

VOL. V
Le–Pe

WILEY-BLACKWELL

Ness

VOL. VIII
Index

WILEY-BLACKWE

《혁명과 저항의 세계 백과사전 *The International Encyclopedia of Revolution and Protest – 1500 to the Present*》

오늘날 우리나라에서는 문고본 책을 찾아보기 힘들다. 독자들께서는 "왜 우리나라 출판사들은 문고본을 만들지 않는 거야? 비싼 책은 그렇게 많이 만들면서?" 하고 불만을 제기할 것이다. 그러나 출판사는 출판사 나름대로 고충이 이만저만이 아니다.

문고본이 활성화되려면 다음 몇 가지 조건이 충족되어야 한다. 첫째, 문고본은 낱권으로 출간해서는, 그리고 이른 시간 내에는 수지 타산을 맞출 수 없다. 그래서 문고본은 적어도 50종 이상이 출간되고 그 종 전체가 서점에 진열되어 오랜 기간에 걸쳐 많은 독자들이 찾아주어야 활성화될 수 있다. 그러니 30종을 출간했는데 서점 어디에도 진열되지 못한다면 출판사는 심대한 타격을 입을 수밖에 없다. 그런데 오늘날 우리나라에서는 서점 찾기가 불법 유흥업소 찾기보다 훨씬 힘들다. 그러니 문고본을 어디에 진열할 수 있겠는가?

둘째, 문고본을 만드는 데는 예상과 달리 일반도서 못지않게 많

은 노력과 비용이 들어간다. 일반 도서에 비해 적게 드는 것은 인쇄비, 종이값, 제본비 같은 순수 제작비뿐이다. 문고본이라고 오·탈자誤脫字를 그대로 둘 수는 없는 노릇 아닌가! 문고본이라고 디자인을 대충대충 할 수도 없다. 그런데 책을 처음 출간할 때 드는 전체 비용 가운데 순수 제작비가 차지하는 비중은 그리 크지 않다. 눈에 보이는 책으로 탄생하기 전에 소요되는 비용, 즉 원고를 손보는 비용, 저작권을 획득하는 비용이 훨씬 크다는 말이다. 게다가 책을 디자인하는 데 드는 비용은 초판 제작비를 넘어서는 경우도 허다하다. 특히 요즘에는 글만 있는 책은 쉽게 찾아볼 수도 없다. 그러니 출판사 입장에서 보면 문고본이라고 해서 저렴하게 공급하기 힘들다.

그래서 문고본 천국인 일본에서도 처음에는 일반 도서로 판매하고 몇 년 후 문고본으로 다시 출간하는 게 일반적이다. 이때 문고본의 제작비가 대폭 줄어드는 것은 당연하다. 편집과 디자인에 소요

되는 비용은 이미 지출했으니까. 그런데 이런 방식이 통용되려면 일반도서와 문고본 모두 적어도 손해는 안 볼 정도로 판매가 뒷받침될 수 있는 환경이 조성되어야 한다. 과연 우리나라에 이 정도 판매를 떠받칠 독자층이 존재할까?

그렇다면 과거에는 왜 우리나라에서도 문고본 출판이 활발했던 것일까? 그건 일본과는 다른 이유에서였다. 그 무렵 우리나라에는 일반 단행본 시장이 형성되어 있지 않았다. 그래서 출판계에서 문고본 정책을 들고 나왔다. 소득도 적고 독자도 형성되어 있지 않은 상황에서 기본적인 도서 시장을 확장시키기 위한 수단으로 문고본을 만들기 시작한 것이다. 물론 이런 방식이 가능했던 것은 당시 문고본 도서들을 대부분 인세 없이 출간할 수 있었기 때문이기도 하다. 오늘날과 달리 저작권에 대한 인식이 크지 않아 세상을 떠난 작가들의 작품이나 외국 작품들을 출간하는 데 드는 비용이 요즘과는 비교할 수 없게 적었을 것이다.

위에서 언급한 내용 외에도 여러 가지 이유가 있었다. 현재와 비교해 대여섯 배의 서점이 존재한다거나 오늘날과 달리 출판이 활성화되지 않았으니 동네 작은 서점에서 진열할 만한 도서가 값싸고 종류가 다양한 문고본 판형이라든가 하는 따위 말이다. 여하튼 오늘날 대한민국 출판계 풍토에서 문고본 활성화는 요원하다. 문고본 출간

활성화를 위해 필요불가결한 두 가지, 즉 서점과 문고본 독자가 너무 적기 때문이다.

최근 들어 좋은 문고본 시리즈의 탄생을 목도目睹하곤 한다. 그런데 그때마다 꽤 오래 전 문고본 시리즈를 출간해서 보기 좋게 실패한 경험이 떠오르면서 적이 걱정이 되기도 한다.

'제발 실패하지 말고 살아남아라. 아니, 번창하라.'

그래야 나도 문고본을 출간하겠다는 꿈을 펼치지 않겠는가.

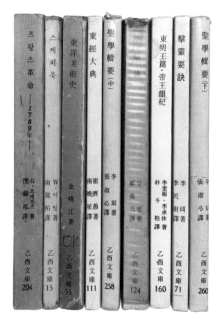

《을유문고》
여러 문고본 가운데서도 그 성격과 질이 남달랐던
《을유문고》. 특히 국학 분야에서 이룬 성과는
오늘날까지도 기억할 만하다.

《서해역사문고》. 뜻도 이름도 좋았던 이 문고본은 단명하고 말았다. 처음 뜻은 시민들에게 역사를 쉽게 전달하자, 그러기 위해서는 얇지만 알찬 책을 만들자. 이야말로 문고의 참모습 아니겠는가. 그래서 저자 여러분의 헌신(당연하다. 저자가 문고본 한 권에 쏟는 힘은 일반 단행본 한 권에 쏟는 힘과 다를 바 없으나 경제적 대가는 한 권에 백만 원도 채 되지 않으니) 덕분에 여러 권을 출간할 수 있었다.

그러나 결과는 참패였다. 저자들께서는 출판사에 미안해했고, 출판사는 저자분들께 고개를 들 수 없었다. 그렇게 《서해역사문고》는 역사 속으로 사라졌다.

농민이 난亂을 생각하다

1890년 함열·함창 고을의 농민항쟁을 찾아서

송찬섭 지음

서해문집

계집은
어떻게
여성이 되었나

우리
헌법의
탄생

메이데이
100년의
역사

사람을 닮은 집,
세상을 담은 집

우리는
조센진이
아니다

우리 학생들이
나아가누나

《서해역사문고》

책꽂이에는 오늘도 무수히 많은 문고본들이 꽂혀 있다. 예전, 그러니까 대학에 진학해 책을 본격적으로 구입하기 시작할 무렵, 우리나라에서는 다양한 문고본들이 출간되고 있었다. 그 가운데 가장 좋아한 문고는 《을유문고》와 《서문문고》였다. 특히 《을유문고》는 내 삶을 바꾼 존재이기도 하다. 어려서 한문을 곁다리로 공부한 나는 을유문고에 속해 있던 많은 고전들에 관심을 갖기 시작했다. 그래서 여러 권을 구입

《징비록》
부족한 한문 실력으로 번역·출간했는데 다행히도 독자 여러분의 평가도 좋았고, 더욱이 류성룡 선생의 후손들께서 "가장 읽기 좋다."고 평해 주시면서 수천 부를 구입해 모든 후손들이 읽는다는 소식을 들었을 때의 보람은 참으로 컸다.

했는데, 그 가운데서도 나를 뒤흔든 책이 《징비록》이었다.

이민수李民樹 선생께서 번역하신 이 책이 출간된 것은 1970년경이었다. 그 무렵 《을유문고》에서 출간한 우리 고전에는 《징비록》을 비롯해 《북학의》, 《역옹패설》, 《순오지》, 《인현왕후전》, 《격몽요

결》,《계축일기》,《술몽쇄언述夢瑣言》 같은 작품들이 다수 포함되어 있었다. 그 가운데서도 《징비록》은 나를 사로잡았고, '이런 책이 왜 널리 읽히지 않지?' 하는 생각에까지 미쳤다. 그러자 현대인들이 이 해하기 쉽게 풀어 쓰면 어떨까 하는 마음에 부족한 능력으로 2000년 경에 번역본을 출간했는데, 이후 다른 출판사들도 앞다투어 펴내고 방송용 드라마로도 제작되는 등 이제는 우리나라를 대표하는 고전 으로 자리를 잡은 듯해서 뿌듯하다.

물론 《을유문고》에 우리 고전만 있었던 것은 아니다. 서양서적 도 다수 포함되었고 그 가운데는 문학작품도 꽤나 많았다. 그러나 《을유문고》 하면 떠오르는 분야는 역시 국학國學 분야다. 그렇다고 다른 문고들이 국학 분야를 도외시한 것은 아니었다. 그 무렵 서점의 서가書架를 채운 문고들은 여럿 있었는데, 기억할 만한 문고로는 《서 문문고》와 《탐구신서》(탐구당 간행), 《정음문고》(정음사 간행), 《신구문 고》(신구문화사) 등을 꼽을 수 있다.

그 가운데서도 《서문문고》는 출간한 책들의 면면은 물론 책의

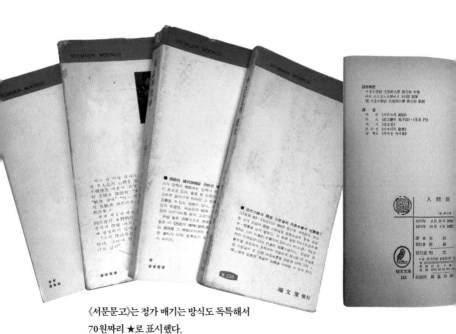

《서문문고》는 정가 매기는 방식도 독특해서
70원짜리 ★로 표시했다.

가격을 매기는 방식에서도 다른 문고본과는 사뭇 달랐다. 그림에서 보듯이《서문문고》는 '별 하나에 70원'이라는 독특한 정가 책정 방식을 택했는데, 시간이 지나면서 이 방식을 포기하고 가격을 일정하게 책정하였다.

《탐구신서》는 '문고' 대신 '신서新書'라는 명칭을 사용했는데, 출간 목록을 보면 '신서', 즉 '새로운 책'이라는 명칭이 결코 과장이 아님을 알 수 있다.《탐구신서》1번은《후진지역의 경제계획》(E.S. 메이슨 지음, 강명규 옮김), 2번은《생활의 예지》(하리 골든 지음, 장왕록 옮김), 3번은《한국문화사 서설》(조지훈)이었는데, 그 후로 출간된 책들도 한결같이 오늘날 인문학 단행본으로 펴내도 손색이 없을 만큼 독자적이면서 전문성을 갖추고 있었다. 특히《탐구신서》에는《서양사학총서》(전 40권)가 포함되어 있었으니, 이런 기획은 오늘날도 쉽지 않은 것이다. 그러나 그런 책들을 출간하다 보니 다른 문고본에 비해 가격이 비싸다는 단점이 있었다.

다양한《서문문고》

《서문문고》는 출간된 책들이 다양했고 독창성을 유지하는 책들도 많을 뿐
아니라 정가 책정 방식도 독특했고, 나아가 출간되는 책들을 분야별로 정리,
체계적으로 출간하는 등 여러 면에서 기억할 만했다. 책등을 보면 FK, FC, NK,
FF 등의 표기가 보인다. 알파벳 뒷글자는 원전이 출간된 나라를 지칭하는 것이
분명해 보인다. 반면에 앞의 글자는 Fiction과 Nonfiction을 뜻하는 듯하다.

그 외에도《삼중당문고》를 비롯해《박영문고》등이 있었는데, 특히《삼중당문고》는 출간한 책의 종류가 무척 많았으며, 보급 측면에서 보면 다른 문고보다 앞섰던 것 같다. 그러나 나는 삼중당 문고본을 그리 좋아하지 않았는데, 펴내는 작품들이 대부분 동서양 문학이

《박영문고》

었기 때문이다. 특히 세계문학은 예나 이제나 중복 출판의 핵심 레퍼토리들이어서 세계 문학작품과 국내 문학작품이 대다수인《삼중당문고》의 존재 의의는 말 그대로 출판의 대중화 외에는 별로 찾아보기 힘들다. 반면에 앞서 살펴본 문고본들은 대중적 중복 출판을 완전히 배제하지는 않았지만 그 문고만의 독자적인 작품들을 꾸준히 출간함으로써 출판 본연의 목표를 이루어 나가고자 노력하였다. 이쯤에서 기억하는 이들은 별로 없지만 반드시 기억해야 할 문고본 몇 종류를 살펴보고자 한다.

먼저 기억할 것은 《춘추문고》인데, 한국일보사에서 1975년 초에 발간을 시작하였다. 《춘추문고》는 발간사에서도 밝혔듯이 '민족해방 30주년을 맞는 1975년을 기해서 우리 사회 각계에서 우리 스스로를 재발견하고 재정립하려는 민족적인 노력이 그 어느 때보다도 고조되고 있음에 크게 고무되었'고 '이러한 민족의지의 명확한 자각을 바탕으로, 우리 역사의 사실과 현장에 정확하게 접근하고자 노력함으로써 이루어 온 우리 학계의 성과를 독자와 더불어 널리 공유하고자' 간행되었다. 그런 까닭에 모든 책들이 한 권의 독자적 학술서로서도 손색이 없었다. 다음은 초기 《춘추문고》의 면면이다.

1. 《한국고대국가발달사》, 김철준.
2. 《동학과 동학란》, 김상기.
3. 《한국가면극의 미학》, 조동일.
4. 《한국의 민족주의》, 이용희 외.
5. 《한말·일제 하의 금서(1), 애국부인전/을지문덕전/서사건국지》*, 이재선 역주.
6. 《한국 근대사의 성격》, 홍이섭.
7. 《독립협회와 만민공동회》, 신용하.

---

* 서사瑞士는 스위스를 가리킨다.

8.《삼일운동》, 안병직.

9.《이조의 화폐》, 송찬식.

10.《한말의 신문소설》, 이재선.

이후로도《춘추문고》는《이조의 상인》(강만길) 같은 역작들을 출간
하여 우리 문고본 역사에 한 획을 긋는다. 값도 매우 저렴해서 새
로운 지식에 목말랐던 그 무렵 젊은이들에게 단비 같은 존재였다.
그러나 내 기억으로는 오래 가지 못해 출간이 중단된 듯하다.[*]

[*] 연세대학교
학술정보원에서
검색한 결과 20권이
전해 온다.

한국일보사에서 간행한
《춘추문고》는 한 권 한
권의 무게감이 다른 문고를
압도하고도 남을 만했지만
가격은 매우 저렴해서
지식에 목마른 이들에게는
단비와 같은 존재였다. 다만
너무 단명했다는 사실이
아쉬움으로 남는다.

《삼성문화문고》

삼성문화재단이 기업 문화 활동의
일환으로 출간한 《삼성문화문고》는 200종
가까운 종수를 출간하여 그 무렵 출판계에
한 획을 그었다고 할 수 있다.

다음으로 기억할 것이 《삼성문화문고》다. 《삼성문화문고》는 삼성 그룹에서 설립한 삼성문화재단에서 출간한 것이니, 오늘날로 보면 기업 문화 활동의 일환인 셈이다. 《삼성문화문고》는 삼성미술문화 재단과 삼성문화재단, 두 곳의 이름으로 발행되었는데 종수 또한 상당히 많아 200종 가까이 된 듯하다.[*] 그러나 《삼성문화문고》는 '삼성미술문화재단' 또는 '삼성문화재단'이라는 비영리법인에서 출간했음에도 많은 세계문학을 포함하는 등 앞서 살펴본 《춘추문고》에 비해 다룬 저작물의 진폭振幅이 컸다.

마지막으로 살펴볼 문고는 《현대과학신서》라는 명칭 아래 전파과 학사에서 간행한 과학문고다. 이 문고는 그 시대 우리나라 출판계 를 떠올려 본다면 대단한 기획이었다. 오늘날에도 기획·출간하기 힘든 과학 문고를 1970년대에 지속적으로 출간한다는 것은, 결과 적으로 성공을 거두었다 해도 쉽지 않은 결단이었음이 분명하다.

《이와나미문고》

그러나 내 책꽂이에 가장 많은 문고본은 역설적이게도 읽을 줄 모르는 일본의 문고본이다. 읽지는 못해도 꼭 갖고 싶어서 한 권씩 사 모

[*] 이는 필자가 여러 도서관을 검색해 찾아본 결과로 정확하지 않다.

은 게 지금은 꽤나 많다. 그 가운데서도 《이와나미문고岩波文庫》는 출판을 평생의 업으로 삼고 살아가는 이에게는 로망이다. 전체가 몇 권이나 되는지도 모를 만큼 엄청난 양을 출간하고 있을 뿐 아니라 한 권 한 권이 기억할 만한 가치를 지니고 있어 일본의 다른 출판사 문고본들과도 비교를 불허하니 말이다. 사실 일본이 문고본의 천국 이라고는 하지만 어떤 출판사의 문고는 온통 허접한(개인적 시각에서 말이다) 무협지 같은 책들로 이루어져 있고, 또 어떤 문고는 정체성을 도무지 가늠할 수 없이 무질서하게 구성되어 있기도 한다. 그러나 출판사 이와나미서점岩波書店은 《이와나미문고》로부터 시작해서, 《이와나미신서》, 《이와나미주니어신서》, 《이와나미현대문고》, 《이와 나미소년문고》 등에 이르기까지 다양한 책들을 체계적으로 선보이 고 있다. 하기야 100년이 넘는 역사를 가진 출판사인데다 창업 초기 에 품었던, 더 나은 세계를 꿈꾸는 책들을 출간하겠다는 뜻을 오늘 날에도 굽히지 않고 있으니 출간하는 책들에도 그 정신이 깃들어 있 지 않겠는가. 그래서 다시 전 쟁을 꿈꾸는 극우파가 설치 는 나라 일본의 책꽂이에서 벌어지는 투쟁에서도 선봉장 임이 분명하다!

프랑스 역사를 배울 때 반드시 등장하는 저 유명한 프랑스의 《백과전서》 번역본이다. 우리나라에서는 그 책의 존재조차 확인하기 어려운데 일본에서는 전체 내용 가운데 일부라 하더라도 번역본이 문고로 보급되고 있다니 출판인 입장을 벗어나 평범한 독자로서도 부러움을 금할 수 없다.

岩波書店

岩波書店
IWANAMI SHOTEN

이와나미 현판
이와나미서점은 오늘날에도 일본 도쿄의
대표적인 고서점가古書店街인 진보초
지역에서 1913년 8월 5일, 서점으로 사업을
시작하였다. 이듬해 우리에게도 유명한
나쓰메 소세키夏目漱石(1867~1916)의
작품《마음》을 출간하면서 출판 분야에
진출하였다. 초창기 서점의 간판으로
사용한 글자는 나쓰메 소세키가 쓴 것이다.

이와나미 로고
이와나미서점이 1933년부터 사용하고
있는 로고로, 밀레의 작품〈씨 뿌리는
사람〉을 차용하여 만들었다.

《이와나미문고》
이와나미서점을 대표하는 건 역시
《이와나미문고》다. 그러나 1946년 1월에 창간한
《세카이世界》 또한 진보적 목소리를 내는 일본의
대표적인 잡지로 이름이 높다.

《이와나미신서》+
《이와나미주니어신서》

《나쓰메 소세키 전집》 광고
1935년 11월 동아일보에 게재한 이와나미서점의 《나쓰메
소세키 전집》 광고. 이 전집은 소세키가 사망한 후 추진되기
시작해 이 무렵 완간된 것으로 보이는데, 총 19권으로
구성되어 있다.

잡학雜學과 박학博學 사이

어려서부터 세상 잡학雜學에 관심이 많았다. 그 무렵에는 오늘날처럼 책도 다양하지 않았고, 무엇이든 질문하면 알려 주는 컴퓨터도 없었으니, 잡학에 대한 궁금증은 대부분 신문과 백과사전을 통해 해결해야 했다. 그래서인지 잡학이 담긴 책을 좋아한다. 아무리 세상이 편리해져서 손가락만 까딱하면 무엇이든 알려 주는 컴퓨터가 있다고 해도 끝없는 지적 호기심을 채워 주지는 못하기 때문이다.

알고 싶은 것 가운데 가장 큰 것은 역시 인류가 어떻게 무無에서 오늘날과 같은 문명을 일구었는가? 하는 점이다. 문명 형성의 순간을 하나씩 깨닫는 기쁨은 말로 표현하기 힘들다. 꽤 오래전에 출간한 책《세상의 모든 지식》에는 이런 글이 실려 있다.

이 책은 결국 제가 해온 독서 편력이 남긴 결과입니다. 그래서 제가 책을 읽다가 궁금했거나 좋았던 부분, 그러니까 제 머리를 탁! 깨준 내용을 조금 다듬어 여러분과 함께 보려고 책으로 만들었습니다. 결국 이 책은 제 것이 아니라 저보다 앞서 수많은 인류 문명을 기록한 분들의 것이죠. 저는 다만 여러분과 그 기쁨을 함께하기 위해 정리했을 뿐입니다. 저보다 훨씬 뛰어난 분들이 기록한 놀라운 문명의 자취인 것이죠.*

결국《세상의 모든 지식》이라는 책은 내가 읽어 온 수많은 책들

*《세상의 모든 지식》(김홍식, 도서출판 서해문집, 2008) 머리말에서 발췌.

을 표절, 도용, 복제複製한 결과물인 셈이다. 그런데 그렇게 지식 도둑질을 했는데도 훔치고 싶은 지식이 끊임없이 눈앞에 나타나고 있으니 어찌할 것인가. 견물생심見物生心, 즉 보면 갖고 싶은 마음이 솟아나는 것은 눈에 보이는 물건보다 보이지 않는 것이 더할지 모른다. 눈에 보이는 것이야 형편만 되면 언제든 내 것으로 만들 수

《세상의 모든 지식》

있거나, 그렇지 못하더라도 볼 수라도 있지 않은가 말이다. 그러나 눈에 보이지 않는 명예나 사랑, 지성 같은 것은 아무리 노력해도 구하기 힘들다. 그건 내 삶 전체를 바쳐서 노력해도 얻을 수 없거나 겨우 끄트머리나 붙잡을 수 있기 때문이다. 그래서 오늘도 나는 이런저런 책을 통해 구하지 못할 것을 번연히 알면서도 탐심貪心을 버리지 못한다. 다음은 그런 책들의 이야기다.

《생각의 역사 I, II》라는 책이 있다. 이 두꺼운 책을(한 권이 1,200쪽이 넘고 두 권 합하면 2,500쪽이 넘는다) 읽으며 내 머리에 가장 먼저 떠오른 생각은 이런 것이었다. '웬만한 대학 졸업장보다 이 책 두 권을 읽는 게 훨씬 낫겠는데.'

《생각의 역사》는 I권의 부제가 '불에서 프로이트까지', II권의 부제가 '20세기 지성사'다. 그러니 육체적으로는 나약한 인류가 훨씬 강한 대상을 상대하며 살아남기 위해, 나아가 더 나은 삶을 이루기 위해 어떻게 발보다 뇌를 움직여 왔는지 탐구한 사전인 셈이다. 그래서 이 책을 읽는 일은 즐겁기도 하고 어렵기도 하며 나 스스로를 돌아보는 일이기도 하다.

《생각의 역사 I, II》(피터 왓슨 지음, 이광일·남경태 옮김, 들녘, 2009/각권 45,000원)라는 두툼한 책을 쓴 피터 왓슨은 전문적인 학자라기보다는 저널리스트라고 하는 게 어울리는 인물이다. 물론 그의 약력을 보면 여러 언론사 기자를 거쳐 텔레비전 프로그램 제작에 종사하기도 하고 후에는 케임브리지대학교 맥도날드 고고학연구소 연구원으로 일하고 있다고 하니 학자가 아니라고 하기도 어렵지만. 그래서 그런지 책은 무척 두껍지만 읽어나가는 데 큰 어려움은 없다. 그 가운데 수학자이자 철학자로 잘 알려진 버트런드 러셀Bertrand Arthur William Russell(1872~1970)에 대한 설명 부분을 조금 길게 인용하는 것을 허락한다면* 기꺼이 그 재미있는 내용을 전해 보겠다.

《생각의 역사》

러셀은 호리호리하면서도 깐깐하고 품위가 있어서 '귀족 참새'라는 별명을 얻기도 했다. 어거스터스 존이 그린 초상화**를 보면 사물을 꿰뚫는 듯한 눈빛에는 회의가 스며 있고, 눈썹은 뭔가 미심쩍어하는 듯하며, 입매는 깐깐해 보인다. 철학자 존 스튜어트 밀의 대자代子인 그는 1872년 빅토리아 여왕 치세가 중반에 접어들었을 무렵 태어났다. 그리고 근 한 세기 후, 그 자신뿐 아니라 많은 사람들에게 핵무기가 인류 최대의 위협이 되는 시대에 세상을 떠났다. 그는 '지식에 대한 탐구와 고난에 대한 참을 수 없는 연민, 사랑에 대한 열망'이 자신의 평생을 지배한 세 가지 열정이었다고 술회한 바 있다. 그러면서 이렇게 결론을 내렸다. "나는 인생이 살 가치가 있다고 생각한다. 그리고 다시 기회가 주어진다면 기꺼이 다시 살아보고 싶다." …

러셀은 여러 차례 국회의원 선거에 출마했고(한 번도 당선된 적은 없다),

* 인용의 허락은 독자 여러분과 함께 이 책을 번역, 출간한 들녘출판사에도 구하는 것이다.
** 초상화가 궁금할 수밖에 없다. 그래서 찾아보았더니 데생 비슷한 그림인데 멋지다. 그런데 이곳에 싣지 못하는 것은 저작권 때문이다. 참고로 나는 카피레프트주의자다. 출판사를 운영하고 몇 권의 책을 출간한 자가 저작권 자유주의자라는 말이 이해하기 힘드시겠지만 그렇다. 길게 이야기하자면 책 한 권이 될 수도 있기 때문에 한 마디만 한다. 저작권을 보호한다고 좋은 책 나오지 않는다. 혹시 이 책에 담긴 내용을 인용하고자 하는 분이라면 출처만 밝히시고 언제든 인용하시라. 다만 책 전체를 상업적으로 사용하는 것만은 말아 주시기 바란다. 저작권 보호는 이 정도면 된다. 저작권에 대한 이 짧은 언급이 혹시 여러 오해를 불러일으키거나 부작용을 가져올지도 모르겠다. 그러나 저작권에 관해 구체적인 논의를 풀어놓지 않았으니 섣불리 비난하지는 마시길…. 실제로 출판 현장에서 느끼는 저작권의 문제는 상식적인 시각보다 훨씬 복잡하다. 저작권 문제가 나올 때마다 언급하는 것이 이집트의 사례다. 이집트는 고대 이집트, 그러니까 오늘날 이집트인의 선조들이 이룬 수많은 문명을 제국주의자들에게 약탈당했다. 그리고 그 약탈품들은 대부분 이른바 선진국, 즉 저작권이 합리적으로 운영되는 나라들 수중에 들어갔다. 그리하여 이집트인들 또한 자국 선조들의 문화에 대한 책을 출간하려면 그 유물의 사진을 약탈자들에게 돈을 주고 사야 하는 실정이다. "유물은 너희 것이나, 그 사진은 내가 찍었노라." 이거다. 스핑크스도 이집트의 것이요, 피라미드도 이집트의 것이지만 그 사진은 좋은 사진기를 가진 이들의 몫이다. 저작권의 참모습은 무엇인가?

소련을 옹호했으며, 1950년 노벨 문학상을 받았고, 로이 캠벨(남아프리카공화국 시인, 1901~957), T.S. 엘리엇, 올더스 헉슬리, D. H. 로렌스, 시그프리드 서순의 작품을 포함해 최소한 여섯 편의 소설에 등장인물로 나왔다(어떤 경우는 본인이 짜증스러워했다). 1970년 97세를 일기로 사망했을 당시 그의 저서 60여 종은 여전히 시판 중이었다.

그가 쓴 모든 책 중에서 가장 독창적인 것은 1910년 첫 권이 나온 대작으로 제목은 아이작 뉴턴이 라틴어로 쓴 책(《자연철학의 수학적 원리 *Phliosophiae Naturalis Principia Mathematica*》)에서 따 《수학원리*Principia Mathematica*》라고 했다. 20세기에 나온 책 가운데에서 가장 안 읽힌 책 가운데 하나다. 그 이유로 우선 주제가 수학이라는 점을 들 수 있다. 누구에게나 인기 있는 읽을거리가 아닌 것이다. 둘째로 터무니없이 길다. 전 3권에 2,000쪽이 훨씬 넘는다. 그러나 간접적으로나마 컴퓨터의 탄생을 야기한 이 저서를 극소수의 사람들만이 읽게 된 결정적인 요인은 세 번째 것이다. 저서를 이끌어가는 치밀한 논증이 일상 언어가 아니라 특별히 고안해 낸 상징체계로 되어 있기 때문이다. 예를 들어 '~이 아니다'는 물결표로 표시한다. 선이 굵은 볼드체 v는 '또는'이라는 뜻이다. 네모 점은 '그리고'를 의미한다. 기타 논리적 관계를 나타내는 기호를 보면, U를 가로로 뉘인 기호(⊃)는 '내포한다'를, 세 줄짜리 등호 표시(≡)는 '~과 동등하다'를 의미한다. 이 책은 집필하는 데만 10년이 걸렸다. 그 목적은 수학의 논리적 토대를 해명하는 것이었다. …

러셀은 케임브리지대학 수학 학위 시험을 1등급으로 통과하고 졸업했다. 그러나 이런 성공이 별 노력 없이 가능했다고 생각하면 오해다. 러셀은 마지막 시험 때문에 너무 지쳐서(아인슈타인도 마찬가지였다) 시

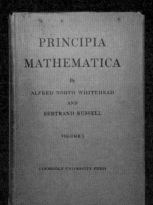

《수학원리》와 《수학의 원리》
《수학의 원리 The Principles of Mathematics》와
《수학원리 Principia Mathematica》.《생각의 역사》를
읽고 나서 하도 궁금해서 어렵게 두 종류 책을 구했다.
그러나 이 책을 읽을 능력도 의도도 전혀 없다.《생각의
역사》 본문에 등장하는 내용을 보고 도대체 어떤 책인지
확인하고 싶었을 뿐이었으니까.

《수학의 원리》

《수학원리》의 1950년 판 본문

도대체 어떤 책이기에 러셀과 화이트헤드가 마이너스 50파운드를
벌었나 궁금해서 초판본을 구입해 보려 했으나 그 천문학적 가격 때문에
일찌감치 포기했다. 꿩 대신 닭이라고, 그 대신 구입한 것이 1950년
판본인데, 이 책의 가격은 초판본의 1% 정도였던 것 같다. 사진을 보면
《생각의 역사》에 서술되어 있듯 온갖 모양의 수학 기호가 등장하는 것을
확인할 수 있다.

* 후에 완성된
《수학원리》와는
다른 책이다.

험이 끝난 뒤에는 수학 책을 몽땅 팔아 치우고 홀가분한 마음으로 철학으로 돌아섰다. 그는 훗날 철학이 과학과 신학 사이에 있는 무주공산으로 보였다고 말했다. 케임브리지에 다니면서 러셀은 다종다양한 분야에 관심을 보였다. 정치학도 관심사 중 한 분야였다. 특히 카를 마르크스의 사회주의가 그러했다. 그러한 관심은 독일 방문이 곁들여지면서 결국 첫 번째 저서 《독일 사회민주주의German Social Democracy》(1896)로 이어졌다. 이 책에 이어 '할아버지'인 라이프니츠를 다룬 책을 냈다. 그 다음에는 학위 주제로 되돌아와서 《수학의 원리The Principles of Mathematics》*를 쓰기 시작했다.

《수학의 원리》에서 러셀이 노린 것은 당시로서는 별로 인기 없는 견해, 즉 수학은 논리에 근거하고 있으며 '그 자체로 논리적인 일정한 수의 기본 원리들로부터 도출해 낼 수 있다.'는 견해를 발전시키는 것이었다. …

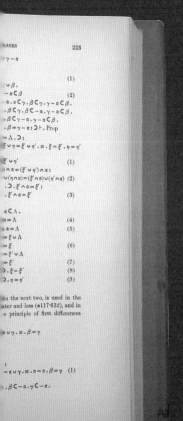

1903년에 출판된 《수학의 원리》(분량이 500쪽이나 됐다)는 당시로서는 수학의 논리적 근거에 대해 영어로 쓴 최초의 포괄적인 학술서였다.

《수학의 원리》 원고가 끝난 것은 1900년의 마지막 날이었다. 마지막 주에 러셀은 둘째 권을 구상하기 시작했다. 그런데 한때 시험 감독관이었고, 이제는 가까운 친구이자 동료가 된 화이트헤드가 《종합대수Universal Algebra》 제2권을 집필 중이라는 사실을 알게 됐다. 이 과정에서 두 사람 모두 같은 문제에 관심을 갖고 있다는 사실이 드러나 둘은 공동 작업을 하기로 했다. …

1900년 당시 화이트헤드는 러셀과의 프로젝트가 일 년 정도 걸릴 것으로 생각했다. 그런데 실제로는 10년이 걸렸다. 일반적인 평으로 보면 수학자로서는 화이트헤드가 뛰어났다. 책의 체제를 짜고 상징의 대부분을 디자인한 것은 화이트헤드였다. 그러나 하루에 7~10시간, 일주에 6일을 꼬박 집필에 투자한 것은 러셀이었다. …

원고 작업은 더뎠다. 1908년 5월에는 '약 6,000~8,000쪽'으로 늘었다. 그해 10월 러셀은 친구에게 일 년 정도 후에는 출판이 가능할 것으로 예상한다고 썼다. 그는 "엄청 두꺼운 책이 될 것"이라면서 "아무도 읽지 않을 것"이라고 했다. 또 어떤 자리에서는 "산책을 나갈 때마다 집에 불이 나서 원고가 다 타 버리면 어쩌나 걱정하곤 했다."고 썼다. 1909년 여름은 막바지였다. 이어 가을에는 화이트헤드가 출판 문제를 관계자들과 상의하기 시작했다. "마침내 육지가 보였다."고 화이트헤드는 썼다. 그러면서 케임브리지대학 출판부 책임자들을 만나고 있다고 했다(두 사람은 원고를 바퀴 넷 달린 카트에 실어 출판부에 가져다주었다). 그러나 낙관은 너무 성급했다. 책이 너무 긴 것(최종 원고는 4,500쪽 분량으로 같은 제목의 뉴턴의 저서와 거의 같은 규모였다)만이 문제가 아니었다. 책의 절반가량을 도배하다시피 한 '상징 논리' 알파벳이 기존 활자체에는 아예 없었다. 더 심각한 문제는 출판부 책임자들이 시장 여건을 고려한 결과 600파운드 정도 손해라는 결론을 내린 것

*《생각의 역사 II》161-166쪽에서 발췌, 전재.

이다. 출판부는 손실의 50퍼센트를 떠안는 대신 왕립학회가 나머지 300파운드를 벌충해 주어야만 발행을 하겠다고 못을 박았다. 결국 왕립학회는 200파운드만을 보전해 주기로 했다. 그래서 그 나머지는 러셀과 화이트헤드가 대기로 했다. 러셀은 푸념처럼 말했다. "그렇게 해서 우리는 10년 작업 끝에 각자 마이너스 50파운드씩을 벌었다. 그래도《실낙원》보단 낫다."[*]

이 뒤로도 흥미진진한 이야기가 계속된다. 그러나 더 이상 계속하다가는 이 책이 또 다른 생각의 역사가 될 듯하니 멈추기로 한다. 여하튼 이 책은 간독하기에 가장 알맞은 즐거운 책이다.

그러나 그 두껍고 무거운 책을 상대로 과감히 도전장을 내미는 책이 있으니 바로《한평생의 지식》(김행숙·서동욱·강유정·정영훈, 민음사, 2012)이다. 고작 400여 쪽에 불과한 이 책이 어디 감히《생각의 역사》라는 백과사전적 책에 도전한단 말인가? 30명이 넘는《한평생의 지식》저자들도 그런 생각은 하지 않을 것이다. 그러나 제목을 보라! '한평생의 지식'. 한평생 우리가 습득해야 할 지식이라는 말일 수도 있고, 한평생을 좌우할 만한 지식일 수도 있고, 한평생 배울 만한 지식일 수도 있다는 뜻일 텐데, 제목이 매력적이지 않은가? 특히 나 같은 잡학 추구자들에게는 말이다.

솔직히 말하자면 나는 잡학雜學, 그러니까 잡다한 지식을 추구하는 나 자신을 부끄럽게 생각하지 않는다. 나는 학자도 아니요, 특정 분야에서 일가를 이룬 박사博士는 더더욱 아니니 말이다. 그러니 '학자들과 박사들이 이룬 성과를 이것저것 즐기는 것이 뭐 어때? 아니, 그게 우리 같은 범인凡人들의 권리 아닌가?' 하는 마음이다. 그러다 보니 한 가지 의문이 들기 시작했다. '잡학雜學과 박학博學의 차이가 뭐지?' 사전을 찾아보았다.

잡학雜學 - 여러 방면에 걸쳐 체계가 서지 않은 잡다한 지식이나 학문.
박학博學 - 배운 것이 많고 학식이 넓음. 또는 그 학식*

---

*《표준국어대사전》,
국립국어원.

아하! 그러니까 잡학은 체계적이지 않은 반면 박학은 체계적이구나. 그리고 바로 그 점에서 잡학은 부정적인 의미가 강한 반면 박학은 긍정적으로 쓰이는 듯하다. 그렇기에 한 분야에서 일가를 이룬 사람을 가리켜 잡사雜士라고 부르지 않고 박사博士라고 부르는 것이리라. 그렇다고 해서 여러 방면에 걸쳐 체계가 서지 않은 잡다한 지식이나 학문에 관심을 갖고 습득하는 것이 죄가 되지는 않을 텐데, 왜 잡학! 하면 부정적인 의미가 강한 것일까? 그래서 나 같은 사람이 박사학위 하나 없으면서 온갖 지식에 관심을 가지니까 다른 사람들로부터 손가락질을 받는 것이다.

그러나 나는 오늘도 박사 학위에는 전혀 관심이 없다. 배운 것이 많지 않아도 좋고 학식이 좁아도 좋으며 체계가 서지 않아서 더 좋다. 안 그래도 복잡한 인생인데, 즐거움으로 읽는 책 속에 체계까지 세워야 한다면 얼마나 괴롭겠는가. 나는 오늘도 잡학을 찾아 헤맨다. 《한평생의 지식》을 읽으면서 "정말 제목 잘 지었어!" 하고 감탄을 한 것도 그 때문이다.

《한평생의 지식》

《즐거운 지식》

《즐거운 지식》(고명섭, 사계절, 2011)

지식이 즐겁다는 표현에 반감을 가질 분이 많을 것이다. 하기야 오늘날처럼 아는 것이 병이요, 모르는 것이 약인 시대도 찾아보기 힘드니, 지식이 즐겁다는 말은 먹물들의 헛소리로 치부置簿될 만도 하다. 그러나 이 반시대적反時代的 제목이야말로 이 책에 딱 들어맞는 것임을 나는 안다.

앞의 책들과 달리 이 책은 해당 분야의 전문가가 쓴 것이 아니다. 이 책은 출판 담당 기자를 지낸 지은이가 읽은 책들에 대해 쓴 서평書評 모음집이다. 그러니 어찌 보면 그렇고 그런 서평집에 머물 수도 있을 것이다. 그런데도 잡학에 능한 내가《즐거운 지식》이라는 제목이 딱 들어맞는다고 말한 데는 그럴 만한 까닭이 있다.

이 책을 읽는 내내 서평을 읽고 있다는 생각이 단 한 번도 들지 않았다. 그 대신 인류 문명이 담긴 무수한 책들 속에 감추어진 지식들을 하나하나 섭렵하는 느낌이었다. 그러니 이처럼 즐거운 지식이 어디 있단 말인가?

'문제'를 뜻하는 영어 '프로블럼problem'의 어원은 그리스어 프로블레마problema다. 이 프로블레마의 원뜻이 '앞에 던져놓은 것'임을 요한 하위징아Johan Huizinga(1872-1945)의 《호모 루덴스Homo Ludens: a study of the play element in culture》가 알려 준다. 이 말은 검투사들의 싸움과 관련이 있다. 상대에게 싸움을 걸 때 무언가 징표가 될 만한 것을 상대의 발밑에 던지는데, 그때 던지는 물건이 바로 프로블레마다. 다시 말해, 그것은 도전의 표시인 셈인데, 프로블레마는 자신을 보호하는 방패를 뜻하기도 했다. 도전의 징표로 방패를 앞에 던졌던 것은 아닐까. 이 검투사의 싸움이 지식 세계로 넘어왔다. 논리와 지식으로 무장하고서 상대방에게 한판 겨루자고 도전장을 내미는 것, 그것이 지

식 세계의 프로블레마다.[*]

'논리와 지식으로 무장하고서 상대방에게 한판 겨루자고 도전장을 내미는 것'이 프로블럼이어야 한다. 도대체 왜, 무엇 때문에 풀어야 하는지도 모르면서 그저 점수를 따기 위해 푸는 프로블럼이 아니라 말이다. 그리고 그렇게 겨룬 끝에 얻게 되는 것, 그것이 즐거운 지식 아닌가!

이 책을 통해 내가 즐겁게 얻은 지식의 양은 참으로 방대하다. 슬라보예 지젝으로부터 안토니오 네그리, 가라타니 고진, 자크 데리다, 알랭 바디우 같은 이름만 들었던 철학자들을 만나는 즐거움으로부터 페미니즘의 바다, 정신분석의 바다, 종교의 바다를 유영遊泳하는 체험적 즐거움에 이르기까지. 도대체 2만 5천 원으로 이런 행복감을 어디서 얻을 수 있단 말인가! 그런 환희에 빠져 있는 순간 또 한 권의 책이 슬며시 다가온다.

《번역가의 서재》(김석희, 한길사, 2008)

이 책 또한 서평 아닌 서평인데, 다른 서평과 다른 점은 책을 번역한

*《즐거운 지식》(고명섭, 사계절, 2011)
10-11쪽에서 전재.
**《번역가의 서재》(김석희, 한길사,
2008) 6-7쪽에서 전재.

이가 직접 그 책에 대해 이야기한다는 것이다.

돌아보면 지난 20년은 우리에게 실로 변화무쌍하고 다양한 삶의 조건들을 떠안기면서, 거기에 대한 태도의 선택을 강요한 연대였습니다. 그 출발선에 섰을 때 나는 공교롭게도 번역과 소설을 양손에 쥐고 있었습니다. 문학을 꿈꾸며 어렵사리 등단한 나로서는 소설가라는 신분도 더없이 소중했고, 생활의 방편이자 애써 익힌 외국어의 활용이라는 측면에서 번역 또한 소중했습니다. 그래서 나는 번역은 조강지처 같고 소설은 애인 같다는 흰소리를 하면서 양다리를 걸치고 있었습니다.

하지만 그렇게 10년쯤 지나면서 능력의 한계를 절감할 수밖에 없었지요. 어느 한쪽을 선택해서 집중할 것이냐의 문제가 아니라, 솔직히 말해서 속으로는 창작의 어려움 때문에 소설을 그만두고 싶다는 생각을 하고 있었습니다. 그때 나에게 용기와 명분을 준 것이 《로마인 이야기》와 《프랑스 중위의 여자》였습니다. 이 책들을 번역하면서 나는, 한편으로는 글쓰기의 욕망과 창작의 갈증을 대리 만족의 형태로나마 달랠 수 있었고, 다른 한편으로는 이만한 작품을 써낼 수 없다면 아예 글쓰기를 작파하는 게 낫지 않겠느냐는 결론에 이르렀습니다.**

김석희 선생은 우리 출판사와도 작은 인연을 맺은 바 있다. 오래전에 《옥스퍼드의 4중인》이라는 책을 읽은 적이 있었는데, 안타깝게도 아는 이들이 별로 없는 듯했다. 그러다 보니 당연히 책의 저작권 또한 만료된 상태였다. 나는 이 책을 다시 출간하고 싶었고, 책의 번역을 담당한 김 선생님을 수소문했다. 그렇게 재출간한 책이 《핑거포스트》라는 두 권짜리 소설이다. 《핑거포스트》 또한 저작권이 만료된 상태이니 여기서 책 광고를 할 필요는 없을 것이다.

다만 내가 하고 싶은 말은 김석희 선생님의 인격에 대해서다. 그때 뵌 김 선생님은 겸손하면서도 사려 깊은 분이셨다. 우리나라 출판계에서 가장 뛰어난 번역가로 인정받고 있었으니 어느 정도 어깨에 힘이 들어갈 만도 한데, 키도 크신 이 분의 어깨는 힘이 빠져도 한참 빠져 있었다. 그 후로도 몇 번 뵈었는데 연세가 들어도 한결같으셨다.

다시 책으로 돌아가 보자. 자신이 번역한 책에 대해 직접 무슨 이야기를 한단 말이지? 이런 이야기를 한단 말이다.

나는 책을 번역할 때마다 역자 후기를 쓰는 일에도 제법 정성을 쏟는 편입니다. 원고지 15~20매 정도를 쓰는 데 며칠씩 걸리는 경우도 있습니다. 내 딴에는 역자 후기를 번역에 최선을 다한 노력의 한 증표로 삼고 싶기 때문이지요.[*]

그러니까 이 책에는 김석희 선생께서 번역한 책들의 역자譯者 후기後記 99편이 실려 있는 셈이다. 일반적으로 저자보다는 폭이 넓겠지만 번역자들에게도 전문 분야가 있기 마련이다. 그런데 김석희 선생의 경우에는 다루는 작품의 폭이 정말 넓다. 무한하다고 해도 무방할 정도다. 그래서 99편의 역자 후기를 몇 부로 나누었는데, 그 부의 제목이 〈사상의 모험〉, 〈인간의 초상〉, 〈역사와 문명〉, 〈사랑과 예술〉, 〈환상과 몽상〉, 〈쥘 베른 컬렉션〉, 〈인간과 동물〉, 〈종교와 그 너머〉, 〈일본 속의 한국인〉이다. 앞서 살펴본 책들과 마찬가지로 문명의 흔

074
•
075

[*] 《번역가의 서재》(김석희, 한길사, 2008) 8-9쪽에서 전재.

《번역가의 서재》

《책冊, 이제 서문을 이야기하다》

적을 엿보기에 전혀 손색이 없다.

《책冊, 이제 서문을 이야기하다》

그렇다면 번역자가 말하는 책 말고 저자가 직접 말하는 책은 없을까? 겨우 있다. 겨우 있다? 그렇다. 겨우 있다. 겨우 있다고 말하는 것은 제대로 출간된 책이 아니기 때문이다. 《책冊, 이제 서문을 이야기하다》라는 책이 겨우 있다. 이 책에는 우리나라에서 출간된 책 67권의 서문이 실려 있다. 그러니까 저자가 직접 자신의 대표적인 저술에 대해 이야기하고 있는 셈이다. 그런데 이 책이 판매용 출판물로 출판사에서 출간·보급하는 책이 아니라는 점이 놀랍다. 그렇다면 누가 이런 책을 돈 들여 간행한단 말인가? 파주출판도시가 자리하고 있는 경기도 파주시청에서 출간했다.

이 책은 갈증에서 시작됐습니다. 하루에도 수많은 책이 쏟아져 나오는데 제가 항상 갈구하던 책은 없었습니다. 오래전에 읽었던 책 중에서 서문이 좋았던 책이 여러 권 기억에 남습니다. 그러한 서문만 묶어진 책을 만나고 싶었습니다. 그래서 여러 출판사 사장님들을 만날 때마다

*《冊, 이제 서문을 이야기하다》(파주시) 4-5쪽에서 전재.
** 제6대 민선 파주시장을 지냈다.

건의해 보기도 했지만 책은 나오지 않았습니다. 아마도 다양한 출판사에서 나온 책을 선별하고 저작권 문제를 해결하는 것이 쉽지 않았던 모양입니다. 더욱이 출판 전문가 입장에서 서문의 균질함까지 고려하다 보니 더욱 골치가 아팠던 것이지요.

요즘 공무원에게 강조되는 창의 행정에도 더없이 좋은 교재가 될 것이라는 생각에 안타까운 마음이었습니다. 그러던 차에 생각을 바꿨습니다. 차라리 파주시에서 각 출판사 사장님들께 책을 추천받아 묶어 내자고 말입니다.*

이 책이 탄생하게 된 배경인데, 나는 이 책을 기획하고 추진하여 출간까지 한 이인재**라는 사람에 대해 감탄한다. 출판사를 운영하며 책 좀 읽는다고 하는 나도 생각하지 못한 책을 기획한 독서의 깊이에 감탄하고, 양주동의 《고가연구古歌研究》로부터 이제는 잊은 사람이 훨씬 많을 가람 이병기의 《가람문선》을 거쳐 조지훈의 《지조론志操論》에 이르기까지 우리 조상들의 명저를 줄줄이 꿰는 독서의 양에 감탄하며, 한 도시의 민선民選 시장市長으로서 '표'와는 아무런 상관도 없는 이런 일을 해내고야 말겠다는 의지에 다시 감탄한다.

이쯤에서 잡학과 박학 사이의 줄타기를 멈추려 한다. 참된 즐거움에는 반드시 위험이 수반된다. 안전하고 편안한 길에서 얻는 즐거움은 말 그대로 모든 사람들이 즐기는 말초적 즐거움에 불과할 것이다. 반면에 극소수 사람들만이 가는 길에 숨어 있는 즐거움을 누리기 위해서는 무리에서 벗어나는 위험을 감수해야 한다.

나는 오늘도 잡학과 박학 사이에 놓인 줄을 타며 위험 쪽으로 기울었다가 즐거움 쪽으로 기울기를 반복한다. 두려운 즐거움이야말로 환희에 찬 경험 아니겠는가!

전집의
시 대

얼마 전 아파트에서 분리수거를 하러 나갔다가 횡재를 했다. 누군가 《세계사상전집》 50권을 그대로 묶어서 내놓았기에 재빨리 챙겨 왔던 것이다. 물론 전집에 포함된 책들 가운데는 낱권으로 가지고 있는 것들이 많기는 하다. 그렇다고 해서 모든 책을 가지고 있는 것도 아니요, 있는 책을 또 갖는다고 해서 문제가 되지도 않을 테니 이런 경우에는 주저할 필요가 없다. 물론 한마디 듣기는 했다.

"그렇게 챙겨 가시면 우리는 뭘 먹고 살아요?"

재활용품을 수거해 가는 업자분께서 한마디 던지셨다. 그렇지만 폐지가 되는 것보다는 가지고 가서 읽는 게 더 재활용 취지에 맞는 것 아닌가? 아, 그분도 헌책방에 넘길지 모른다. 그렇다고 해도 그 책이 반드시 독자를 찾는다는 보장은 없으니 당장 읽고 싶어 하는 내게 들어온 것이 책 입장에서는 훨씬 값진 행로行路일 것이다.

《세계사상전집》 50권! 정말 대단하지 않은가? 책 뒷부분을 보니 《세계사상전집》 50권의 목록이 적혀 있다. 이 모든 책이 내 책꽂이 안으로 들어온 것이다. 그런데 《세계사상전집》 뒤에 첨부된 목록 옆에는 《세계문학전집》 50권의 목록도 함께 수록되어 있는 게 아닌가! 어차피 안 읽으실 거라면 이 전집도 함께 분리수거해 주시지! 하는 마음이 퍼뜩 든 게 사실이다. 그렇지만 문학작품은 많이 있으니

집의 다섯 형제는 모두 책을 좋아했는데, 고등학교에 다닐 무렵 형님이 동서문화사에서
염가판으로 출간된 도스토예프스키 전집을 사오셨다. 그때부터 우리 형제들은 내용도
모르면서 책을 읽기 시작했는데, 그것도 무척 빨리 읽어야 했다. 《악령》을 읽고 있으면
《죄와 벌》을 다 읽은 앞사람이 채근을 했고, 《카라마조프의 형제들》을 읽고 있으면
《백치》를 다 읽은 사람이 채근을 했기 때문이다.

동서문화사에서 출간한
《세계문학사상전집》은 여러 면에서
그 시대 상황에서는 첨단이라 할 만한
도전을 감행했다.
그리고 뒤이어 삼성출판사도
《세계사상전집》을 같은 방식으로
출간하여 우리나라에 단행본의
르네상스가 열린다.

까, 하며 위안을 삼았다. 왜 '어차피
안 읽으실 거라면'이라고 단언하느
냐고? 다 읽고 다른 사람을 위해 내
놓은 것일지도 모르지 않느냐고? 내
가 그 정도도 모르겠는가.

　책을 펼치니 오래된 책들(요즘 책들은 인쇄 및 제본 기술이 발전해 그
런 경우가 거의 없다)이 갖는 특징 가운데 하나인 페이지와 페이지가
살짝 붙어 있는 경우가 많았다. 물론 떨어지지 않은 채. 그래서 내가

펼칠 때마다 그 페이지는 고고지성呱呱之聲을 냈던 것이다. 스윽~. 그 소리를 들을 때마다 얼마나 기분이 좋은지.

목록이 궁금하다고? 비문학非文學 분야의 고전은 거의 망라했다고 보면 될 것이다. 《논어》, 《노자》로부터 시작해 《자유에서의 도피》, 《고독한 군중》에 이르기까지 고대에서 현대 고전까지 두루 포함하고 있으니까. 그런데 책을 펼치다 뭔가 미심쩍은 사실을 발견했다. 오래전, 그러니까 1970년대에 놀랄 만한 시리즈가 출간된 적이 있었다. 이름하여 《세계문학사상전집 World's Great Books》이 그것인데, 출판사는 동서문화사였다.

그 무렵 대한민국 출판계는 1960년대와 1970년대 초반을 풍미하던 전집류의 시대가 점차 저물면서 단행본과 문고본 시대로 접어들기 시작했다. 앞서 살펴본 문고본들 역시 그 시대에 꽃피기 시작하였다. 우리 출판계를 장식한 문고본 대부분은 1970년대 중반에 출범했으니까. 그런 상황에서 태어난 《세계문학사상전집》은 그 무렵 지적 세례를 받고자 했던 독자들을 다시 한 번 흥분케 했다.

동서문화사에서 출간한 《세계문학사상전집》은 그 시대 상황에서는 여러 면에서 첨단이라 할 만한 도전을 감행했는데, 그 가운데 하나가 가격 정책이었다. 그전에는 대부분의 책이 딱 떨어지는 가격으로 책정되었다. 한마디로 말한다면 "어디 감히 책이라는 성스러운 물건에 가격 가지고 장난치는 일이 가당키나 한가?" 하는 생각 때문이었을 텐데, 이 전집은 499원 같은 정가로 과감히 그 금기를 깼으니, 아마도 우리나라에서는 이런 정가 매기기의 효시嚆矢가 아닐까 생각한다.

또 다른 파격은 판형版型에 있었는데, 문고본과 전집류로 대별大別되던 그 시기에 이 전집은 단행본 크기에 전집류의 전형인 양장 대신 무선 제본을 채택했다. 그러다 보니 정가가 전집에 비해 훨씬 저렴했고, 오히려 문고본에 가깝게 책정되었던 것이다. 그러니 독자로서는 여간 반가운 게 아니었다. 물론 시간이 지나면서 가격의 혜택은 점차 사라졌지만.

마지막 파격은 판권 디자인에 있었다. 사실 판권 디자인은 일반 독자들은 스쳐 지나가기 쉬운 부분이다. 그러나 책을 다루는 사람이라면 판권만 보아도 그 출판사의 내공內功을 확인할 수 있을 만큼 편집의 여러 능력이 드러나는 부분이다. 그래서 오늘날 출판사들은 판권 부분을 편집하고 디자인할 때 출판사 고유의 특징을 드러내기 위해 공을 들인다.

《세계문학사상전집》의 판권은 오늘날 시각으로 보아도 탁월한 것이었다. 그 무렵 출간된 여러 책들의 판권

동서문화사에서 출간한 《역사의 연구 II》.
책 뒷면에 '특가 499원'이라고 적혀 있으니,
이런 가격 정책은 이전에는 상상하기 힘든
것이었다.

을 살펴보면서 비교하면 웬만한 독자들은 다 고개를 끄덕일 것이다. 그렇게 그 판권은 내 기억 속에 남아 있었는데, 어라? 내가 수거해 온 《세계사상전집》의 판권 또한 그와 별반 다르지 않았다. 그래서 부랴 부랴 책꽂이에 꽂혀 있는《세계문학사상전집》과 비교해 보았다. 아 뿔싸! 두 책은 같은 것이었다. 다만 출판사가 달랐고, 제본이 무선에 서 양장으로 바뀌었을 뿐이다. 어느 정도로 같은가 하면 본문 조판, 그러니까 글씨체와 판의 크기까지 똑같았다. 그러니까 결국 동서문 화사東西文化社에서 1976년에 출간한 시리즈가 1982년에 고스란히 범한출판사汎韓出版社로 넘어간 것이다. 판권뿐 아니라 제판製版, 그 러니까 인쇄를 할 수 있는 상태의 판까지 말이다.

이렇게 되면 내가 읽는 책은 도대체 어느 출판사의 책인지 헷갈 린다. 동서문화사 책인가, 아니면 범한출판사 책인가. 이런 경험을 하고 나니 또 다른 의문이 들었다. '그렇다면 범한출판사의 판권도 시간이 흐른 후에 다시 다른 출판사로 넘어가지는 않았을까?' 그건 모르겠다. 내가 가지고 있지 않으니까. 게다가 범한출판사는 오늘날 흔적을 찾기가 쉽지 않으니, 출판을 그만둔 건 아닐까? 그렇다면 더 더욱 이 대단한 전집을 그대로 사장死藏시키지는 않았으리라는 생 각이 들기도 한다.

책꽂이에는 이 외에도 몇몇 전집이 꽂혀 있다. 일반적으로 전집은 1960년대부터 1970년대 초반에 걸쳐 막 성장하던 대한민국 중산층 가정의 거실을 장식하던 부르주아 허위의식의 상징으로 알려져 있다. 그러니까 반드시 그 자리를 차지하고 있지만 결코 읽히지 않는 장식물로 말이다. 마치 오늘날 중산층이라고 자부하는 분들의 아파트 거실을 장식하고 있는 양주 세트나 해외 도자기 세트처럼.

동서문화사에서 출간한《세계사상전집》판권 모습. 일반인들이 보기에는 다른 판권과 별 차이가 없어 보일지 모르지만 수백 권의 책을 만들고 수만 권의 책을 들추어 본 내 눈에는 탁월하게 보인다. 무슨 의미인지는 잘 모르겠지만 판권 가운데 놓인 그림의 배치는 오늘날에도 시도하기 힘든 참신한 것이다.

범한출판사에서 동서문화사의 책을 그대로 출간한 《세계사상전집》의 판권.

해방기 걸림

해방1年 잘 첩

6

朝鮮民衆新聞

한국학중앙

平山郁夫 総監

世界遺産の美の

기

공정과 합리의 장을
되짚어 보다

東洋 著

전라북도
全羅北道
전라남도
全羅南道
황해도
黃海道
평안남도
平安南道
평안북도

《삼국지》
대
《사기》

내 취미는 책 읽기, 음악 듣기, 영화 보기, 딱 세 가지인 듯하다. 물론 야구 경기를 텔레비전으로 보기도 하고 배구는 더 좋아하며, 가끔 힘이 남아돌 때는 동네 주차장 위에 설치한 그물망 야구장에 가서 배트를 휘두르기도 하고(머리 하얀 사람이 실내 야구장에 등장하면 대부분 사람들이 긴장한 눈빛으로 쳐다본다. 마치 마틴 스콜세지의 영화에 로버트 드 니로가 등장하면 주위 사람들이 보내는 눈빛처럼), 냉장고 안에서 묵고 있는 음식들로 세상에 단 하나뿐인 요리를 만들기도 하지만 그래도 취미는 앞에 언급한 세 가지다.

그런데 그런 내가 책을 읽은 지 몇 십 년이 지나도 도무지 이해가 안 가는 속설이 있으니, "《삼국지》백 번 읽은 사람과는 다투지 마라."라는 말이다. 처음에 나는 이 말이 《삼국지》백 번 읽은 사람은 제정신이 아니니 상대를 하지 말라는 뜻으로 받아들였다. 그런데 광고 문안을 보니 《삼국지》백 번 읽은 사람은 세상 이치를 꿰뚫고 있으니 감히 범접하지 말라는 내용인 듯했다. 아니 《삼국지三國志》가 무슨 대단한 책이기에 백 번씩이나 읽으며, 백 번 읽으면 세상 승리의 이치를 꿰뚫게 된단 말인가! 그래서 나도 읽어 봤다. 이 판본, 저 판본으로 한두 번. 그런데 아무리 읽어도 세상 이치는 고사하고 재미도 찾지 못했다.

고백하자면 나는 신화화神話化와 신격화神格化를 극도로 거부한다.

---

* 《연세한국어사전》에 나오는 '신화'의 뜻. 신화화는 수록되어 있지 않다.
** 국립국어원 《표준국어대사전》에 나오는 '신화'의 뜻. 신화화는 여기도 수록되어 있지 않다.
*** 국립국어원 《표준국어대사전》.

신화: 신이나 신 같은 존재에 대한 신비롭고 환상적인 이야기.*

　　신비스러운 이야기. 절대적이고 획기적인 업적을 비유적으로 이르는 말.**

신격화: 어떤 대상을 신의 자격을 가진 것으로 만듦.***

　위 설명에서 알 수 있듯이 신화화건 신격화건 문명사회에서는 쉽게 받아들이기 어려운 개념들이다. '절대적'이란 곧 '신神'과 일맥상통하니 이는 문명의 분야가 아니라 신념의 분야에 속할 것이다. 그러하기에 문명의 산물인 책이야말로 신화가 되거나 신이 되어서는 안 된다는 게 지론이다. 그런데도 우리 사회에는 책을 신으로 숭배하고자 하는 움직임이 끊임없이 꿈틀댄다.

　그 가운데 대표적인 책이 《삼국지》가 아닌가 생각한다. 《삼국지》 안 읽는다고 지성인이 아닌가? 《삼국지》 안 읽는다고 책 안 읽는 인간으로 치부할 수 있는가? 《삼국지》 안 읽는다고 부끄러워해야 하는가? 그럴 리가 없다. 단테의 《신곡神曲》을 읽지 않아도 신에 대해 이야기할 수 있는 판국에 《삼국지》안 읽었다고 전쟁에 대해 이야기할 수 없겠는가 말이다. 사실 《삼국지》 말고도 신화화된 책들은 무수히 많다. 그러나 시간이 흐르면서 많은 책들이 신화의 가면을 벗는다. 다행이기는 하지만 그보다는 처음부터 신화화되지 않는 게 바람직할 것이다.

나는 《삼국지》라는 광산에서 특별한 수확물을 얻지 못한 반면에 《사기史記》에서는 참으로 다양한 보물을 얻었다. 물론 두 책을 비교할 수 없다. 왜냐하면 나관중 원작의 《삼국지》는 연의演義, 즉 '중국에서, 역사적인 사실을 부연하여 재미있고 알기 쉽게 쓴 책이나 창극'인 반면, 《사기》는 역사가 사마천이 기록한 역사서 자체이기 때문이다. 그러니 소설과 역사를 비교할 수는 없는 노릇 아닌가. 언젠가 한 신문사에서 원고 요청 받은 것을 계기로 이와 관련한 글을 쓴 적이 있다.

《오래된책방》 시리즈

소설은 뜨겁고 역사는 차갑다!

《산성일기》(작자 미상, 김광순 옮김, 서해문집, 2004, 8,500원)

나라가 망하는 데는 얼마나 시간이 걸릴까? 상황에 따라, 시대에 따라, 무엇보다도 지도층의 능력에 따라 다를 것이다. 조선 제16대 왕 인조는 남한산성에서 고작 사십여 일을 버티다 성을 버리고 나와 청 황제 앞에 세 번 절하고 아홉 번 머리를 바닥에 찧는 수모를 겪었다. 조선이 망한 것은 아니라고? 그렇다면 히로히토가 이끌던 제국 또한 두 방의 원자폭탄을 맞고도 '일본'이라는 국명은 살아남았으니 '일본 패망'이라는 단어를 사용하면 안 되리라.

한겨레로서 뜨거운 피가 흐르는 백성이라면, 그 순간 나라가 망했다는 사실을 받아들이기 힘들 것이다. 그러기에 연전에 낙양洛陽지가紙價를 올린 김훈의 소설 《남한산성》에 새겨진 글자들에서는 뜨거운 피가 흐른다.

그러나 역사는 뜨거운 피를 용납하지 않는다. 소설이 살아남은 자의 감정을 기록한다면, 역사는 죽은 자의 행적을 기록한

《산성일기》

다. 그러하기에 역사에 흐르는 피는 차갑디 차갑다.

> 황금 100냥, 사슴가죽 100장, 담배 천 근, 수달피 400장, 다람쥐가죽 200장, 후추 열 말, 흰 모시 100필, 오색 명주 2천 필, 삼베 4백 필, 오색 베 만 필, 베 천 필, 쌀 만 석, 기타 여러 가지.

1639년 가을부터 바치라고 청나라가 조선에 항복의 조건으로 제시한 물건 목록이다. 소설은 뜨거운 감정 속에 이 엄청난 물건들을 묻어 버릴 수 있으나, 역사는 눈 부릅뜨고 사실을 기록한다. 나는 이 물건들 목록에서 지도층 잘못 만나 헛되이 죽어 간 조선 백성들의 흔적을 확인한다.

역사는 두려운 존재다. "호랑이는 죽어서 가죽을 남기고 사람은 죽어서 이름을 남긴다."라는 금언은 결코 위인에게만 해당하는 말이 아니다. 오히려 역사는 악인의 이름을 더욱 깊이, 그리고 멀리 기억한다. 예수는 "그들은 그들이 하는 일을 알지 못하나이다." 하고 용서해 줄 것을 기도했으나, 역사는 무지한 자들조차 결코 용서하지 않는다.

그리하여 임진년의 화를 당한 후 역사의 차가운 피를 확인한 광해군이 냉철하게 실리 외교를 펼치자, 파병해 준 주군에 대한 배은망

덕을 비판하며 그를 끌어내린 자들은 역사의 처절한 복수를 당하기에 이른다.

《산성일기》를 기록한 이는 임진왜란과 정묘호란을 통해 분명 관용 없는 역사의 심판을 깨달았을 것이다. 그리하여 그는 단 하루도 빼놓지 않고 남한산성 안에서 일어난 일을 오직 손으로 기록하였다. 이름도, 감정도, 판단도 남기지 않은 채. 그리고 그 기록은 400년 가까이 전해져 오늘, 우리에게 말한다.

"역사를 두려워하라! 너희들의 탐욕과 무지를 결코 잊지 않을 테니, 너희 두 손에 움켜쥔 권력과 왜곡이 잊힐 거라 오해 마라. 역사는 반드시! 반드시 기억한 후 너희에게, 아니 너희 후손에게 되돌려 줄 것이다."

2015년이 끝을 향해 달리는 오늘, 그 역사는 다시 우리에게 경종을 울린다. 그러나 귀가 없는 자들은 듣지 않을 것이니, 내가 두려운 것은 오직 역사의 차가운 피다. 감정의 조각 하나 없이 심판을 내릴 바로 그 피.

8,500원! 다국적 커피 1.5잔의 값.

이름 모를 당신께서 저희에게 전해 주신 교훈의 가격입니다. 한량없이 죄송합니다.[*]

---

*《한겨레》 2015.9.25.자.

사실 역사는 역사고 소설은 소설이다. 그런데 역사소설을 읽다 보면 그 사실을 깜빡 하는 경우가 많다. 소설 속 내용이 역사로 둔갑 하는 순간인데, 그래서 역사소설은 함부로 써서는 안 된다.* 《삼국 지》가 《사기》에 비해 쉽게, 광범위하게 읽히는 까닭이 아마 여기에 있을 것이다. 우리나라에도 《삼국지연의》가 아니라 정사正史인 진수 陳壽(233~297)의 《삼국지》가 번역되어 출간되어 있지만 독자 수는 소설 《삼국지》의 1%, 아니 0.1%, 아니 0.01%도 안 될 것이다. 이것만 보아도 역사소설, 그것도 중국의 특정 시기에 관한 역사소설 한 권 안 읽었다고 기죽을 필요도 없고, 그런 역사소설 백 번 읽으면 세상 승리의 이치를 꿰뚫게 된다는 광고 문안을 믿을 필요도 없다.

역사와 소설이라는 점 말고도 《사기》와 《삼국지》 사이에는 큰 차이가 있으니, 바로 그들이 다루고 있는 시대의 차이, 대상의 차이 다. 《삼국지》는 후한後漢(25~220) 말부터 서진西晉(265~317) 초에 이 르는 불과 40여 년에 걸친 중국의 역사를 다루고 있다. 그래서 《삼국 지》는 정치·사회·문화·경제·사상 같은 분야는 젖혀 둔 채 오직 전쟁 을 다룰 뿐이다. 《삼국지》가 드라마나 게임, 영화 등의 소재로 자주 등장하는 까닭도 바로 전쟁을 다루기 때문일 것이다. 반면에 《사기》 는 중국 신화시대神話時代로부터 시작해 전한前漢(기원전 206~기원후 8) 중기인 한무제漢武帝(기원전 156~기원전 87, 재위 기원전 141~기원전

* 당연히 《남한산성》이 그렇다는 이야기가
아니다. 휴, 요즘은 오해가 난무하는 시대라
글쓴이의 의도와는 전혀 다른 평가가 나올까
두렵기도 하다.

87)에 이르는 방대한 시기를 다루고 있다. 그런 까닭에 고대 중국의 역사뿐 아니라 전쟁·정치·사상·문화·경제·사회·풍속에 이르는 거의 모든 것을 다루고 있다. 그러니 두 책을 비교하는 자체가 무리일지도 모른다.

늘 그러하듯 세상 대부분 사람들이 읽는 책을 나는 웬만하면 읽지 않는다. 책을 읽는 첫 번째 목적이 '재미'고, 두 번째 목적이 새로운 세상을 접하는 즐거움이요, 세 번째 목적은 창조로 향하는 길로 들어서는 황홀함이다. 그런데 수십 만, 나아가 수백 만(수십만 부가 판매된 책은 적어도 백만 명 이상이 읽게 된다. 그래서 판매 부수가 백만 부가 넘으면 독자는 수백만 명이 넘는 것이다.) 명이 읽는 책은 그다지 재미가 없다는 게 내 경험이다(당연히 그렇지 않은 책도 많다. 그러니 이는 대체로 그렇다는 말이다). 모두가 재미있다고 하는 영화니 텔레비전 드라마를 보면 별 재미가 없으니 말이다. 게다가 수백만 명이 읽는 책에서 창조로 향하는 길을 찾기란 모래사장에서 바늘을 찾는 것만큼이나 어려운 게 사실이다.

내가 이문열이나 황석영의《삼국지》대신 다른《삼국지》를 읽은 것은 오래전 일이어서 이문열이나 황석영의 번역판(평역판이라는 기이한 표현도 쓰던데)이 출간되지 않았기 때문이기도 하지만 설령 나와 있다 해도 안 읽었을 것이다. 이문열의《삼국지》를 안 읽었으니 세상 이치를 꿰뚫지 못했다고? 그럼 수백 년 동안 형성되어 온《삼국지》의 의미는《삼국지》때문인가, 이문열 때문인가? 궤변이다.

《사기》도 여러 종류가 출간되어 있다. 그러나《사기》는 본질이 사서史書다. 일반인들이 읽기 쉽게 변주한 책이 아니란 말이다. 물론 기전체紀傳體라는 탁월한 서술 방식을 인류 최초로 창안해 내고 그에 맞추어 기록한 까닭에 여느 역사책과는 비교할 수 없을 만큼 흥미진진한 것도 사실이다. 그러나 전체가 그러한 것은 아니니 어느 부분은 매우 전문적이어서 일반 독자는 읽을 필요성을 느끼지 못한다. 그래서 그런지 《사기》는 완역본보다 〈열전列傳〉 부분이 가장 많이 읽히는 것이 현실이다. 그러나 〈열전〉에도 꼭 읽어야 하나? 하는 의문이 드는 부분도 많다.

《사기》를 열 번 이상 읽었지만 건너뛴 부분이 적지 않은 나로서는 늘 독자에게 《사기》를 어떻게 하면 종합적이면서도 필요한 부분은 꼭 전할 수 있을까 고민을 하곤 했다. 그러다 우연히 일본 서점에서 발견한 책이 있으니 바로 도쿠마서점德間書店에서 문고본으로 출간한 일곱 권이 그것이다. 이 시리즈는 각 권마다 두 번역자가 담당했으니 모두 14명이 번역에 참가한 대작이다. 그런데 이 시리즈의 특징은 번역자가 많다는 데에만 있지 않다. 처음 이 책을 일본 서점에서 발견하고 펼쳤을 때 느낀 점은 '참 대단하다. 어떻게 이런 생각을 했을까?'였다. 사실 이 책은 《사기》의 완역본이 아니다. 솔직히 말하자면 완

도쿠마서점 판《사기》
도쿠마서점에서 문고본으로 출간한 이 시리즈는 우리나라에서의 불우한
운명과는 달리 오늘날에도 일본 서점의 한복판을 장식하고 있을 만큼
인기가 높다.

북에디션 판 《사기》

서해문집 판 《사기》
도쿠마서점 판 《서기》를 번역해 출간한 판본이다.
안타깝게도 초판도 제대로 소화하지 못한 채
요절하고 말았다.

역본을 출간하는 편이 훨씬 쉬웠을 거라는 생각이 든다. 그런데도 왜 이 많은 사람이 달려들어 완역본도 아닌 이런 책을 출간했을까?

　모두 일곱 권으로 구성된 시리즈는 1권 《패자霸者의 조건》, 2권 《식객食客들의 시대》, 3권 《독재의 허실虛實》, 4권 《역전逆轉의 역학 力學》, 5권 《권력의 구조》, 6권 《역사의 저류底流》, 7권 《사상의 명운 命運》으로 이루어져 있는데, 그 내용은 《사기》 전체에서 각각의 주 제에 맞는 부분을 발췌하여 시기와 상황별로 재구성하였다. 그러니 《사기》 전체를 완역하는 것보다 훨씬 복잡하고 치밀한 작업이었음 이 분명하다. 그런 까닭에 이 책을 읽는 것은 《사기》 본문을 읽는 재 미에 더해 주제별로 읽는 재미, 나아가 입체적으로 재구성된 《사기》 를 읽는 재미까지 전해 준다.

　그래서일까? 오래전, 그러니까 저작권 개념이 분명하지 않은 시 대에 우리나라에서 누군가 이 책을 번역·출간한 적이 있는 듯한데 아쉽게도 마치 자신이 편역한 것처럼 출간한 것이 안타까웠다. 누가 뭐라고 할 리가 없을 때이니 일본 책을 번역·출간했다고 밝혔다면 더 좋았을 텐데. 그래서 그 후 다른 출판사에서 이 판본을 저본底本 으로 해서 재출간한 적도 있는데, 그때도 원본을 밝히지 않았다. 아 마 그때는 몰랐을지 모른다. 첫 번째 출간한 사람이 밝히지 않았으 니. 그런 사실을 알게 된 나는 안타까운 마음에 이 일본 책의 번역본을 출간하기로 마음먹었다. 그러고는 쓸데없이 많은 돈을 들여 완역을 해서 출간하였다. 그러나 오늘날 이 책의 번역본은 우리나라에 없다. 백 번 읽어야 한다는 세평世評도 없고, 게다가 중국 역사서의 일본어판을 번역했으니 독자의 선택을 받을 까닭도 별로 없었다. 당연히 별로 팔리지 않은 채 절판되었다. 그러니 저작권료에, 번역료. 편집비, 디자인비, 제작비까지 공연한 작업으로 큰 손실만 입었던 기억이 난다. 그래도 아쉽다. 아무리 일본인들의 작업이라고 할지라도 《사기》를 이처럼 입체적으로 읽을 수 있는 기회는 드문데.

사실 《사기》의 가장 큰 약점은 기전체紀傳體라는 장점 속에 숨어 있다. 편년체編年體가 시간의 흐름에 따라 서술했다는 수평적 시각이 단점이라면, 기전체는 시대의 본류本流를 이루는 〈본기本紀〉, 본류를 떠받드는 제후諸侯들을 다룬 〈세가世家〉, 그리고 세상의 바탕을 이루는 존재를 다룬 〈열전列傳〉 편이 주를 이룬다. 그래서 시대를 입체적으로 이해할 수 있다는 장점이 있는 것이다. 그러나 편년체와 기전체의 장점과 단점은 거꾸로 보면 단점과 장점이 된다. 편년체 역사서를 읽으면 시대의 흐름이 한눈에 들어오는 반면에, 기전체 역사서는 〈본기〉 편을 읽을 때 나온 부분이 〈세가〉 편을 읽을 때 다시 나온다. 그리고 〈열전〉 편을 읽을 때 앞서 읽은 부분들이 언뜻언뜻 등장한다. 그래서 읽다 보면 혼란을 일으키기 쉽다.

중국 판《사기》
그동안 읽어 온 다양한 판본의《사기》들 가운데는 완역본도 있고,
축약본도 있다. 그러나 나는 어떤 것이 낫다고 말할 자신이 없다.
완역본을 다 읽을 필요도 없고, 축약본이 더 낫다고 말하기도
어렵기는 하다. 다만 잘 축약한 것이 있다면 이 바쁜 시대에 3천 년
전 중국 역사의 시시콜콜한 부분까지 다 읽을 필요는 없다는 것이
내 판단이다.

이 시리즈는 바로 그러한 기전체의 단점을 거의 완벽히 보완해
냈다는 데 가장 큰 의의를 두고 싶다. 물론 앞서 살펴본 것처럼 주제
별로 구성했기에 완벽하지는 않지만, 읽다 보면 시대적 흐름에 주제
를 절묘하게 맞추어 구성한 까닭에 별 혼동 없이 읽게 된다. 그러나
구하려고 안달하시지 말 일이다. 이제 그 시리즈의 우리말 판은 시중
에 없으니까. 반면에 혹시라도 운이 좋으면 어느 도서관에서 이 시리
즈의 불우한 번역본을 찾아 읽으실 수 있을 것이다.

책꽂이에
책만사는건
아니다!

내 방에 자리한 책꽂이는 삼면三面을 두른 후 거실과 안방까지 차지하고 있지만 모든 책꽂이에 책만 사는 건 아니다. 평생 가난한 마음을 채워 주는 음악과도 행복한 동거 중이다. 물론 예전에 듣던 LP는 지금 다른 곳에 있다. 좁은 방 대신 다른 곳에서 편안히 쉬고 있는 중이다. 하기야 몸이 닳아서 "쉭쉭~, 끄르끄르~" 소리가 날 만큼 무리를 했으니 이제는 쉴 만도 하지 않은가. 누군가는 바로 그 소리 때문에 LP의 묘미가 더 크다고도 하지만 나는 내 기쁨을 위해 그렇게 고달파진 LP의 몸까지 부리기는 싫다. 그러나 솔직히 말하면 LP를 들을 만한 공간과 여유가 없다고 고백하는 편이 나으리라.

이제는 쉬어도 좋다고 여기는 시간이 오면 그동안 고이 간직해 둔 LP와 오래된 스피커, 그리고 어려운 시절에 무리해서 구한 앰프를 한곳에 모아 두고 잠깐이라도 감정의 사치에 빠져 볼 참이다. 그러나 지금은 쉴 때가 아닌 듯하다. 부조리와 무지, 광기가 판치는 세상과 싸우고, 부족하기 짝이 없는 나 자신과 싸워야 할 때이다. 그래서 아쉽지만 컴퓨터에 연결한 작은 앰프와 스피커, 그

《이 한 장의 명반》(안동림, 현암사, 1988)은 그 무렵 서양 고전음악을 듣던 이들에게는 지침서와 같은 역할을 하였다. 한 곡의 각기 다른 음반을 구해 들으며 책의 평이 맞느니 틀리느니 하며 밤을 새워 떠들던 기억이 어제 같다.

리고 무차별적으로 사 모은 CD들의 소리로 만족한다.

　오래전, 그러니까 처음 음악을 듣던 시절에는 참 극성맞았다. 하기야 젊음은 모든 것이 꽃필 때니 '극성極盛', 즉 "어떤 일을 하려는 마음이나 행동이 지나치게 드세거나 적극적임"이라는 단어와 어찌 어울리지 않겠는가. 그러니 음악을 듣는 마음만 극성맞았던 것은 아니다. 책도 참 극성맞게 읽었고, 영화도 극성맞게 보았다. 공부만 극성맞게 하지 않았을 뿐, 모든 세상만사에 극성부리던 시절이 내게도 있었던 셈이다.

　이제는 돌아가신 안동림 선생님의《이 한 장의 명반》을 구한 후 목록에 등장하는 음반을 구하기 위해 외국을 다녀오시는 외삼촌께 부탁을 하기도 하고, 같은 곡이라도 명연名演이라고 소문난 이 음반 저 음반을 구해 비교해 가며 듣기도 했다. 그럼 나와는 사뭇 다른 음악적 취향을 가진 형님은 워낙 선비여서 드러내 놓고 말은 안 하였지만 내심 못마땅한 심기를 살며시 풍기곤 하였다. 그래도 워낙 극성맞았던 나는 내 방식을 고집했고, 그 극성맞은 성격대로 나중에는 직접 음반 가게를 내기도 했다. 혹시 기억하시는 분이 계실지 모르겠지만 예전 중앙극장에서 명동성당 쪽으로 돌아 올라가는 입구에 있던 '파인음반'이 그곳이다. 그곳에서는 반나절 넘게 고전음악을 틀어댔으니 괴팍한 가게였음이 분명하다.

그런데 그렇게 극성맞은 취미 생활도 세월이 흐르고, 나이를 먹어 가면서 그 방식이 바뀌기 시작했다. 베토벤 교향곡 9번 〈합창〉은 누가 연주해도 〈합창〉이다. 물론 다소간의 차이는 있을 것이다. 그러나 백 명 내외의 오케스트라 단원과 그보다 많으면 많았지 적지 않을 합창단과 네 명의 독창자들을 모을 정도에, 내 귀에까지 전해 오도록 음반을 녹음할 만한 지휘자와 연주 단체라면 베토벤을 바그너로 만들지는 않을 것이다.

물론 예전 외국 여행 중에 한 오케스트라의 연주회에 갔다가 황당한 경험을 하기는 했다. 그 연주회는 관광객을 상대로 한 이벤트성 음악회였는데, 연주 도중 갑자기 플루트가 "삐익~" 소리를 내는 것이 아닌가! 뭐 평생을 연주하다 보면 이런 실수를 할 때도 있겠지 생각했다. 그러나 그다음에도 또 "삐익~" 하더니, 연이어 다른 악기들도 뒤질세라 불협화음을 내기 시작했다. 그러더니 다음 곡에서는 독창자들이 나와서 나오지도 않는 소리를 내느라 청중의 귀를 괴롭혔다. 그러나 그 연주회는 관광객을 위해서, 이를테면 한판 놀아 보자는 뜻에서 개최한 것이었으니, 애초부터 모차르트를, 요한 슈트라우스를 들으리라 기대하고 간 것은 아니었다.

그런 경우를 제외한다면 우리 같은 아마추어 애호가들 귀에는 웬만한 음반은 다 들을 만하다. 쇼팽의 피아노곡을 두고 여러 연주자를 구분하고 비교하며, 어떤 연주가 쇼팽의 의도에 가깝다는 식의 현학적衒學的 평론이 어쩌면 우리를 고전음악으로부터 더 멀어지게 만드는 것은 아닐까? 수십 년 동안 무수히 많은 음반을 듣고 지금 이 순간에도 음악과 함께 사는 내 판단은 그렇다는 말이다. 그런 일은 전문가들의 영역으로 남겨 두자. 그리고 우리는 인류가 남긴 예술 가운데 평생의 벗으로 삼을 만한 음악을 그저 즐기자. 남들이 뭐라든 내가 좋으면 그만 아닌가.

한대수/고무신

지금과는 비교도 할 수 없을 만큼 극성스럽게 음악을 듣던 무렵, 몇 장의 음반을 기획, 제작하기도 했는데, 한 장은 원광호 명인의 〈거문고산조〉 음반이요, 다른 한 장은 한대수의 〈고무신〉이라는 음반이었다. 한대수의 〈고무신〉 음반은 1975년에 처음 발매되었지만 유신 독재 체제 하에서 판매 금지되었다. 그렇게 들을 수 없던 음반으로 잊혔는데, 우연히 친한 회사 동료가 한대수의 친척임을 알고 나서 복각판 LP를 제작하겠다고 나선 것이 1989년이었다.

임방울

임방울의 판소리는 정말 좋다. 지금도 나는 1930년대 후반부터 1960년대 초반까지 활동한 가수 남인수(1918~1962)와 소리꾼 임방울(1905~1961)의 공연을 못 들은 것을 가장 안타깝게 여긴다. 세계적인 오케스트라나 우리나라가 낳은 천재 바이올리니스트의 연주회에 직접 가서 못 들은 것은 썩 아쉽지 않다. 세계적인 오케스트라는 차고 넘치는데다 클래식계에서는 천재 아닌 사람을 찾기가 오히려 어려울 지경이니 말이다. 그러나 임방울과 남인수 같은 가수는 다시 나오기 어렵다. 게다가 두 사람 모두 너무 짧은 생을 살았다. 남인수는 우리 나이로 45세, 임방울은 57세를 살았다. 이웃들에게 기쁨과 감동은커녕 분노와 짜증만 주는 자들이 장수長壽하는 이 시대에 두 사람은 너무 일찍 우리 곁을 떠났다.

임방울 외에도 뛰어난 판소리꾼은 많다. 어려운 한문과 중국 역사, 문학이 무시로 등장하는 판소리 사설을 제대로 이해하고 부른 거의 유일한 가수로 일컬어지는 김연수金演洙(1907~1974), 태산 같은 소리를 타고났지만 도를 넘은 연습 끝에 목청을 상하고 만 비운의 소리꾼 박봉술 등이 우리가

제대로 음반을 통해 들을 수 있는 판소리꾼들이다. 이른바 근대 5대 명창으로 꼽히는 송만갑, 이동백, 김창룡, 김창환, 정정렬의 소리는 유성기 음반의 복각판으로 전해 오기는 하지만 이 첨단 음향의 시대에 오롯이 즐기기에는 어려움이 많다. 그만큼 음질이 좋지 않다는 말이다.

물론 임방울이나 김연수의 소리라 해도 오늘날의 첨단 입체음향이나 HD 음질과 어찌 비교하겠는가! 그러나 단언컨대 아무리 좋은 환경에서 좋은 기자재로 녹음했다 해도 오늘날의 소리꾼들은 임방울과 김연수를 따라가지 못한다. 이건 단순히 과거에 대한 신화화도 아니요, 회고적 취미에서 하는 이야기도 아니다. 귀가 있는 분이라면 들어 보시면 안다. 그 시절, 스튜디오 녹음을 극도로 싫어해서 실황 녹음한 음반 몇 장 외에는 들을 만한 것이 별로 없는 임방울의 소리를 듣고 나면 오늘날 판소리꾼들의 소리는 극단적으로 말하자면 '판소리'가 아니다.

판소리! 즉, '양반이건 상놈이건, 부자건 가난한 이건, 권력자건 무지렁이 백성

이건 불문하고 소리가 불리는 판에 앉아 소리꾼과 고수, 청중이 하나가 되어 즐기는 소리'라는 측면에서 보면 요즘 판소리는 전성기의 본모습을 잃었다. 반면에 오늘날 판소리는 무형문화재無形文化財라는 유리 진열장에 갇혀 화석화된 과거의 흔적일 뿐이다. 여러 젊은이들이 판소리를 되살리고자 안간힘을 쓰고 있는 것을 모르는 바 아니다. 그러나 개인의 노력으로 판소리의 본질을 되살리기는 어렵게 되었다. 그것이 오늘날 우리 국악계의 현실이요, 문화계의 현실이다. 모두가 그렇지는 않지만 무형문화재라는 감투를 내세우며 음악을 백성들과 함께 누리기보다는 권력으로 삼아 후계자들에게 군림하는 몇몇 이들의 모습은 보기에 괴롭다. 비단 국악계뿐이겠는가? 클래식 음악계라고 해서 다를 리 없다. 그러나 서양음악은 대한민국에서 타락하건 썩건 괜찮다. 왜냐하면 대한민국 클래식 음악계가 썩어도 서양 어디에선가는 그 음악들을 제대로 보존·계승·전파할 테니까. 그러나 국악은 그렇지 못하다. 우리가 보존·계승·전파하지 못하면 그걸로 끝이다. 인류의 위대한 문화유산이 온전히 사라져 버리고 마는 것이다. 그러니 어찌 안타깝지 않겠는가.

제발 임방울의 소리를 들어 보시길 바란다. 판소리가 도

《세상에서 가장 재미있는 소리, 판》

대체 왜 200여 년이라는 짧지 않은 기간 동안 우리 겨레를 들었다 놨다 했는지. 그리고 그렇게 융성했던 문화가 순식간에 사라져 버렸는지 궁금하지 않으신가? 이런 일을 "시대의 흐름 아닌가요?" 하고 아무렇지도 않게 넘긴다면 머지않아 우리 전통은 대부분 사라지고 말 것이다. 그리고 그런 사고방식에 사로잡혀 있는 한 인류 문명이 온통 사라져 가도 우리는 눈 하나 깜짝하지 않을 것이다.

임방울의 소리는 형편없는 녹음과 음질에도 불구하고 우리의 심금心琴을 울리기에 충분하다. 그래서 임방울의 소리는 구할 수 있는 한 모두 모았다고 자부한다. 물론 많은 음반이 겹치는 것이 현실이다. 그만큼 임방울의 소리 음원音源은 남은 것이 많지 않다. 게다가 젊은 시절 남긴 창극唱劇, 즉 여러 사람이 판소리의 등장인물 역할을 나누어 연주한 새로운 형식은 판소리와는 비교할 수 없을 만큼 활기도 없고 역동적이지도 않다.

판소리는 혼자 불러서는, 그것도 아무도 없는 스튜디오에서 마이크를 청중 삼아 녹음해서는 결코 판소리의 맛을 낼 수 없다. 판소리는 혼자 부르는 노래가 아니다. 판소리는 말 그대로 '판'이 있어야 나는 '소리'다. 그래서 일자무식 임방울 선생이지만 스튜디오 녹음 대신 공연을 중시했다고 한다. 지금 남아 있는 소리 또한 대부분 공연을 하는 공간에서 형편없는 기기를 이용해 겨우 녹음한 음원들이다. 그런데 우리 후손들의 소리는 그 소리를 따라 가지 못한다. 오호통재嗚呼痛哉라!

사족을 하나 붙이자면 판소리의 한없는 즐거움을 모르는 분들이 많으신 듯해서 몇 년 전에《세상에서 가장 재미있는 소리, 판》(김홍식 엮음, 어젠다, 2013)이라는 책을 낸 적이 있다. 판소리에 대한 이론적 내용 대신 판소리 다섯 바탕 사설 가운데 신나는 부분을 간단한 해설과 함께 소개한 책인데, 결과는? 책을 출간한 출판사 (드물게 다른 출판사에서 출간했다)에 미안해서 내가 수백 부를 구입했다. 그게 전부인 듯하다.*

〈오-케 판 홍보전〉
일제강점기에 설립된 음반회사인 오-케 레코드사에서 제작한 판소리 〈홍보전〉 음반을 복각·재생한 것이다. 정통 판소리가 아니라 창극 형식으로 녹음하였는데 임방울은 흥보와 놀보 역할을 비롯해 중요한 역을 맡았다.

〈김연수 심청가〉
1966년 녹음을 1994년에 CD로 재생한 것이다. 김연수의 소리는 굵고 우렁찬 임방울에 비해 낭랑하고 분명한데, 두 사람의 소리를 비교해 들어 보면 차이점과 더불어 소리를 자신 있게 풀어내는 유장함이라는 면에서는 공통된다는 사실을 쉽게 확인할 수 있다.

---

* 그래도 국립국악원에서 이 책에 나오는 〈범피중류〉 대목(〈심청가〉에 나온다)의 번역과 해설이 좋다며 사용을 요청했다는 말을 듣고 얼마나 뿌듯했는지 모른다. 세상에 단 한 사람이라도 가치 있다는 말을 해 준다면 지은이로서의 역할은 다한 것 아닐까.

〈국창 임방울 판소리 대전집〉
사단법인 임방울국악진흥회에서
2010년에 출반한 것인데,
임방울이 남긴 대부분의 곡이
담겨 있다고 보아도 무방하다.
그런데 이 전집은 일반 음반
가게에서는 구할 수 없는 것으로
알고 있다. 이걸 구하는 데
애먹었던 기억이 새롭다.

〈임방울의 수궁가〉
1956년 11월 24일
국립국악원에서 열린 〈수궁가〉
완창 실황을 녹음한 귀한
음반이다. 현존하는 판소리 다섯
바탕 가운데 가장 해학적이며
일반인이 듣기에 부담이 없는
〈수궁가〉 완창을 임방울 전성기의
소리로 들을 수 있는 참으로
귀한 음반이다. 판소리 음반들은
대부분 사설辭說을 수록하고
있기 때문에 듣기에 익숙지 않은
일반인들도 이해하면서 들을 수
있는데, 이 음반 역시 마찬가지다.

〈창극 춘향전〉
김연수가 도창, 즉 전체 소리를 이끌어 가는
역할을 한 창극 음반이다.

벽돌책의
탄생

세상에는 두 종류의 책이 존재한다. 두꺼운 책과 얇은 책!

　두꺼운 책과 얇은 책을 구분하지 못하는 독자는 없을 것이다. 따라서 겉으로 보기에 두꺼운 책과 얇은 책에 대한 이야기를 하려는 것이 아님은 분명하다. 그렇다면? 맞다. 본래 두꺼운 책에 대한 이야기를 하려는 것이다. 두꺼운 책을 그대로 두껍게 낼 때 그 책은 두꺼운 책이다. 반면에 두꺼운 책을 나누어서(이를 전문용어로 분철分綴이라고 한다. 나누어서 꿰맨다는 뜻이다.) 여러 권으로 출간할 때 얇은 책이 된다.

　《삼국지》를 예로 들면 원서인 《삼국지연의》는 중국에서는 많아야 세 권을 넘지 않는다. 이것이 가능한 이유는 한 글자가 긴 뜻을 품는 한문의 특징과 더불어 한 쪽page에 우리보다 훨씬 많은 글자를 담는 중국의 출판문화도 한 몫 한다. 따라서 《삼국지》가 몇 권이 되어야 한다는 원칙이 있을 리 없다. 그런데 우리나라에서는 《삼국지》 하면 10권이 대세를 이룬다. 10권이 안 되면 완역본完譯本이 아닌 듯하고, 10권이 넘으면 공연히 권수를 늘린 듯하다. 그러나 이는 편견에 불과하다. 《삼국지》는 10권이 되어야 한다는 아무런 합리적 근거도 없다. 《삼국지》를 7권으로 출간할 수 있는데도 꽉 찬 느낌, 즉 완역했다는 느낌을 주기 위해 10권으로 만들었다면 독자들은 상대적으로 많은 비용을 지불해야 할 것이다.

　'얇은' 책들이 모두 상업적 목적으로 분권한 것은 아니겠지만 시

---

* 1997년 IMF 경제위기가
도래하기 전까지를 가리킨다.

《소설 동의보감》

《소설 동의보감》은 미완의 작품인데, 하도 재미있어서 세 번째 권을 읽을 때는 한 장 한 장 넘어가는 것이 아까울 정도였다. 이 작품이야말로 1990년대 역사소설 유행을 일으킨 원조라 할 수 있는데, 사실을 말하자면 역사소설이라기보다는 역사에서 소재를 가져온 소설일 뿐 대부분은 허구다. 그렇지만 이렇게 재미있는 책을 찾기란 힘드니 오늘날 이 책이 서점의 뒤안길로 물러난 것은 아쉽다. 지금도 독서를 막 시작하려는 분들에게는 주저 없이 이 책을 권한다. 아, 한 권 더 있다. 《초정리 편지》라는 동화인데 책에는 국경도, 나이도, 성별도 없다고 믿는다. 그래서 독서를 처음 하는 분들이라면 60대라 해도 《초정리 편지》를 권한다. 그리고 그런 권유는 대부분 성공한다. 처음 잡은 책이 재미있어야 두 번째 책을 찾을 테니 말이다.

《초정리 편지》

대적 상황도 무시할 수 없다. 1990년대에는 책 한 권이 400쪽을 넘지 않는 게 일반적이었다. 그러니까 400쪽이 넘어가는 순간 전문서로 치부되고, 대중을 위한 소설이나 교양 인문서의 경우에는 400쪽이 넘어갈 정도라면 두세 권으로 분철해서 출간하는 것이 일반적이었다. 1990년대*는 여러 면에서 우리나라 출판계에 기록될 만한 시기인데, 그 가운데서도 주목할 만한 점은 역사소설의 전성기였다는

사실이다. 그 무렵《소설 동의보감》을 필두로《소설 토정비결》,《소설 목민심서》를 비롯해 여러 역사소설들이 출간되었고, 이들은 대부분 약속이나 한 듯이 3권으로 구성되어 있었다. 이 정도 되면 소설이 정형화되어 출간되었다고 해도 크게 틀린 말이 아닐 테니, 몇몇 작품을 제외한다면 시대 상황에 맞추어 상업적 목적으로 출간된 셈이다. 지금 생각하면 호랑이 담배 먹던 시절 이야기인데, 그렇게 해도 3권 모두 100만 권이 넘게 팔렸다니 대단한 독서열이 풍미風靡했던 셈이다.

　　그러나 좋은 시절은 이내 사라졌다. 1997년 하반기에 불어닥친 IMF 경제 위기는 우리 사회를 송두리째 흔들어 놓았으니, 이때부터

두꺼운 책을 구입하면 얇은 책을 구입했을 때보다 그 기대감이 훨씬 크다. 물론 기대에 못 미칠 때의 실망감도 크지만, 그때는 책을 목침 대용이나 모니터 받침대로 쓰면 되니까 큰 손해는 아니다.

출판계 또한 전혀 다른 상황을 맞는다. 전대미문前代未聞의 경제적 파고를 맞이한 대한민국 출판 문화계 또한 문예의 시대는 가고 경제의 시대를 맞이했다. 그리고 이때부터 '3권의 시대' 또한 저물게 된다.

그렇게 시간이 흐르고 신자유주의, 즉 오직 돈, 오직 경쟁, 오직 승리만이 최선의 가치로 인식되는 시대가 오자 출판계 또한 완전히 새로운 환경에 놓이게 되었다. 그리하여 사회 전체를 지배하기 시작한 양극화의 추세는 출판계에도 고스란히 미쳤으니 책 읽는 사람과 읽지 않는 사람만이 존재하기에 이른다. 언제는 그렇지 않았던가? 하고 의문을 품는 분이 많으실 것이다. 그러나 1990년대의 역사소설 유행을 견인한 시민들 대부분은 책을 읽는 층도 아니요, 안 읽는 층도 아니었다.

요즘도 케이블 텔레비전에서 심심찮게 방영하는 영화 가운데 〈쇼생크탈출〉이라는 흥미진진한 영화가 있다. 나 또한 이 영화를 적어도 서너 번은 본 듯한데, 이 영화에는 감동적인 장면이 몇 번 나온다. 그 가운데서도 관객의 가슴과 귀를 크게 때리는 장면이 있으니 주인공 앤디 듀프레인이 교도소장의 위협에도 아랑곳하지 않고 교도소 전체에 음악을 트는 부분이다. 아, 그때 교도소 구석구석에 울려 퍼지던 그 음악의 아름다움을 어떻게 표현할 수 있겠는가! 그때 울려 나온 음악이 모차르트의 오페라 〈피가로의 결혼〉에 나오는 〈편지의 이중창〉이다. 사실 그다지 아름다운 내용은 아니지만(하녀 수잔나의 혼인을 앞두고 초야권初夜權을 행사하려고 온갖 머리를 짜내는 백작의 계획을 무산시키기 위해 수잔나와 백작부인이 공모하여 거짓 편지를 쓰는 내용이니까) 음악은 말로 형언形言하기 힘들 만큼 아름답다. 특히 음악의 감동을 배가倍加시키기 위해 본래 음악을 조금 더 느리게 연주함으로써 청중의 가슴 속에 드리운 여운 또한 느리고 길게 이어지는 효과를 가져왔으니 어느 누가 그 음악에 압도되지 않겠는가!

그런데 이 음악을 좋아한다고 고전음악을 듣는 사람이라고 말할 수 있을까? 그렇지 않다. 그냥 우연히 들었을 뿐이다. 만일 우연히 접한 이 음악이 계기가 되어 그 후 〈피가로의 결혼〉 음반을 사서 들었다거나 모차르트의 다른 오페라나 협주곡을 듣기 시작했다면 그는 비로소 고전음악을 듣는 사람이 되었다고 말할 수 있다. 그러나 영화의 사운드트랙을 사서 듣고 더 이상 오페라 〈피가로의 결혼〉이나 모차르트 음악에 관심을 갖지 않는다면 그는 그냥 음악을 접한 사람일 뿐이다. 책도 마찬가지다. 100만 권이 넘게 팔린 역사소설을 구독했다고 해서 독서를 하는 사람이라고 말하기 힘든 까닭은 앞서 말했듯이 음악을 한 번 들은 사람과 같은 이치다. 물론 그것마저 안 읽는 사람도 있다. 그러나 그런 사람은 논외로 치자.

그렇다면 오늘날 출판계의 양극화는 어떤 양상으로 전개되고 있을까? 책을 읽는 사람과 읽지 않는 사람, 두 종류로 나뉜다는 것의 실상은 이렇다. 이제 100만 권씩 나가는 책은 거의 없다. 그러니까 책을 소일거리로 여기는 독자는 사라졌다는 말이다. 그럼? 책을 읽는 것이야말로 호모 사피엔스로 살아가는 데 필수적이라고 여기는 지성 신봉주의자와 "책을 왜 읽지? 돈이 되지도 않고 밥을 갖다 주지도 않는데." 하며 책 읽는 행위를 시대에 뒤떨어진 먹물 근성으로 치부하는 첨단제품 신봉주의자라는 두 종류 인간만이 남았다.

20세기와 21세기 대한민국 출판계는 이렇게 변모했고, 독자의 양극화 또한 이렇게 전개되기 시작하였다. 그렇다면 독자의 양극화는 출판계에 어

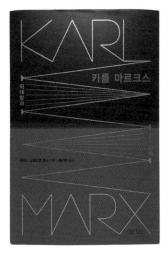

《칼 마르크스, 위대함과 환상 사이》
최근에 구입한 《카를 마르크스, 위대함과 환상 사이》(개러스 스테드먼 존스 지음, 홍기빈 옮김, 아르테, 2018)라는 책도 두꺼운 책의 사례라 할 수 있다. 1,100여 쪽에 달하는 이 골치 아픈(지 재미있는지 모른다. 왜? 아직 펼쳐보지도 않았으니까) 책은 값이 무려 80,000원이다. 예전에 책의 명성만 믿고 구입했다가 번역 때문에 읽는 데 애를 먹은 적이 여러 번 있어서 고민을 많이 했지만 한 신문에 나온 서평이 워낙 좋아서 일단 구입했다.

떤 변화를 가져왔을까? 가장 두드러진 특징은 얇은 책 대신 두꺼운 책, 이른바 벽돌책이 일반화되었다는 사실이다. 왜 그런 현상이 나타났을까? 어차피 책을 읽는 사람은 한 권을 두 권이나 세 권으로 나누어서 읽기 쉽게 만들지 않아도 읽는다. 반면에 읽지 않는 사람은 아무리 읽기 쉽게 분철을 해 주어도 읽지 않는다. 그래서 예전에 비해서 두꺼운 책들이 많이 등장했다. 두세 권으로 만들 책을 한 권으로 만들면 출판사 입장에서는 제작비가 적게 든다. 제작비뿐만 아니라 유통비도 적게 든다. 반면에 일단 한 권만 사 보자는 마음을 가진 독자는 책 구입을 주저하게 된다. 사실 1,000쪽이 넘는 책을 사서 읽으려면 꽤나 다부진 결단을 내려야 한다. 아무리 책을 좋아하는 사람도 그런 책을 펼치려면 마음의 준비를 해야 하니 말이다. 반대로 그런 책이라면 일단 눈길을 주는 독자들도 적지 않은데, 그런 분들의 내심을 대변한다면 이런 심경이리라. '분명 이 정도 두꺼운 책을 출간하기로 결심했다면 출판사 입장에서 책에 대한 가치를 인정한 것이다. 가치가 없는데도 이렇게 두꺼운 책을 출간했다면 아무도 읽지 않을 테고, 그것은 곧 망하는 지름길일 테니까.'

《수메르 신화》
도서출판 서해문집에서 19,500원에 판매한 《수메르 신화》는 오늘날 품절인데, 그런 까닭에 중고 책이 최저 6만 원에 판매되고 있는 게 현실이다. 그러니 책을 구입하는 것이 단순히 현학적 취미만이 아닐 수도 있다.

사실이 그렇다. 출판사에서 꽤나 두꺼운 책을 출간할 때는 다른 책보다 심사숙고를 할 수밖에 없다. 원고료도 많이 들 뿐 아니라(혹시라도 번역서라면 더더욱 그렇다. 번역료만 해도 상상하기 힘들 수준이 될 테니까) 편집비, 디자인비, 제작비까지 포함한다면 책 한 권 출간하는 데 웬만한 집 월세 보증금이 족히 들어간다. 그러니 그런 책은 상당한 고민 끝에 출간하기 마련이다.

그런데도 오늘날 두꺼운 책들은 심심찮게 출간된다. 그러면 나는 낯설지만 맛있어 보이는 먹잇감을 노려보는 뱀의 눈길로 그 책들을 바라본다. 그러는 데는 까닭이 있는데, 앞서 살펴본 것처럼 분명 뭔가 있는 책일 거라는 기대감과 아울러, 이런 책은 아무리 많이 팔린다 해도 초판을 넘기기 어렵기 때문에 혹시라도 초판이 다 팔린다면 이 책을 구하기 힘들 것이라는 현실적 판단도 개입한 것이다. 그리고 그렇게 절판된 책은 나중에 구하려면 정가보다 훨씬 비싼 값을 주고 중고 책을 구해야 하는 비극적 상황을 맞이할 수도 있다. 물론 출판사 입장에서는 종이 값도 건지지 못할 가능성이 더 크지만.

실제로 그런 사례가 있는데, 도서출판 서해문집에서 출간한 적이 있는 《수메르신화》라는 책이 그 경우다. 2003년에 출간한 이 책은 정가가 19,500원이었다. 그리고 그 가격은 단 한 번도 변한 적이 없다. 그런데 저자이신 조철수 선생님께서 갑자기 세상을 떠나시면서 여러 사정으로 책이 절판되는 운명을 맞았다. 그러자 시중에서 구할 수 없게 된 이 책은 중고 서점에서 최저 6만 원이라는 거금에 판매되고 있다. 이보다 더한 경우도 있다. 앞서 살펴본 버트런드 러셀의《수학원리》라는 책을 기억하시는가? 러셀이 마이너스 50파운드를 벌었고, 20세기에 출간된 책 가운데 가장 안 읽혔다는 그 책 말이다. 지금 그 책이 얼마인지 아시는가? 아무리 찾아보아도 14만 달러 이하로 구입할 수 있는 기회는 없는 듯하다.

사실 우리나라에서는 출간된 지 100년은 고사하고 70, 80년만 되어도 헌책이라기보다는 '고서적古書籍'이라는 우아한 명칭을 갖는다. 그만큼 출간된 책도 드물 뿐 아니라 그 수 또한 적기 때문일 것이다. 그러나 서양에서는 연령이 그 정도 되는 책들은 특별한 의미를 갖지 않는 한 그냥 헌책일 뿐이다. 그 시대에 이미 책이란 것이 일반인들의 교양 수단으로 활발히 출간·보급되었기 때문이다. 그래서 이렇게 비쌀 것이라고는 상상도 하지 못했다. 누군가에게는 책이 단순히 읽기 위해 구입하는 것이 아니라, 투자의 대상이 될 수도 있음을 보여 주는 사례로 기억할 만하지 않은가. 이런 상황을 이미 알고 있기에 나는 오늘도 두꺼운 책은 그냥 지나치지 않는다. 물론 모두 구입하는 것은 아니지만 유심히 살펴보고 구입 여부를 결정한다. 아무래도 긍정적인 쪽으로 판단하면서.

《중국사상문화사전》(미조구치 유조 외 엮음, 김석근·김용천·박규태 옮김, 책과함께, 2011)

책과함께 출판사에서 펴낸 이 책은 두껍고 비싸며 전문적인 책이다. 그렇지만 곁에 두고 읽을 만한 흔치 않은 책이다. 그래서 한 신문에 이런 서평을 썼다.

70명 가까운 학자들이 모여 한 권의 책을 기획, 집필, 완성하여 출간하는 것은 쉽지 않은 일이다. 게다가 그 내용이 자신들의 문화·사상·역사를 다룬 것이 아니라면, 작업의 난이도를 넘어, 꼭 필요한 일인가라는 반문을 당하기 십상이리라. 한 걸음 더 나아가 그 작업에 10년 가까운 세월을 투여했다면, 그리고 그 작업의 대상이 되는 문화·

사상이 자신들과 적대적이면 적대적이지 우호적일 리 없는 나라의 것이라면, 반문을 넘어 비난을 들을지도 모를 일이다.

그러나 학문이란 그런 것이다. 시간, 공간, 적의, 우호, 효

《중국사상문화사전》

율, 성과, 인정 같은 단어는 뒤로 넘기고 오직 지성의 세계를 확장시키기 위해 삶을 투여하는 작업, 그리하여 인류가 우리에게 전해 준 온갖 자취를 온전히 우리의 것으로 삼아 더 나은 삶, 더 나은 세상, 더 나은 문명을 향해 나아갈 수 있다면 어떤 희생과 비난도 감수할 수 있는 게 학문의 세계요, 학자의 운명이다.

《중국사상문화사전》은 이런 면에서 여러모로 괴팍한 책이다. 중국 민족을 낳은 사상과 문화의 시원을 하나하나 밝혀 나가면서 사상·문화적 개념의 생성·변화·확장 과정, 그리고 그 개념들이 인간의 삶과 사고·행동에 어떤 영향을 미쳤는지, 그리고 그 영향이 중국 민족뿐 아니라 주변 국가들과 민족들에게 어떤 의미로 다가갔는지를 66개의 글자 또는 어휘를 통해 분석한 이 책은, 놀랍게도 일본의 학자 70여 명이 10여 년에 걸쳐 완성한 것이니 말이다.

"그런 일은 중국 학계가 할 일이 아닌가요?"

글쎄, 그럴지도 모른다. 바꾸어 생각하면, 우리 겨레의 사상·문화적 발원으로부터 현대에 이르는 의미의 생성·변화·확장·적용 과정을 다른 나라 학자들이 심혈을 기울여 완성했다면 우리는 어떤 감회를 갖게 될까.

결론부터 말한다면, 이 작업은 누구의 인정을 받고자 한 것도 아니요, 동아시아의 사상·철학·삶에 지대한 영향을 미쳐 온 중국이라는 나

나에 대한 사대적 행동의 결과로 아니다. 현실적으로도 오늘날 우리 문화와 사상의 형성에 뿌리가 되었고 이 순간에도 의미를 갖는 주요한 개념들 하나하나에 대해 수천 년에 걸친 형성·변화·작동의 과정을 추적하여 정리한 결과는 작업의 주체인 도쿄대학 출판회의 창립 50주년 기념 성과물로 끝나지 않는다. 어찌 보면 중국의 사상과 문화가 끼친 영향은 일본보다 우리에게 더하면 더했지 덜하지 않은 게 현실일 테니 말이다. '하늘', '도' 같은 추상적 개념으로부터 '국가', '혁명'을 거쳐 '제사', '귀신', 그리고 '음양', '풍수', '의학'에 이르는 현실 속으로 나아가는 과정을 읽다 보면 왜 우리 이웃 국가의 사상과 문화를 우리가 이해해야 하는지, 그리고 그 작업이 얼마나 소중한 일인지 알게 된다. 마치 그리스 로마 신화를 이해하는 게 그리스와 로마에 대한 사대주의의 산물이 아니라 한 문명권의 형성·발전에 뿌리가 된 실체에 접근해 가는 환희의 과정인 것처럼 말이다.

출판 현장에서 일하는 사람으로서 덧붙인다면, 70명이 10

Mircea Eliade
Histoire des croyances
et des idées religieuses / 1
De l'âge de la pierre
aux mystères d'Eleusis

미르치아 엘리아데 이용주
세계 종교사상사 1
석기시대에서~뮈리 엘레우시스 비의까지

이학사

《세계종교사상사》
요즘은 분야를 점차 넓혀 가지만 그래도
철학서를 주로 출간하는 이학사 역시 두꺼운
책이라면 뒤지지 않는 '문제적' 출판사다.
그 가운데서도 압권은 세 권으로 구성된
《세계종교사상사》(미르치아 엘리아데 지음,
이용주 최종성 김재현 박규태 옮김, 2005)다. 각기
33,000원, 35,000원, 28,000원씩 총 96,000원인
이 책이야말로 언젠가 귀한 대접을 받을 거라
믿는다만, 글쎄.

년을 투여한 시공간적 노력을 고려한다면 책값 6만 원은 싸도 너무 싸다. 그러나 최저임금에 허덕이는 시민, 비정규직이 일반화한 이 나라에서는 책값이 비싸게 느껴지는 게 현실이다. 읽을 수 있는 시민 2천 명이 나선다면 책값이 절반으로 떨어질 텐데. 아쉽다.[*]

출판사 교양인에서 출간하는 '문제적 인간' 시리즈는 '문제적 출판사'라는 별칭을 붙여도 할 말이 없을 만큼 두꺼운 책들로 이루어져 있다. 이 시리즈에 포함된 인물들은 히틀러, 스탈린, 프로이트, 괴벨스 등 알려진 인물이 다수인데, 그 가운데 우리나라에 가장 안 알려진 인물이 아마도 기타 잇키라는 일본인일 것이다. 한자로

《기타 잇키: 천황과 대결한 카리스마》

북일휘北一輝라 쓰는 그는 참으로 문제적 인간이었던 듯한데, 한때는 파시스트로 알려지기도 했지만 바로 이 책 덕분에 진정한 혁명가로 새롭게 조명을 받았다고 한다. 총 1,220쪽에 달하는 '문제적 인간' 시리즈 6번 《기타 잇키: 천황과 대결한 카리스마》(마쓰모토 겐이치 지음, 정선태·오석철 옮김, 2010)는 가격이 65,000원이다. 내가 이 책을 구입한 것은 아마도 그 무렵** 경제적으로 여유가 있었거나, 기타 잇키가 그러했듯 어떤 형태로든 혁명을 꿈꾸지 않고는 숨조차 쉬기 힘들었기 때문이 아닐까 싶다.

《서양철학사》(군나르 시르베크·닐스 길리에 지음, 윤형식 옮김, 이학사, 2016)

이학사가 출간한 두꺼운 책 가운데 또 한 권이 있는데, 바로 《서양철학사》다. 철학의 역사는 언제, 어떤 방식으로 보아도 재미있을 듯한 주제인데, 언제 보아도, 어떤 방식으로, 심지어 만화 서양철학사를 읽어도 어렵다. 그런데 이 책은 간독看讀하기에 좋은 듯하다. 노르웨이의 대

《서양철학사》

다. 노르웨이의 대 / 학 교양과목 교재로
쓰인 듯한 체제인 / 데, 그래서 나름 쉽
고 정리도 잘 되어 / 있으며 번역도 좋
다. 그래서 열심히 / 읽었는데, 읽고 나
면 읽은 내용이 잠 / 자리에서 언뜻언뜻
떠올라 자동으로 / 정리하게 되었으니
놀라운 경험이다. / 물론 서양철학사 읽
었다고 내 삶이 철 / 학적으로 변하지는
않을 것이다. 다만 / 인간으로 태어나 이
런 지적 경험이 주 / 는 희열을 느끼면
족한 것 아닌가!

이것은 모든 것이, 우주 속의 모든 것이 예외 없이 인간의 사유에 의해 이해 가능하게 되었다는 것을 의미한다. 이것이 바로 혁명적인 것이다. 마치 물처럼 모든 것이 이해 가능하다. 우주는 이제 인간의 사유에 의해 샅샅이 통찰될 수 있다. 반대로 표현하자면 이제 어느 것도 신비스럽거나 이해 불가능하지 않다. 더 이상 이해 불가능한 신이나 악마가 설 자리는 없다. 이것은 인간이 우주를 지성적으로 정복하는 출발신호였다. 이것이 바로 우리가 탈레스를 최초의 철학자 혹은 최초의 과학자로 부르는 이유이다. 그와 함께 인간의 사유가 뮈토스mythos에서 로고스logos로, 신화적 사유에서 논리적 사유로 이행하였다.[*]

교과서에서 철학의 아버지라고 배웠던 탈레스가 왜 철학의 아버지인지 설명하는 위 대목을 읽으며 깨달았다. 현상에는 반드시 이유가 있음을. 그런데 왜 우리 교육은 이유 대신 현상만 외우라고 하는 것일까.

---

[*] 《서양철학사》 25쪽에서 전재.

《세계문제와 자본주의 문화》(리처드 로빈스 지음, 김병순 옮김, 돌베개, 2014)

골치 아픈 듯한 제목의 이 책도 두껍기 그지없다. 800쪽이 넘으니까. 그러나 제목과 달리 문체와 내용은 날렵하고 경쾌하다. 그리고 책 한 권이 한 인간, 한 가족, 나아가 한 사회를 바꾸어 놓을 수 있다는 확신을 안겨 준다. 다음에 인용하는 내용은 자본주의 체제가 얼마나 폭력적인가, 그리고 폭력적으로 작동하지 않는 자본주의는 존재할 수 없음을 보여 준다. 아! 이런 감추어진 본질을 고작 40,000원을 투자해 깨달을 수 있다면 얼마나 소중한가!

> 자본주의가 존재하기 위해서는 부나 돈으로 노동력을 구매할 수 있어야만 한다. 그러나 사람들이 생산수단인 토지, 원재료, 도구(예컨대 베틀이나 재봉기)에 접근할 수 있는 한 그들이 자기 노동력을 팔 이유는 하나도 없다. 그들은 여전히 자기 노동력으로 물건을 생산해서 팔 수 있기 때문이다. 따라서 자본주의 생산양식이 존재하기 위해서는 생산자와 생산수단의 연결이 끊어져야 한다. 농민들은 자기 땅이 없어야 하고 장인들은 자기 도구가 없어야 한다. 생산수단에 접근할 수 없게 된 사람들은 생산수단을 지배하는 사람들에게 허락을 받고 토

* 이 책도 새물결 출판사에서 출간하였다.
** 《세계문제와 자본주의 문화》 173쪽에서 전재.

《세계문제와 자본주의 문화》

《나니아 연대기》

《나니아 연대기》(C. S. 루이스 지음, 폴린 베인즈 그림, 햇살과나무꾼 옮김, 시공주니어, 2005) 두꺼운 책을 좋아하는 사람들은 일반적으로 골치 아픈 책만 읽을 듯하지만 전혀 그렇지 않다. 두꺼우면서 판형도 큰 이 책을 구입한 이유는 오로지 즐기고 싶었기 때문이다. 그런데 기대한 만큼 재미가 없었다. 그래서 20%쯤 읽고 그만두었다. 판타지 소설인데 번역이 너무 직역체라서 박진감이 없는 것도 한 가지 이유였던가?

《아동의 탄생》

《아동의 탄생》(필리프 아리에스 지음, 문지영 옮김, 2003)을 펴낸 새물결 출판사도 두꺼운 책을 두려워하지 않는다. 1973년에 프랑스에서 출간한 이 책은 저자가 편집한 《사생활의 역사》[*]와 함께 20세기에 출간되었지만 역사학 분야의 고전으로 꼽힌다.

지와 도구를 이용해 생산물을 만들고 그 대가로 임금을 받는다. 생산수단을 지배하는 사람들은 생산된 상품도 지배한다. 그리고 정작 상품을 생산한 사람들은 생산수단을 가진 사람들에게서 자기가 만든 상품을 되사야 한다. 따라서 사람들을 생산수단에서 단절시키는 것은 그들을 노동자로 만들 뿐 아니라 자기 노동으로 생산한 물건을 사는 소비자로 바꾼다.[**]

《산 자와 죽은 자》

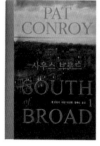
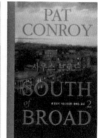

《사우스 브로드》

　2000년대 들어서는 소설도 두툼하게 출간되기 시작했는데,《산
자와 죽은 자 1, 2》(제라르 모르디야 지음, 정혜용 옮김, 현대문학, 2006)(각
권 500여 쪽),《사우스 브로드 1, 2》(팻 콘로이 지음, 안진환·황혜숙 옮김, 생
각의나무, 2009)(두 권 합해서 980여 쪽) 같은 책들이 1990년대에 출간되
었다면 당연히 세 권으로 출간되었을 것이다. 참 재미있게 읽은 소설
들인데, 썩 많은 사람이 찾은 것 같지는 않다. 그렇다고 덥석 물지는
마시길. 내 소설 취향은 많은 분들과 간극이 크니.

그러나 뭐니 뭐니 해도 두꺼운 책의 압권을 꼽으라면 다음 두 책일 것이다.

《피네간의 경야 주해註解》(김종건, 고려대학교출판부, 1141쪽). 고려대학교출판부에서 펴낸 이 책에 대해 어떤 독자께서는 의문을 품으실 것이다.

"《피네간의 경야》는 어디 가고 그 작품의 주해서註解書를 이야기하는 거야?"

맞다. 《피네간의 경야Finnegans Wake》는 아일랜드 소설가 제임스 조이스가 자신의 최고 걸작으로 꼽은 작품이다. 그런데 하도 어렵고 복잡해서 그냥 읽기가 힘들단다. 원어原語인 영어로도 읽기 힘든 작품을 하물며 우리말로 읽는 일은 더더욱 힘들 것이다. 게다가 작가 자신이 말했듯 "이른바 '우주어universal language' 또는 '초음속어ultrasonic language'라 할 언어"*가 난무하는 작품이라니!

잠 안 올 때는 잠을 자기 위해, 머리가 아플 때는 두통을 잊기 위해, 세상을 벗어나고 싶을 때는 낯선 세상으로 여행하기 위해 책을 찾는 자가 이런 책을 놓칠 수는 없다. 그 책을 잡는 까닭이 번역자 말씀대로 "《피네간의 경야》 독자들은, 《율리시스》와 마찬가지로, 두 가지 형태인지라, 그것을 읽는 척하는 사람과, 척하려고 그것을 읽는 사람"들이라 나 또한 결코 그 무리에서 빠질 수는 없는 노릇.

그래서 잡은 책이 김종건 교수가 평생을 바쳐 번역하신 후 출간한 2012년 판 《피네간의 경야》(제임스 조이스 지음, 김종건 옮김, 고려대학교출판부, 629쪽)다.

　　여기 《피네간의 경야》의 개역改譯은, '읽을 수 없는unreadable' 책을

---

*《피네간의 경야》 5쪽에서.

읽을 수 있게 하는 쾌락의 과정일지니. 그를 읽는 땀에 젖은 노력과 힘겨운 인내는, 우리에게 인생의 무한한 즐거움을 안겨 주리라. 그것은 독자에게 품격 있는 삶의 균형을 잡아 줄 것이요, 그에 매진하는 마음과 덕목은 감격의 축복일지니, 통한痛恨의 고통을 잊게 하는, 무념無念의 벅찬 행복일지라. 그간 이 무자비한(?) 고전 및 그를 해독하기 위한 숱한 사서辭書들과의 싸움이, 역설적으로 역자를 육체적으로, 정신적으로, 건강하게 지탱해 주었는지라, 그에게 '천사天謝할(thanksheavenly) 따름이다.*

역자의 말씀을 들으니 더더욱 읽는 척하고 싶은 마음이 샘솟는다. 그래서 구입했는데, 사고 보니 입이 딱 벌어질 일이 생겼다. 구입한 책 바로 옆에 더 두꺼운《피네간의 경야 주해》가 놓여 있던 것이다. 원서보다 더 두꺼운 주해서라니! 그러나 어쩌랴! 이미 원서를 구입했는데. 그래서 나는 두꺼운 문학작품 한 권과 그보다 더 두꺼운 작품 해설서까지 구입하고 말았다. 오로지 '척하기 위해서' 말이다.

또 한 권은 문학과지성사에서 펴낸《셰익스피어 전집》(이상섭 옮김, 2016, 1806쪽)이다. 이야말로 앞에서 언급한 것처럼 '두꺼운 책'의 전형이라 할 만하다. 셰익스피어의 전 작품을 한 권으로 꾸민 것 자체가 책 읽는 사람의 본심을 제대로 파악한 것이라 할 테니까. 게다가 책의 형태 또한 매우 아름다우니 애독자로서뿐 아니라 장서가藏書家의 취향에도 딱 들어맞는다고 하겠다.

* 위 책 10쪽에서 전재.

《피네간의 경야》

《피네간의 경야 주해》

《셰익스피어 전집》

ョン

ユリシーズと
関東大震災

たねだ新書
1920-1929

1957-1960

うらわ美術館
岩波書店編集部

時代が

裕次郎
の時代

ストリー

四訂版

わり
の黄昏

人類の
1900-1913

珠湾攻撃

太平洋戦争
研究会編

ーにみる
日本の戦争

田島奈都子
編著

125

憶

東洋文庫の書物からひもとく世界

東洋文庫[編]

日話

むかしばなし

原作 シャルル・ペロー

翻案 谷口江里也

よかたい先生

水俣から世界を見続けた医師

原田正純

世界漫遊家が歩いた明治ニッポン

グローブトロッター

中野明

キルヒャーの世界図鑑

よみがえる普遍の夢

ジョスリン・ゴドウィン・

川島昭夫・

眠れなくなる宇宙のはなし

코페르니쿠스, 히포크라테스, 갈릴레오 갈릴레이

나는 일본어를 전혀 못 한다. 다만 가타가나는 읽을 줄 안다. 이런 황당한 일이 벌어진 까닭은 간단하다. 일본에서 출간된 책 제목을 읽으려면 히라가나보다 가타가나가 필요하니까. 처음 일본에 갈 때 가타가나만 알면 책 제목과 무슨 책인지 정도는 알 수 있다는 조언을 듣고 가타가나 음을 이틀 만에 익힌 다음에 일본 서점으로 직행했다. 그런데 처음 간 서점이 일본에서도 가장 큰 기노쿠니야서점紀伊國屋書店이었다. 동경 한복판, 그러니까 우리나라로 치면 명동 한복판에 들어선 6층짜리 건물 전체가 서점인데, 그 건물을 이제까지 열 번은 훑은 것 같다. 그런 비건설적인 일을 일본에 갈 때마다 하는 까닭은 두 가지다. 하나는 책을 보는 즐거움 때문이고, 다른 하나는 출간할 만한 책이 어디 없을까 찾아보기 위함이다.

사실 일본은 세계적인 독서 대국으로 이름이 높은데, 그만큼 우리와는 비교도 할 수 없을 만큼 다양한 책들을 출간하고 있다. 특히 부러운 것이 고전 출간인데, 이에 대해서는 할 말이 참으로 많다. 처음 일본에 갔을 때가 1995, 1996년경이었는데, 그때 일본어는커녕 50음도도 읽지 못하던 나는 출국을 며칠 앞두고 부랴부랴 50음도를 펼쳤다. 그랬더니 놀랍게도 그전에는 모두 지렁이처럼 생겨 분간

도 안 되던 글자들이 갑자기 머릿속에 딱딱 박히는 것이 아닌가! 그렇게 해서 앞서 말한 것처럼 가타가나를 단숨에 외울 수 있었다. 그때 배운 가타가나가 지금도 크게 도움이 되니 역시 배운다는 것은 행복하면서도 값진 일이다.

그렇게 도착한 기노쿠니야 서점에서 나는 큰 충격을 받았다. 사실 그때까지 나는 코페르니쿠스(1473~1543)라는 사람이 지동설地動說을 주장해 인류 역사에 한 획을 그었다는 내용만 배웠지, 지동설을 전개한 책이 오늘날까지 전해 오리라는 상상은 꿈에도 한 적이 없었다. 단군께서 고조선을 건국하셨다는 내용을 모르는 사람은 없지만 막상 단군이나 고조선 시대의 기록은 전하지 않는 것처럼. 그런데 이게 웬일이란 말인가!《天体の回転について》, 이런 제목의 책이 출간되어 있는데, 어설픈 한자와 가타가나 실력으로 읽어 보니 분명 コペルニクス, 즉 코페르니쿠스가 저자 아닌가! '아, 이 책이 실제로 존

동경 한복판 기노쿠니야서점에서 구입해 온 책들 가운데 몇 권. 어떤 책은 읽고 싶어서, 또 어떤 책은 다만 갖고 싶어서, 또는 출간하고 싶어서 구입한 책들인데, 그 가운데 이룬 건 갖고 싶다는 바람뿐이다.

재하는구나.'

　그때 받은 충격은 뭐라 말하기 힘들 정도였다. 그런 인류의 유산을 내가 접할 수 있다는 환희를 느낄 사이도 없이 '그렇다면 이 책이 엄연히 존재하는데도 우리는 못 읽었단 말인가? 가르치는 사람도, 배우는 사람도 못 읽었으면서 말로만 지동설, 지동설 하고 있었단 말인가? 그런데 우리보다 한 수 아래라고 얕보던 일본인들은 이 책을 읽으며 생각하고 배우고 살고 있었단 말인가?' 하는 생각이 머릿속을 빠르게 스쳐 지나갔다. 그러고는 즉시 이 책이 포함된 이와나미문고岩波文庫를 뒤지기 시작했다. 그러자 더욱 놀라운 책들을 속속 발견할 수 있었다.

《천체의 회전에 대하여》

　갈릴레오 갈릴레이를 종교재판에 회부한 결정적 계기가 된《천문대화Dialogo dei due massimi sistemi del mondo》도 출간되어 있었으니, 우리는 그저 에피소드로 알고 있던 "그래도 지구는 돈다."*라는 말을 일본인들은 그의 저서를 통해 체득하고 있었던 셈이다. 그뿐이랴. 의학의

《천문대화》

아버지라고 불리는 히포크라테스(기원전 460~기원전 370년경)의 저서가 2,500여 년이 지난 오늘날까지 전해 오리라고 믿는 한국 사람이 과연 얼마나 될까? 그런데 그 책의 일본어 판본은 이미 출간되어 있었던 것이다.

　　이런 책은 너무나 많아서 일일이 열거하기도 힘들다. 여하튼 그날 나는 문명의 흔적에 경외감을 품는 동시에 일본 출판계에 대한 질투와 우리 출판계에 대한 분노에 휩싸이고 말았다. 그리고 당장 여러 종류의 고전을 구입해 돌아왔다. 그리고 얼마 후 과학창의재단(그 당시에는 과학문화재단이었다)에 이 책들의 출간 지원을 요청했고, 그리하여 11권에 이르는 과학 고전 시리즈를 출간할 수 있었다. 그러나 책들은 썩 환영받지 못했으니 라틴어 번역이 아니라 일본어판

《한국과학문화재단 과학고전시리즈》
일본에서 구해 온 주요 과학 고전들을 처음 출간한 것이 1997년경으로, 모두 국내 초역본初譯本들이었으나 일본어 판 중역重譯이라는 이유로 주목은커녕 출판사와 과학문화재단 측에 피해만 입혔다. 당연히 판매 면에서도 실패해서 지금은 역사 속으로 사라지고 말았다. 그리고 그 후로도 한두 종을 제외하고는 번역본이 출간되지 않았다.

* 물론 이 말은 상상력의 산물이라는 설이 유력하다.

중역重譯이었기 때문이었으리라. 그리고 오늘날 이 책들은 모두 품절 상태다.

아! 안타깝고 또 안타깝다.《성경》에도 나오지 않는가. "네 시작은 미약하였으나 네 나중은 심히 창대하리라."라고. 그래서 라틴어 판본(이 말에는 그리스어 판본도 포함된다. 고대 로마와 그리스 저작물은 두 언어 가운데 하나로 쓰여 있으니까) 번역이 가능해질 때까지는 이렇게라도 출간해서 읽는 게 낫지 않을까?

사실 우리나라에서 다양한 라틴어 원전(마찬가지로 앞으로 라틴어 원전이라고 할 때는 그리스어 원전도 포함한다) 작품을 번역·출간하는 것은 불가능에 가깝다. 물론 천병희 교수(이 분에 대해서는 뒤에서 다시 한번 살펴볼 것이다)를 비롯한 몇몇 분께서 역사에 남을 만한 업적을 남기고 있지만 그야말로 개인의 삶을 건 작업에 그칠 뿐이다. 왜? 과학부터 시작해 모든 분야의 책들을 두루 번역할 만한 라틴어 전문가가 태부족이기 때문이다. 게다가 앞으로의 전망은 더욱 어두운데, 라틴어는 고사하고 도이치어(독일어)니 프랑스어니 하는 언어를 가르치는 대학조차 사라지는 게 대세니 말이다. 대학을 대기업의 인력 공급원 정도로 여기는 자들이 나라를 이끄는 한 이러한 학문의 퇴보退步는 가속화할 것이 분명하다.

그러니 내가 반드시 읽고 싶은 책 가운데 하나인 플리니우스

Gaius Plinius Secundus Major(23~79)가 저술한 인류 최초의 백과사전으로 전해오는 《박물지博物誌(Naturalis Historia)》를 생전에 읽을 가능성은 전무해 보인다. 이 책을 하도 읽고 싶어서 혹시나! 하는 생각에 일본어 판을 구입해 오기는 했다. 그러나 라틴어 천국 일본에서 이 책이 '일본번역출판문화상'을 수상할 만큼 잘 번역했다 해도 이를 토대로 번역·출간한다면 또 일본어판을 중역했다는 비난이나 받을 테니 출간은 언감생심이다.

매년 이와나미문고에서는 새로운 고전들을 번역·출간한다. 그

《플리니우스의 박물지》
2012년에 구입한 《플리니우스의 박물지》는 축쇄판縮刷版이고, 완역본은 1986년에 출간되었다고 한다. 그러나 안타깝게도 아직 구하지 못했다. 분명 고서점에 가야 있을 것이다. 책의 띠지에 적힌 다음 글을 본다면 웬만한 독자는 이 책을 읽고 싶은 마음에 설렐 것이다.
띠지 문구를 얼추 유추해 보면,
"현존하는 세계 최고最古의 백과전서의 완역. 경이로운 고대 문화와 지성의 무한한 보고."쯤 될 것이다.

목록을 볼 때마다 드는 생각이 있다.

'도대체 이들은 어디에서 이 많은 고전 원본들을 찾아 출간하는 거지?'

정말 궁금하다. 그리고 부끄럽다. 이런 책들을 출간하지 못하는 내가 출판업자라고 명함을 파 가지고 다니는 게. 언젠가 인류의 이러한 문화유산을 두루 출간하고 싶다. 그리하여 후손들이 당당하게 문명의 흔적을 느끼며 공부하고, 그 결과를 토대로 미래를 준비하는 지성인으로 살아갈 수 있기를 꿈꾼다. 꿈은 이루어지기 힘들다는 사실을 모르지 않기에 절망이라는 주머니 속에 담아 가지고 다니지만.

《고의술에 대하여》

'히포크라테스의 선서'로 이름 높은 고대 그리스의 의학자 히포크라테스가 지은 이 책은 그가 활동하던 기원전 450년 무렵의 산물이다. 그렇다면 지금부터 약 2,500년 전 문명의 기록이 분명하니 어찌 경이롭고 존경스럽지 않겠는가.

《신과학대화》

갈릴레오 갈릴레이의 저작으로, 천동설과 지동설의 대화를 통해 지구가 돈다는 내용을 전한 책이다.

번 역 서

읽 기

우리나라에서 번역서 읽기를 언급하는 것은 괴로운 문제다. 사실을 말하자면 어떤 책은 번역이 좋다더라, 누구의 번역은 좋지 못하더라 하는 따위의 말 자체가 아예 나오지 않는 것이 좋다. 번역서인지 아닌지조차 의식하지 못하는 글, 그러니까 번역이라는 말 자체가 떠오르지 않는 글이 가장 좋다. 그러나 우리 독서 현실에서는 불행히도 끊임없이 번역서니 번역이니 번역자니 하는 말이 등장한다. 그만큼 번역이 독서에 장애물이 된다는 말이겠다.

《광고로 보는 출판의 역사》라는 책을 낸 적이 있다. 근대 개화기부터 일제 강점기에 이르는 동안 온갖 신문에 등장하는 출판 광고를 통해 그 시대의 책과 독서를 살펴본 책인데, 사실 학자가 해야 할 일을 어쭙잖게도 출판쟁이가 한 셈이다.

그 책을 준비하는 데만도 5년이 넘게 걸렸는데, 개화기와 일제 강점기 신문의 광고면을 샅샅이 훑다 보니 상당한 시간이 소요되었기 때문이다. 결과적으로 물질적·육체적 관점에서 보자면 완전히 실패한 책이 되었지만. 물질적으로는 경제적으로 엄청난 피해를 보았고 신체적으로는 그 아까운 삶을 바쳤음에도

《광고로 보는 출판의 역사》

《동아일보》 1927년 광고
《마르크스·엥겔스 전집》 광고로 연맹 판과 개조사 판의 두 종류가 있었음을
알 수 있다.

1928년 3월 《동아일보》 광고
《사회사상 전집》과 《신흥문학 전집》의 광고로, 그 시대의 출간
목록으로는 놀라운 내용을 담고 있다.

아무런 역사적 역할을 못 했기 때문이다.

왜 아무런 역사적 역할을 못 했느냐고 반문하신다면 몇 군데를 제외하고는 대부분의 언론으로부터 외면당했고 당연히 독자들로부터도 별로 관심을 받지 못했기 때문이다. 그래도 나는 그 책을 펴낸 데에 큰 자부심을 갖는다.

그런데 왜 번역을 이야기하는 대목에서 뜬금없이 자기 자랑이냐 싶으신가? 그 사연인즉 작업을 하는 과정에서 알게 된 사실*이 있기 때문이다. 그것은 바로 1920년대에 일본이 서양 문명을 수용한 정도가 참으로 대단했다는 것이다.

위 책에 인용해 놓은 광고만 보아도 알 수 있는데, 우리나라에서는 1980년대 이후에나 번역, 소개한 마르크스의 《자본론》을 비롯해 무수히 많은 저서가 이미 1920년대에 《마르크스·엥겔스 전집》이라는 이름 아래 출간되었고, 1928년에 간행된 《사회사상전집》(전 40권)과 《신흥문학전집》(전 24권)의 필자들을 보면 21세기 우리나라에도 미처 소개하

* 사실 이를 통해 알았다는 것은 무식하다는 말밖에 되지 않는다. 근대에 일본이 서구 문화를 적극적으로 받아들였다는 것은 상식에 속하니 말이다. 그러니 실제로 알게 된 사실은 그 정도가 내가 상상한 것 이상이라는 뜻이다.

지 못한 책이 수두룩하다는 사실을 쉽게 알 수 있다.

"그 책들이 그 시대에는 의미가 있었지만 오늘날에는 이른바 '지나간 옛사랑의 그림자'에 불과한 것인지 어찌 아는가?" 하고 반문하신다면 할 말이 없다. 그러나 모든 미래는 과거의 문명 위에 설립된다는 가장 기본적인 진리를 떠올린다면 단 하나의 과거 문명도 미래의 초석으로서 불필요한 것은 없다고 말할 수 있지 않을까. 그리고 번역이 다른 문명을 바로 이곳에 소개하고 접목시키는 첫 단계임을 인식한다면 다양한 번역서의 출간이야말로 곧 문명과 문명의 연결

번역서라는 의식 없이 읽었던 책들

이요, 새로운 문명을 낳는 산고産苦의 출발점일 것이다.

그러니 1920년대 일본의 번역 문화를 어찌 부러워하지 않을 수 있겠는가. 게다가 사회사상이니 신흥문학이니 하는 번역서가 출간될 정도라면 이른바 문명의 기본서라고 할 책들의 번역은 이미 그 전에 이루어졌을 것 아닌가 말이다. 그러한 작업을 민족적 감정으로 이렇게 폄하貶下한다고 치자. "그 무렵 번역된 책들의 수준이 오죽하겠어? 아마 번역 안 하느니만 못할지도 모르지."

맞는 말일 수도 있다. 21세기, 그러니까 인공지능 번역기가 난무하는 이 시점에서도 우리 번역서의 수준을 감안한다면 지금부터 100년 전 일본의 번역 수준이 어느 정도일지 짐작이 간다. 그러나 모든 시작은 미약하나 그 끝은 창대할 것이니, 100년 전 일본의 번역 수준이 오늘날에는 어느 정도로 발전했을까를 생각하면 마음이 답답하다. 사실이 그렇지 않은가 말이다. 우리 경우를 살펴보더라도 이른바 고전古典이라 하는 책들의 번역 수준이 날이 갈수록 진보해 온 것은 당연하다. 처음에는 한 종으로 출발했겠지만 끊임없는 중복 번역을 통해 오늘날의 수준에 도달했을 것이다. 독자의 숫자 또한 출판물의 경제성을 담보할 만큼 확보되어 있으니 출판사들 또는 번역자들도 경제적·시간적 투자를 할 만한 것이리라.

그러나 그러한 대상이 되는 출판물은 인류 문명의 넓이와 깊이를 고려한다면 극히 일부에 불과하다. 이른바 고전이라 불리는 서적으로 국한해 본다면 아무리 넓게 잡아도 백여 종을 넘지 못할 것이다. 그런 면에서 나는 주요한 고전의 경우에는 중복 출판을 비판하지 않는다. 솔직히 말한다면 제대로 번역된 괴테의 《파우스트》한 권 갖는 데 얼마나 큰 투자가 필요하다고 여기시는가. 셰익스피어가, 세르반테스가, 마르크스가, 에릭 홉스봄이, 스티븐 호킹이 인류에게 전하고자 한 내용과 정신을 우리가 온전히 이해하는 데 얼마만큼의 투자

가 필요하다고 여기시는가. 만일 한두 권, 기껏해야 몇 명의 번역자를 통해 그 작업이 이루어질 것이라고 여긴다면 그야말로 문명을 너무 얕게 평가하는 것은 아닐까.

그래서 번역서에 대해서는 나만의 시각이 몇 가지 있는데, 그 첫 번째는 번역비에 대한 생각이다.

지금 웨스트민스터 사원은 어둡고 수많은 물체들이 희미하게 보이는 때다. 북해의 어둠은 너무 짙고 섬에는 비가 왔다. 이 어둠 속에 템스 강의 물줄기가 보였다. 거기서 뭔가 해결이 이루어져야 하는 어둠, 이건 단순히 이 지방의 어둠이 아니다. 뜨거운 메시나(이탈리아의 도시)의 밝은 빛 가운데 존재하는 어둠과 같은 것이다. 차가운 비는 또 어떤가? 인간의 얼굴에 박혀 있는 어리석음을 식히지 않으며, 기만을 제거하지도 않고 결점들을 바꾸지도 않는다. 이 비는 이런 모든 걸 공유한 조건을 상징하는 엠블럼이다. 이것은 아마 어리석음을 덜어주거나, 혹은 기만성을 없애기 위해 필요한 것은 항상 우리 주위에 풍부하게 있고 또 계속 우리에게 제공된다는 걸 의미할지 모른다. 채링 크로스에서 제공되는 흑색, 또 비와 안개 속에 각양각색의 수많은 사람들이 이리저리 다니는 플레이스 페레이르 회색, 그리고 똑바르게 통일된 와바시가 속 갈색 말이다. 어둠과 함께 이 용매제가 하나의 일이 결정될 때까지 이렇게 제공되고, 그 제공과 자비와 기회가 끝을 맺는다.[*]

3권으로 된 《오기 마치의 모험》에 나오는 위 문장을 만일 십여 분에 걸쳐 읽고 또 읽는다면 그 뜻을 어느 정도는 이해할 수 있을 것이다. 그러나 모두 1,000여 쪽이나 되는 이 책을 이렇게 읽어야 한다면 우리는 평생 몇 권의 책을 읽고 죽을 것인가. 물론 책에 따라서는 짧은 문장을 읽고 또 읽어야 하는 경우도 있다. 그러나 이 책은 그런 책은 아니다. 많은 사람들이 이 번역을 보면서 번역자 탓을 할지 모른다. 그러나 이른바 출판을 업業으로 삼고 있는 나는 결코 그럴 수 없다.

우선 이 책, 그러니까 모두 3권으로 구성된 이 책의 번역자가 처한 상황을 보자. 이 책의 원고 양은 200자 원고지 4천 매 내외일 것이다. 4천 매당 최고 수준의 번역료를 수령한다면 약 4천만 원이 될 것이다.[**] 그러면 일반인들은 말할 것이다.

"책 한 권 번역하고 4천만 원? 일반 직장인 연봉과 맞먹는데? 이 정도 경력의 소유자라면 외국 도서 읽으면서 줄줄 번역할 수 있을 텐

---

[*] 《오기 마치의 모험 2》(솔 벨로 지음, 이태동 옮김, 펭귄클래식코리아, 2011) 52쪽에서 전재, 약간 장황하게 인용했는데, 혹시라도 거두절미하면 독자 여러분이 이해하기 어려울까 싶어 11장 시작부터 인용하느라 그렇게 되었다.

[**] 현실을 말한다면 200자 원고지 1매당 1만 원의 번역료는 극히 드문 경우다.

156
·
157

에릭 홉스봄의 저서들
사진에서 보듯이 에릭 홉스봄의 저서는 여러 출판사에서 출간되었는데, 중복 출판은 아니고 각기 다른 책이다.
그런데도 《혁명의 시대》에 데어 읽을 엄두를 못 내고 있다.
단 홉스봄의 자서전인 《미완의 시대》는 다른 학술적인 책과 다른 내용 탓인지 읽는 데 어려움을 겪지 않았다.

데…."

그러나 읽으면서 번역하는 것은 인공지능 번역기가 아니면 불가능하다. 게다가 위 문장만 보더라도 알 수 있겠지만 세계 각국의 문화적·지리적·역사적 배경을 모르면서 번역하는 것은 거의 불가능하다. 그런 까닭에 내 판단에 위 책을 제대로 번역하기 위해서는 적어도 2년은 온전히 바쳐야 한다고 여긴다. 2년이 너무 길다고? 잘 계산해 보자. 원고지 총 4천여 매. 2년이면 730일. 그럼 하루에 5.5매 꼴이다. 그러나 그 누구도 1년 내내 하루도 쉬지 않은 채 일하지는 않는다. 그러니 적어도 1년에 100일은 쉬어야 한다. 그럼 작업기간이 갑자기 500일로 줄어든다. 그럼 하루에 8매를 번역해야 한다. 그것도 주말을 제외하면 하루도 쉬지 않고. 물론 원고지 8매를 쉽게 여기는 분도 계실 것이다. 뭐 그럴 수도 있다.

그렇다면 다시 현실로 돌아와 보자. 그 누구도 단 한 번 번역한 다음 바로 탈고하지 않는다. 번역자로 이름을 올릴 만큼 책임 의식을 지닌 사람이라면 적어도 두세 번은 퇴고推敲하기 마련이다. 그럼 하루에 몇 매를 번역해야 할까? 내 판단에는 적어도 15매는 번역해야 한다. 현재 출간되어 있는 책으로 치자면 4쪽 정도를 매일 쉬지 않고 번역해야 하는 것이다. 그런데 이 정도 번역하려면 영어에 능숙한 것만으로는 안 된다. 적어도 솔 벨로Saul Bellow(1915~2005)*를 읽어 낼 만큼 영미문학에 조예가 있어야 한다. 그렇다면 그가 이 책을 번역하는 데 투자한 시간과 경제적 대가는 얼마가 적정한가.

내 판단으로는 적어도 1억 원 정도는 받아야 마땅하다고 생각한다.** 그러나 추정컨대 출판사에서 그렇게 투자했을 것 같지는 않다. 그러니 번역가로서는 최선을 다한 것이 이 정도일지 모른다. 나는 번역가가 잘했다고 변호하려는 것이 아니다. 현실이 그렇다는 말이다. 만일 이 책이 적어도 수만 질이 팔릴 것이라고 확신한다면*** 1억 원의 번역료를 투자할 수도 있다. 그러나 쉽지 않을 것이다. 나는 2017년 3월에 출간된 5쇄를 읽었는데, 이는 초판 발행일인 2011년 11월로부터 5년 4개월이 지난 시점이다. 평균 1년에 한 번 찍는다면 많은

---

* 1976년 노벨 문학상을 수상한 미국의 작가로, 《오기 마치의 모험》은 그의 대표작 가운데 한 편이다.

** 앞으로 수십 년 동안 우리말을 사용하는 수많은 독자들이 기꺼이 즐길 만한 고전 한 권을 갖게 된다면 세계 10위권의 경제력을 갖추었다는 우리나라에서 충분히 투자할 만한 돈 아닌가?

*** 《오기 마치의 모험》은 아직 저작권이 살아 있기 때문에 내가 읽은 번역본의 독자가 곧 이 책의 전체 독자 숫자가 된다. 그러니 어느 정도 시장 규모에 맞추어 책의 판매 부수를 예상할 수 있다.

부수를 찍을 리도 없다.

그래서 그러한 전후 상황을 아는 나로서는 번역을 탓하며 읽지는 않는다. 이해가 어려운 부분은 그냥 넘어간다. 그래도 이 책을 읽을 수 있는 것에 감사한다. 게다가 많은 부분에서는 번역도 그런대로 좋다. 살다 보면 부딪히게 될 수많은 삶의 모습과 우리가 처한 환경을 이토록 줄기차고 극단적으로 묘사하는 책도 드물 텐데, 번역자는 탁월한 추진력으로 그 끝없는 작업을 해내고야 만다. 1920년대 일본의 독자들도 그러지 않았을까. 그리고 그러한 독자들이 있었기에 훗날 이런 판본을 참고로 완벽한 번역본이 출간되지 않았을까.

또 다른 시각은 편집자의 역할에 대한 생각이다. 사실 번역자의 웬만한 오류는 편집자가 찾아내야 한다. 위 원고도 마찬가지다. 극단적으로 말하자면 제대로 된 편집자가 제대로 교정을 본다면 번역의 오류는 모두 잡아낼 수 있다는 말이다. 그러나 현실의 여건은 이러한 작업도 불가능하게 만든다. 편집자가 원고를 끝없이 붙잡고 있다면 그 출판사는 경제적 부담을 이기지 못하고 문을 닫을 것이다.

한편으로는 뛰어난 편집자가 부족한 것도 이유일 수 있다. 편집자가 번역의 문제를 찾아내기 위해서는 특정 분야에 일가—家를 이루고 있어야 할 텐데, 한 편집자가 경제서를 담당하다가 인문서를 담당하고 문학을 담당하는 것이 일반화된 우리 출판 현실에서 이는 기

대난망期待難望이다. 그런데 이보다 더 큰 문제가 있다.

그러나 전체적으로 전형적인 경작자는 자유롭지 못했고 15세기 말과 16세기 초 이후 거의 끊임없이 도를 더해온 농노제의 홍수로 전신이 거의 흠뻑 젖어 있었다. 이러한 농노제의 현상이 가장 불분명하게 나타났던 곳은 당시까지 여전히 직접적 지배 아래 있었던 발칸 지역이었다. 각 분할 단위가 비세습적인 터키인 전사戰士를 먹여 살릴 수 있도록 토지를 분할하는, 전前 봉건적인 터키의 원래 토지제도는, 오래전에 이슬람교 영주의 지배를 받는 세습적 영지 제도로 변질되었음에도 불구하고 이들 영주들은 영농에 거의 관여하지 않았다. 그들은 단지 가능한 정도까지만 농민을 착취할 뿐이었다. 이 때문에 다뉴브와 사베 이남의 발칸 제국은 19, 20세기에 터키의 지배에서 벗어났을 때 토지 소유가 집중된 나라로서가 아닌, 극히 영세한 소농이기는 하나 본질적으로는 소농 국가로서 등장했던 것이다. 그러나 발칸의 농민들은 기독교인으로서 법적으로 부자유스러웠고 적어도 그들이 영주의 영향권 내에 있는 한, 농민으로서는 '사실상' 자유스럽지 못했다.*

독자 여러분은 위 문장을 어떻게 이해하셨는가? 솔직히 말하자면 나는 이해하고 싶지 않았다. 에릭 홉스봄Eric Hobsbawm (1917~2012)의 저작은 20세기 최고의 저작으로 평가받을 뿐 아니라 판매 면에서도 상당한 성과를 거둔 게 분명하다. 1998년에 초판이 출간된 후 내가 읽은 이 판본만 해도 출판사 판권에 따르면 19쇄 판이기 때문이다. 그렇다면 위와 같은 번역의 문제는 도중에라도 개선되어야 옳았다. 10쇄쯤 판매했다면 이미 번역료와 제작비 문제가 해결되었고, 지속적으로 판매될 것이라는 사실도 출판사에서는 예측 가능할 것이니 말이다.

그래서 내가 보기에 중요한 세 번째 관점은 출판사의 태도다. 그런데 이때 등장하는 장애물이 바로 저작권 문제다. 저작권이 풀린, 즉 저작권이 소멸된 작품의 경우에는 말 그대로 출판사들 사이에 번역 전쟁이 발발한다. 어떤 번역이 가장 좋은가로 평가받는 것이다.

---

*《혁명의 시대》(에릭 홉스봄 지음, 정도영·차명수 옮김, 한길사, 1998) 85-86쪽에서 전재.

그러나 저작권이 유효한 작품의 경우에는 그러하지 않다. 번역의 질이 좋든 나쁘든 그 작품은 한 출판사가 독점적으로 판매하니 말이다. 그래서 저작권이라는 재산 개념이 반드시 좋은 것만은 아니다.

> 부의 분배, 그리고 자본소득의 분배는 항상 노동소득의 분배보다 훨씬 더 집중되어 있다. 알려진 모든 사회에서 어느 시기든, 인구의 가난한 절반은 거의 아무것도 소유하지 않으며 일반적으로 전체 부의 5퍼센트 조금 넘게 소유한다. 상위 10퍼센트의 부유층이 뚜렷하게 소유할 수 있는 것의 대다수를 소유한다. 이들은 일반적으로 전체 부의 60퍼센트, 때로는 90퍼센트까지 소유한다. 그리고 구조상 중간 계층의 40퍼센트인 나머지 인구가 전체 부의 5~35퍼센트를 소유한다. 또한 나는 '세습 중산층', 즉 인구의 절반을 차지하는 가난한 사람들보다는 분명 더 부유하며 국부의 4분의 1에서 3분의 1을 소유하는 중간 집단의 등장을 살펴보았다. 이러한 중산층의 출현은 분명 부의 분배에 장기적으로 영향을 미치는 가장 중요한 구조적 변화다.* / **

위 내용은 자세히 읽어보면 무슨 말인지 쉽게 알 수 있다. 그럼에도 군이 인용한 까닭은 그 쉬운 내용을 이렇게 복잡하게 번역했기에 번역의 문제를 객관적으로 판단할 수 있기 때문이다. 사실 매우

---

*출판사 문제를 제기하는 것이 얼마나 조심스러운 것인가는 말할 나위가 없다. 특히 이런 말을 하는 자 스스로도 출판사를 운영할 때는 섶을 지고 불속으로 뛰어드는 것과 크게 다르지 않을 것이다. 그럼에도 문제를 제기하는 것은 독자들을 대변하고자 함이다. 필자가 대표로 있는 출판사의 번역에 심각한 문제가 있으면 당연히 돌을 맞아야 한다. 그래야 우리 출판계의 번역 문제가 한 걸음 전진할 것이고, 독자들이 출판사를 믿고 번역서를 선택할 테니까 말이다.

**《21세기 자본》(토마 피케티 지음, 장경덕 외 옮김, 글항아리, 2014)

어려운 부분은 번역의 문제가 있다 해도 우리처럼 경제학에 문외한인 사람들로서는 눈치챌 수 없으므로 자신의 독해력 문제로 치부해 버린다.

다시 한 번 말하지만, 그러한 메커니즘은 이론적으로 타당해 보이며 현실에서, 특히 노령화 사회에서 어느 정도 중요성을 띤다. 그러나 계량적인 측면에서 보면, 이는 불평등에 영향을 미치는 주된 메커니즘은 아니다. 예비적 저축과 마찬가지로 생활수준을 염두에 둔 저축은 자본 소유가 고도로 집중되는, 실제로 관찰되는 현상을 설명하지 못한다. 분명 나이 든 사람이 젊은 사람보다 평균적으로 더 부유하다. 하지만 실제로 각 연령집단 내 부의 집중은 전체 인구의 부의 집중과 비슷할 정도로 크다.***

이 이론은 어떤 점에서는 제한적이고 고지식하다고 할 수 있다. 실제로 한 노동자의 생산성은 그의 이마에 새겨져 결코 변할 수 없는 객관적인 수치가 아니며, 각 노동자의 급여를 결정하는 데는 종종 서로 다른 사회집단들의 상대적인 힘이 중요한 역할을 한다. 그러나 지나치게 단순화된 면이 있긴 하지만 이 이론은 좀 더 정교한 이론들에서도 실제로 임금 불평등을 결정짓는 데 근본적인 영향을 미치는 두 가지 사회적·

404쪽에서 전재. 이 책의 판권에는 번역자로 장경덕과 유엔제이라는 이름이 실려 있다. 유엔제이는 사람 이름 같지는 않고 아마 전문 번역회사 아닐까 싶은데 모르겠다. 만일 전문 번역회사라면 이는 책의 시류를 타고 하루라도 빨리 출간하기 위해 출판사가 도입한 번역 방법일 것이다. 2014년 경제계는 토마 피케티의 시대라고 할 만큼 그 무렵 뜨거운 화젯거리가 된 책이니 말이다.
*** 위 책 296쪽에서 전재.

경제적 요인인 기능의 '수요'와 '공급'을 강조한다는 장점이 있다.*

위 문장을 읽는 일반 독자들은 자칫하면 '역시 나는 독해력이 부족한가 봐. 아무리 읽어도 이해가 잘 안 되니.' 하며 자책하기 쉽다. 그러나 책 자체의 난이도와는 별개로 이렇게 번역해서는 안 된다. 이 책은 앞서 말한 모든 번역의 문제점을 고스란히 안고 있다. 번역료의 문제, 편집자의 문제, 저작권의 문제까지 모두.

그럼에도 내가 이 책의 번역 문제를 집요하게 제기하는 까닭은 출판사와 관련된 문제이기 때문이다. 이 책은 누가 뭐라고 해도 출간하기만 하면 상당한 부수의 판매가 확보된 상태였다. 그 무렵 토마 피케티Thomas Piketty의 《21세기 자본》은 우리나라뿐 아니라 세계의 화젯거리였기 때문이다. 그러니 책이 나오면 본격 경제학서로서는 감히 넘보지 못할 판매 부수를 기록하리라는 것은 출판계에 종사하는 사람이라면 누구나 알 수 있었다.

그런데 왜 이런 번역본을 출간했는가 말이다. 물론 출판사의 마음을 헤아리지 못하는 바는 아니다. 속된 말로 "물 들어왔을 때 노 젓는다."는 식으로 사회적으로 화젯거리가 되고 있으니 수많은 독자들이 책이 출간되

《21세기 자본》

* 위 책, 296쪽에서 전재.

기를 기다리는 하루하루가 아까웠을 것이다. 그렇다고 이렇게까지 출간을 서둘러야 했을까? 게다가 이 책은 문학서도 아니고 철학서도 아니다. 그러니 조금만 시간을 투자했다면 이와는 비교할 수 없을 만큼 읽기 쉬운 번역본을 출간할 수 있었다. 번역을 하는 사람이라면 누구나 알 수 있는 사실인데, 번역하기 가장 까다로운 것은 미묘한 묘사 부분이다. 번역 양量이 만만치 않다거나 전문용어 등의 기능적 어려움은 시간과 비용만 들이면 금세 해결할 수 있는 것이다. 그러니 이 경제학서는 의지만 있으면 충분히 번역의 문제를 해결할 수 있었다는 말이다.

우리나라 번역의 문제를 너무 길게 이야기했다. 결국 문제는 번역자가 자기 삶을 걸고 번역할 만큼, 출판사가 경제적 부담을 안으면서 적정한 번역료를 지불할 만큼 독자의 숫자가 확보되느냐로 귀결되는 듯하다. 그렇다고 독자의 숫자가 모든 문제의 원인이 아님 또한 살펴보았다. 다음에는 훨씬 복잡한 번역의 문제를 살펴보기로 한다.

천병희, 그리고 정암학당

서울대학교 독어독문학과를 졸업하고 같은 대학원에서 문학박사 학위를 받았다. 독일 하이델베르크대학교에서 5년 동안 독문학과 고전 문학을 수학했으며 북바덴 주정부가 시행하는 희랍어검정시험 및 라틴어검정시험에 합격했다. 지금은 단국대학교 인문학부 명예교수로, 그리스 문학과 라틴 문학을 원전에서 우리말로 옮기는 작업에 매진하고 있다.

대표적인 원전 번역으로는 호메로스의《일리아스》와《오뒷세이아》, 헤시오도스의《신들의 계보》, 베르길리우스의《아이네이스》, 오비디우스의《변신이야기》,《로마의 축제들》, 아폴로도로스의《원전으로 읽는 그리스 신화》,《아이스퀼로스 비극 전집》,《소포클레스 비극 전집》,《에우리피데스 비극 전집》,《아리스토파네스 희극 전집》,《그리스 로마 에세이》, 헤로도토스의《역사》, 투퀴디데스의《펠로폰네소스 전쟁사》, 크세노폰의《페르시아 원정기》, 카이사르의《갈리아 원정기》, 타키투스의《게르마니아》, 아리스토텔레스의《정치학》, 아리스토텔레스 및 호라티우스의《시학》 등 다수가 있으며 주요 저서로는《그리스 비극의 이해》 등이 있다.*

누구의 이력인지 궁금하지 않으신가? 천병희(1939~) 교수라는 분이다. 앞서《이와나미문고》를 설명하면서 살펴보았지만 고대 그

*출판사에서 인터넷 서점에 올려놓은 저자 소개 글이다.

정암학당 현판
정암학당 누리집에 나와 있는 현판이다.

리스와 로마의 저술은 우리가 상상하는 것 이상으로 많은 양이 오늘날까지 전해 오고 있다. 그런데도 몇 권을 제외하고는 무척 낯설게 느껴지는데, 우리에게 소개된 것이 극히 일부이기 때문이다. 우리나라에서 라틴어와 그리스어 원전을 본격적으로 번역·출간하는 사람 또는 단체는 천병희 교수와 정암학당이 유이唯二한 듯하다.

천병희 교수는 앞서 살펴보았으니 이번에는 정암학당에 대해 알아보자. 정암학당은 한국방송통신대학교 문화교양학과 교수로 재직하다 퇴직한 이정호 교수가 대표로 있는 사단법인인데, '그리스 로마 원전을 연구하는 사단법인 정암학당鼎巖學堂'이라고 누리집에 나와 있다.

다음은 정암학당의 설립 취지문이다.

설립 취지문

플라톤, 아리스토텔레스의 저작들을 위시한 서양의 고대 고전들은 서양 지성사의 뿌리일 뿐만 아니라 인류의 지적인 문제의식의 보고이자 창조적 상상력의 원천이다. 그러므로 서양 고대 고전 텍스트들을 연구하고 우리말로 번역 소개하는 일은 가장 기본적인 인문학의 인프라를 구축한다는 측면에서뿐만 아니라, 제반 학문적 문제의식의 출발점이 되는 일차 학술자료를 제공한다는 차원에서도 매우 절실하고도 시급한 국가적 과제이다.

그러나 아직 우리나라에는 그중에서 가장 대표적인 고전이라 할 수 있는 플라톤의 전집조차 소개되어 있지 않다. OECD국가 중 유일한 경우이다. 문화 선진국을 지향한다는 말이 낯 뜨거울 정도로 부끄러운 일이 아닐 수 없다.

정암학당은 이와 같은 절실한 문제의식 하에서 열악한 연구 조건을 무릅쓰고, 서양 고전 텍스트의 연구와 번역을 목표로 서양 고대 철학을 전공하는 학자들을 중심으로 2000년 3월 임의학술단체로 출범하였다. 그리고 그 첫 열매로서 서양의 지적 전통에서 동양의

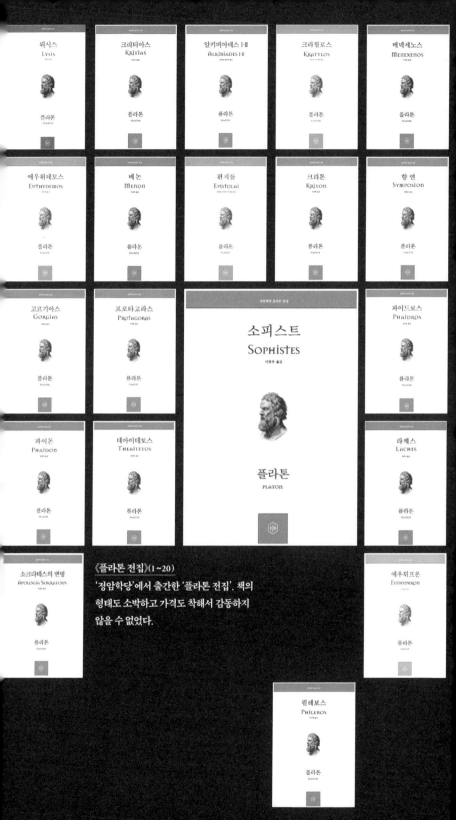

뤼시스
Lysis
플라톤
PLATON

크리티아스
Kritias
플라톤
PLATON

알키비아데스 I·II
Alkibiades I·II
플라톤
PLATON

크라튈로스
Kratylos
플라톤
PLATON

메넥세노스
Menexenos
플라톤
PLATON

에우튀데모스
Euthydemos
플라톤
PLATON

메논
Menon
플라톤
PLATON

편지들
Epistolai
플라톤
PLATON

크리톤
Kriton
플라톤
PLATON

향연
Symposion
플라톤
PLATON

고르기아스
Gorgias
플라톤
PLATON

프로타고라스
Protagoras
플라톤
PLATON

정암학당 플라톤 전집

소피스트
Sophistes
이창우 옮김

플라톤
PLATON

파이드로스
Phaidros
플라톤
PLATON

파이돈
Phaidon
플라톤
PLATON

테아이테토스
Theaitetos
플라톤
PLATON

라케스
Laches
플라톤
PLATON

소크라테스의 변명
Apologia Sokratous
플라톤
PLATON

《플라톤 전집》(1~20)
'정암학당'에서 출간한 '플라톤 전집'. 책의
형태도 소박하고 가격도 착해서 감동하지
않을 수 없었다.

에우튀프론
Euthyphron
플라톤
PLATON

필레보스
Philebos
플라톤
PLATON

사서삼경에 비견되는 서양 고전 철학의 가장 시원적 텍스트인《소크라테스 이전 철학자들의 단편 선집》을 2005년도에 펴냈고, 학당 개설 이래 꾸준히 공동 작업을 해 온《정암학당 플라톤 전집》의 원전 역본을 2013년 완간을 목표로 올해부터 연차적으로 펴내기 시작하였다.

그러나 이러한 학술 연구와 번역을 위한 공동 작업은 단순히 일군의 학자들의 소명감만으로 이루어질 수는 없을 것이다. 앞으로 계획된 플라톤 이후 헬레니즘 로마, 중세 시기까지의 서양 고전을 보다 면밀히 연구하고 그 기초적인 번역서를 모두 소개하려면, 장기적으로 보다 많은 고전 연구자들의 배출이 요구되고 그들의 공동 작업 또한 더욱 체계화되어야 하며 그러한 작업들을 뒷받침할 수 있는 제반 물적 조건들도 보다 강화되어야 한다.

이에 정암학당은 그간의 임의 학술단체에서 벗어나 비영리 공익법인의 자격을 갖는 공적인 학술 단체로 새로 출발하여, 제반 물적·형식적 지원 토대를 합리적으로 체계화하고, 그것을 기초로 기존의 연구 역량을 더욱 배가함으로써 문화선진입국을 지향하는 우리나라의 인문학 발전에 소임을 다하고자 한다.

    OECD 국가 중 유일하게 플라톤 전집이 소개되지 않은 나라라는 대목에서 다시 한 번 참담함과 부끄러움을 느낀다. 반대로 취지문에 등장하는 '문화 선진국'이라는 말은 오히려 너무 낯설어 아무 느낌도 없다. 게다가 마지막 부분에 등장하는 '문화선진입국을 지향하는 우리나라'라는 말에는 거부감마저 드는 것이 사실이다. 대한민국 정부, 특히 입만 열면 경제성장을 떠벌리는 정치인들에게 '문화 선진국'이라는 단어는 가장 멀리하고 싶은 것이 아닐까 싶으니 말이다. 이런 암울한 상황에서도 정암학당에 속해 활동하는 학자들에게는 경외감을 표하는 것만으로 부족할 것이다. 여하튼 이러한 취지에서 우리나라에서 그리스 로마 원전 번역을 필생의 사명으로 여기는 분들이 불어났음을 알 수 있다. 그런데 왜 앞서 우리나라에서 라틴어 원전을 번역하는 것이 불가능에 가깝다고 했을까. 정암학당에 속한 연구원들 대부분은 철학 전공자들이다. 따라서 이분들의 노력과 능력이 도달할 수 있는 분야는 아무리 넓게 잡아도 철학에서 인문학까지일 것이다. 그러나 내가 찾은 라틴어 원전만 해도 수백 권인데, 자연과학 분야 책이 더 많다. 그렇다면 누가 자연과학 분야의 라틴어 원전을 번역할 것인가! 아무리 라틴어에 능통하고 뜻이 있다 해도 철학 전공자가 코페르니쿠스나 히포크라테스를 번역하는 것이 쉽지 않다는 사실은 삼척동자도 알 수 있지 않은가. 이것이 내 절망의 근거다.

정암학당 연구원 명단

강대진[홍익대 겸임교수, 서울대 문학박사, 서양고전학]

강성훈[서울대 교수, 미국 프린스턴대 철학박사, 서양고대철학]

강철웅[강릉원주대 교수, 서울대 철학박사, 서양고대철학]

김기영[독일 베를린 자유대학 서양고전학박사, 그리스 드라마]

김유석[프랑스 파리1대학 철학박사, 서양고대철학, 철학사]

김인곤[서울대 철학박사, 서양고대철학]

김재홍[숭실대 철학박사, 서양고대철학]

김주일[성균관대 초빙교수, 성균관대 철학박사, 서양고대철학]

김진성[독일 함부르크대 박사과정수료, 서양고대철학]

김진식[서울대학교 문학박사, 그리스, 라틴문학]

김 헌[서울대HK교수, 프랑스 스트라스부르2-마크블로흐대학 서양고대학박사]

성중모[서울시립대 교수, 독일 본대학 법학박사, 민법, 로마법]

손윤락[동국대 초빙교수, 프랑스 파리1대학 철학박사, 서양고전학, 고대철학사]

송대현[인천대 교수, 프랑스 파리1대학 철학박사, 서양고대철학]

송유레[경희대 교수, 독일 함부르크대 철학박사, 서양고대철학]

안재원[서울대HK교수, 독일 괴팅겐대 문학박사, 고전문헌학]

양호영[영국 엑세터대 철학박사, 서양고대철학]

오지은[부산외국어대 교수, 고려대 철학박사, 서양고대철학]

유재민[가톨릭관동대 강의전담교수, 서울대 철학박사, 서양고대철학]

유 혁[영국 더럼대 박사과정수료, 서양고대철학]

이기백[성균관대 초빙교수, 성균관대 철학박사, 서양고대철학]

이두희[대한성서공회 번역실장, Graduate Theological Union 철학박사, 성서신학, 서양고전학]

이상인[연세대 교수, 독일 마르부르크대 철학박사, 서양고대철학]

이선주[서울대 고전학협동과정 박사과정 수료, 서양고전학]

이영환[이화여대 교수, 미국 프린스턴대 철학박사, 서양고대철학]

이윤철[충남대 교수, 영국 더럼대 철학박사, 서양고대철학]

이종환[서울시립대 교수, 미국 에머리대학 철학박사, 서양고대철학]

이준석[한국방송통신대 교수, 스위스 바젤대 문학박사, 그리스 서사시]

이준엽[영국 더럼대 박사과정수료, 서양고대철학]

이창우[가톨릭대 교수, 독일 하이델베르크대 철학박사, 서양고대철학]

임성진[서울대 대학원 박사과정 수료, 서양고대철학]

장미성[미국 뉴욕주립대(버팔로) 철학박사, 서양고대철학]

장시은[서울대 문학박사, 서양고전학, 그리스 역사]

전헌상[서강대 교수, 미국 하버드대 철학박사, 서양고대철학]

정준영[성균관대 초빙교수, 성균관대 철학박사, 서양고대철학]

한경자[서울대 철학박사, 서양고대철학]

허민준[프랑스 파리4대학 라틴철학박사, 벨기에 루뱅가톨릭대 고대철학 박사]

지금 책꽂이에는 1969년 10월 29일에 초판을 발행한《희랍극 전집》의 1974년 9월 20일자 재판再版본이 꽂혀 있는데, 그 무렵에 출간된 책으로서는 이례적이라고 할 만큼 두껍다. 그런데 전부 몇 쪽짜리 책인지 쉽게 알 수 없는데, 독특하게도 한 권이 '권卷 I, 권 II, 권 III'으로 나뉘어 있기 때문이다. 권 I 〈비극편〉이 459쪽, 권 II 〈비극편〉이 367쪽, 권 III 〈희극편〉이 385쪽이니까 책 한 권이 1,211쪽에 달하는 셈이다. 사실 1960년대에 이 정도 두꺼운 책이 출간되었다는 것은 그 자체로 화젯거리가 될 만하다. 게다가 이 책은 양장본이 아니라 무선본이다. 그러니까 실로 묶은 것이 아니라 풀로 붙인 제책 형식이라는 것인데, 오늘날에도 이 정도 두꺼운 책을 무선 제책하려면 세심한 주의가 필요하다. 풀로 붙이는 경우에는 아무래도 천을 붙여 실로 묶는 양장 제책에 비해 견디는 힘이 약해 자칫하면 책이 파손될 수 있기 때문이다. 우리 출판사로도 가끔 파손된 책이 반품되는

《희랍극 전집》
1969년에 출간된 현암사 판《희랍극 전집》. 오늘날 시각으로 보아도 탄탄하고 멋지게 만든 책이다. 이런 책을 펴내기 위해 출판사를 꿈꾸었는데 꿈이란 역시 꿈에 불과하단 말인가!

데, 대부분은 제책에서 발생한 불량 탓이다. 그런즉, 그 무렵에 이처럼 두꺼운 책을 오늘날 책꽂이에 당당하게 꽂힐 정도로 제작했다는 사실은 기억할 만한 쾌거다. 게다가 책 내용 또한 썩 팔릴 것 같지 않은 '그리스극 전집' 아닌가 말이다. 단언컨대 이 책을 중고서점에 내놓으면 원래 정가인 3,000원의 10배, 아니 20배는 받을 수 있을 것이다. 그러나 그럴 일은 없다.

여하튼 이 오래된 책은 곽복록(서강대학교 교수)*, 김갑순(이화여대 교수), 김세영(이화여대 교수), 김정옥(중앙대학교 교수), 나영균(이화여대 교수), 여석기(고려대학교 교수), 오화섭(연세대학교 교수), 이근삼(중앙대학교 교수), 조우현(연세대학교 교수)이 번역자로 참여하고 있다. 발행처는 지금도 활발한 활동을 하고 있는 현암사다. 그런데 번역자의 면면을 살펴보면, 그 무렵 우리나라를 대표하는 외국 문학자는 모두 포함한 듯하다. 다만 라틴어 판이 아니라 영역 판이나 독어 판을 번역한 것은 분명해 보인다. 그렇다고 해서 이 책을 폄하하는 것은 절대 아니니, 오늘날에도 힘든 라틴어 판 원전 번역이 그 시대에 가능하리라고 보는 것이 오히려 어불성설이다. 그때도 원전을 번역해야 했다고 우긴다면 그 시대를 살던 시민들은 그리스 희곡을 읽지 말라는 말과 같다. 오히려 오늘날 그리스 원전 번역에 나선 천병희 교수 같은 분이 탄생할 수 있었던 배경에는 이런 책이 있다고 보는 쪽이 합리적일

---

* 이하 괄호 안 소개는 출간 당시
직책이다.

것이다. 현암사 판《희랍극전집》에 번역자로 참여한 분들이 대부분 1910년대에서 20년대 생으로 천병희 교수의 앞 세대라고 할 만하니 말이다.

그래서 지금이라도 나는 라틴어본 고전들의 번역에는 중역이라도 장려(하지 못한다면 허용이라도)해야 한다고 믿는다. 그렇지 않으면 말 그대로 사명감을 띤 몇몇 학자들의 손에 라틴어본 고전 전체를 맡겨 놓아야 하는데, 이는 너무 가혹한 일 아닌가. 재벌들이 점차 점령해 가는 대학들은 인문학과 폐지에 앞장서고, 교육을 담당하는 정부 부처마저 맞장구를 치는 이 시대에 특단의 대책을 세우지 않는다면 혼신을 다해 애쓴 선구자들이 사라지는 순간 우리나라 문화계 또한 OECD 산하 국가의 천연기념물로 남을 테니 말이다.

다시 천병희 교수의 저작물로 돌아와 마무리하고자 한다. 천교수는 이제까지 상당히 많은 원전을 번역해 출간했는데 앞에 소개 글에 그 목록이 실려 있다. 그런데 그 가운데 상업적으로 출판사에 손해를 끼치지

《정치학·시학》
1982년에 천병희가 나종일과 함께 번역·출간한 아리스토텔레스 저작집. 오랜 세월에 걸쳐 한 길을 걸어온 선생의 노력을 확인할 수 있다.

천병희 선생이 번역한 책은
문학과 희곡, 철학 등 다양하다.
그러나 라틴어 원전 전체로
본다면 모래사장의 모래 한
움큼에 불과할 것이다.

않은 책은 절반 정도인 것으로 보인다. 그러니까 결국 절반에서 남긴 이익으로 나머지 절반의 손실을 메우는 방식으로 출판사가 운영되는 듯한데, 참으로 안타까운 일이다. 수준이 어느 정도인지는 잘 모르지만 시류에 영합하는 번역물들을 출간해 온갖 마케팅 공세로 상당한 돈을 버는 대형 출판사들은 이런 책 출간에 콧방귀도 안 뀌는데, 이름도 기억하기 힘든 작은 출판사에서 무거운 짐을 지고 묵묵히 나아가는 모습을 보면 아름다움을 넘어 참담하기까지 하다.

1919년에 일어난 일

우리 겨레에게 1919년! 하면 떠오르는 일은 3·1운동이다. 친일파의 후손이라면 3·1운동이 실패로 끝난 것이 천만다행으로 그 덕분에 자신의 가문이 면면히 이어져 오고 있다는 사실을 떠올릴 것이고, 대부분의 시민들에게는 무참히 스러져 간 많은 선조들이 떠오를 것이다. 그런데 최근 들어 나에게는 또 다른 사실이 떠오르기 시작했다. 앞서도 말한 바 있지만 어디를 가건 서점을 보면 그냥 지나치지 못하는 버릇은 여전하다. 그리하여 얼마 전 체코의 수도 프라하를 방문했을 때도 제 버릇 개 못 주고 우연히 눈에 띈 헌책방에 들어섰다. 그리고 그곳에서 꽤 많은 책을 구입했는데, 값으로 치면 독자 여러분께서 놀랄 만큼 저렴했다. 이쯤에서 서양 헌책 수집 순례기를 잠깐 털어 놓을까 한다.

　우리나라에서 1900년대 초반에 출간된 책을 구하려면 지금 내 통장에 들어 있는 돈을 탈탈 털어도 한 권 구입하기가 어려울 것이다. 그만큼 우리나라 헌책(아니 100년쯤 된 책이라면 고서적古書籍이라고 해야 하겠지만)을 구한다는 것은 하늘의 별 따기에 가깝다. 남아 있는 양이 적기 때문에 그만큼 높은 가격이 형성된 것이리라. 그러나 서양 일부는 직접, 또 일부는 인터넷을 통해 구입한 서양 고서들. 100여 년 전에 출간한 책들은 고서라는 어엿한 이름을 붙이기도 민망할 만큼 값도 싸고 양도 많다. 책이라는 것이 문명의 흔적임을 떠올린다면, 제국주의적 약탈을 바탕으로 삼았건 아니건 오늘날 서양 문명의 역사가 그만큼 깊고 넓은 것임을 확인할 수 있다.

의 헌책은 그렇지 않다.

이렇게 말하는 독자도 계실 것이다.

"체코가 요즘 경제 상황이 어렵잖아. 그러니 헌책 가격도 싼 것이 당연하지. 누가 먹고살기도 빠듯한데 그 오래된 책을 가지고 있겠는가. 한 푼이라도 받고 파는 게 낫지."

그러나 체코 책뿐만이 아니라 서양 책 대부분이 특별한 경우가 아니라면 매우 저렴하다. 그래서 서양 책이 100년쯤 되었다면 이건 고서古書가 아니라 '헌책'이라고 불러야 한다. 그러니까 서양 헌책이 저렴한 까닭은 특정한 나라의 경제 상황이 어려워서가 아니라 그만큼 그 시대에 출간된 책의 수량이 많기 때문이다. 그래서 나는 틈만 나면 서양 헌책을 수집한다. 언젠가는 서양 헌책방을 개점하는 것이 꿈이기도 하다.

내가 서양 헌책에 관심을 기울이는 까닭은 두 가지다. 하나는 책을 좋아하기 때문이다. 두 번째는 우리 젊은이, 후손, 시민들에게 알려 주고 싶어서다. 무엇을?

"서양에서는 이런 책을 이 시대에 이렇게 많이 읽었어요. 게다가 책의 수준을 보십시오. 결국 지금 우리가 경제적으로 세계 몇 대 강국強國이라고 떠벌린다고 해도 그건 말 그대로 경제적인 부문에 국한된 것일 수 있습니다. 저들이 지금은 경제적으로 어려울지 모르지만 근대 문명의 전통은 우리와는 비교할 수 없을 만큼 앞서 있습니다.* 그러니 절대 그들을 우습게보면 안 됩니다. 이제 우리 지갑도 웬만큼 두툼해졌으니 문명의 두께를 키우는 데 노력을 기울여야 합니다. 그렇지 않으면 말 그대로 벼락부자일 뿐 지성과 품성, 철학과 사고 면에서 지성인이라고 자부하기는 어려울 테니까요."

물론 이러한 내 주장에 동조하지 않는 분이 더 많을지 모른다. 그러나 나는 누가 뭐래도 그렇게 생각한다. 노벨상 수상 여부로 한 나라의 문화와 지성을 판단하는 시류時流에 누구보다 반감을 품고 있지만,

---

* 전체적인 문명의 깊이야 세계에서도 우리가 뒤떨어지지 않을 것이다. 다만 근대화가 시작된 이후의 문명은 우리가 특별히 앞선 것이 아닐 텐데, 그건 문명의 기록인 책의 출간 역사를 비교해 보면 쉽게 알 수 있을 것이다.

다른 한편으로 노벨상이 그렇게 받고 싶으면 지금처럼 노벨상 시즌이 닥쳐서야 부산을 떨게 아니라 너나 할 것 없이 돈만 좇는 사회, 책 읽는 사람이 특별한 시민인 사회에서 벗어나는 게 급선무 아닐까.

"콩 심은 데 콩 나고, 팥 심은 데 팥 난다."는 속담은 노벨상이든 주변 국가들과의 역사 전쟁이든, 청소년들의 인성 교육이든 모든 분야에 두루 해당된다. 독서와 교양보다 점수로 청소년을 평가하면서, "청소년들의 인성이 문제야. 그러니 인성 교육을 시작하자고." 하는 따위 개그는 이제 그만두어야 하지 않겠는가 말이다.

체코 수도 프라하의 한 골목에 위치한 헌책방에서 한 상자 분량의 책을 구입한 이튿날 나는 체코가 낳은 위대한 소설가 프란츠 카프카(1883~1924) 박물관을 방문했다. 그리고 그곳에서 나와 큰길가로 가다가 다시 '셰익스피어 북스토어'라는 간판을 발견했다. 이런 멋진 이름의 서점을 그냥 지나칠 수는 없는 노릇 아닌가. 그래서 한 치의 주저함도 없이 그곳으로 들어섰다. 그런데 그곳에 들어서자마자 한 멋진 중년의 서양인이 나를 반가이 맞는다.

"반갑다. 당신 한국인이잖아."

으잉? 이 먼 곳에서 나를, 그것도 내가 한국인인 걸 어떻게 알았지? 사실 그곳을 메운 동양인은 대부분 중국인이었는데.

"어떻게 알았어?"

"어제 서점에서 너 봤어."

와! 그러니까 프라하 골목에 위치한 헌책방에서 열심히 책 구경하던 내 모습을 이 친구가 호기심 어린 눈으로 바라보았음이 분명했다.

"어디서 오셨어?"

"영국에서. 그런데 당신 정말 책 좋아하더라."

"아, 예."

"직업이 뭐요?"

"어, 출판쟁이? 가끔 글도 쓰고."

"아, 그렇구나. 어쩐지 책을 무척 좋아하는 것 같더라고. 그래 무슨 글을 쓰는데?"

"대단한 건 아니고, 그냥 미셀러니 같은 거."

사실 서양 헌책방에 들어서면 많은 사람들이 쳐다본다. 동양인이 서양 헌책방을 방문하는 경우는 그리 흔한 일은 아니기 때문인 듯하다. 그래서 이 친구도 나를 한눈에 알아봤을 것이다. 나는 그 우연에 탄복했다. 어제는 그 작은 헌책방에서 만나고 오늘은 또 같은 시간에 또 다른 헌책방에서 다시 만나다니! 그렇다면 나도 책을 좋아하지만 그 또한 책을 어지간히 좋아하는 사람임이 분명했다.

체코 프라하 골목에 위치한 한 헌책방에서 박은 사진
어설프면서도 오랜만에 보는 동양인 중늙은이가 들어오더니 여러
권의 책을 고르자 무척 신기했던가 보다. 일하는 분들이 몰려와
친근함을 표시했고, 급기야 이런 사진 한 장까지 남겼다.
그런데 길눈이 하도 어두워 다시 프라하를 방문해도 그곳을
찾아갈 수 있을지 모르겠다.

그렇게 신나게 떠들다 헤어지고 나서 생각하니 그의 연락처 하
나 받아 두지 못한 게 못내 아쉬웠다. 언젠가 영국에 있는 저 유명한
헌책방 마을인 '헤이온와이'를 가보는 게 꿈인데, 혹시 아는가? 그가
그 마을과 무슨 연관이라도 있는지. 그렇게 생각하자 더더욱 아쉬웠
다. 그러나 어쩌랴, 이미 엎질러진 물인데. 여행담은 이 정도로 마무
리한다.

그렇다면 체코 헌책방 순례 이야기는 왜 꺼낸 것인가? 소개하고
싶은 책이 있어서다. 사실 '셰익스피어 북스토어'에서는 단 한 권의
책도 구하지 못했다. 관광지 주변에 위치한 그 서점에 내가 찾는 책
은 없었다. 그저 요즘 체코에서 흔히 볼 수 있는 책들이 대부분이었
으니까. 그러니 소개하는 책은 전날 프라하 골목에서 구한 책이다.

《*Anatomischer Atlas*》

출간연도는 1919년. 전 3권으로 구성된 시리즈인데 제목은 《*Anatomischer Atlas*》, 부제는 Für Studierende und Ärzte. 무슨 말인지 모르지만 내용을 보고 구입했다. 지금도 제목과 부제를 온전히 이해하지는 못한다. 그러나 인터넷 사전을 통해 이리저리 꿰맞추어 본 결과 '학생을 위한 해부학 화보집' 정도가 아닐까 싶다. 그렇게 무식한 실력으로 적지 않은 금액을 지불하고 이 책을 구입한 까닭은 무엇일까? 누구나 본문을 보면 이해하시리라 믿는다. 1919년! 우리 겨레 입장에서는 소설도 아니고 신소설을 겨우 읽고, 과학 관련 책은 기본적인 수학책 정도를 읽고 있을 무렵, 유럽에서는 이런 책을 집필, 제작, 출간하고 있었던 것이다.

물론 이렇게 생각할 수도 있다. '우리가 가난과 식민의 질곡 속에서 헤맬 때 유럽은 이렇게 놀라운 학문적 성과를 거두었는데, 이제는 그들과 어깨를 견줄 뿐 아니라 어떤 면에서는 앞서고 있으니 우리 겨레의 비약적 발전이야말로 세계 어느 곳에 내놓아도 자랑스럽지 않은가!' 맞다. 나도 그렇게 생각한다. 그러나 모든 문명은 하루아침에 이루어지지 않는다. 특히 눈에 보이지 않는 사상이나 철학 분야에서는 더더욱 그렇다. 만일 우리가 그만큼 빠른 속도로 성

《*Anatomischer Atlas*》

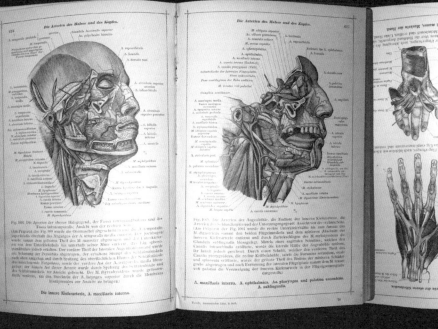

《*Anatomischer Atlas*》
1919년에 독일에서 출간된 것으로
추정되는 《*Anatomischer Atlas*》, 부제는 Für
Studierende und Ärzte. 내용뿐 아니라 인쇄
기술까지 참으로 놀랄 만하다.

장·발전했다면 분명 현대적 역할이 필요한 문명의 어느 분야에서는 빈틈이 생겼을 것이다.

이 책은 베를린과 빈에서 출간된 것으로 보이는데, 내용을 보면 입이 떡 벌어진다. 세밀화로 그린 인체 해부도는 그렇다 쳐도 곳곳에 등장하는 별색 인쇄는 내가 이제껏 구한 서양 책에서도 찾아보기 힘든 기술이다. 그 시대 책들이 컬러 그림을 넣을 때는, 따로 판화 방식으로 인쇄해 일일이 수작업으로 끼워 넣은 것만 보았기 때문이다. 게다가 이 책에는 엑스레이 사진까지 수록되어 있으니, 해부학과 함께 방사선과 교재 역할까지 했을 것이다.

책 몇 권으로 한 나라의 문명 수준을 평가하는 내가 옳다고는 단정 짓지 못하겠다. 그러나 나의 눈에 든 들보는 가능하면 크게 보고 상대방의 티는 가능하면 작게 보는 것이야말로 내 삶의 깊이와 넓이를 확장하는 데 긴요한 태도 아니겠는가.

《폐허》창간호 광고

1920.7.22.자《동아일보》에 게재된 잡지
《폐허》창간호 광고. 책은 120여 쪽에
불과했으니, 그 전해에 간행된
《Anatomischer Atlas》가 얼마나 대단한지 알
수 있다.

《Österreichs Deutsche Jugend》

같은 서점에서 구입한 청소년 도서인 듯 보이는
《Österreichs Deutsche Jugend》. 우리말로 옮기면
'오스트리아독일청소년'쯤 될까. 1908년에
간행된 책인데, 청소년을 위한 다양한 글이
수록되어 있는 듯하다. 이 책에서는 그 시대 다른
책들과 같이 칼라 면을 따로 인쇄해 해당 면에
일일이 붙였다.

손기정 마라톤 화보집

이 화보집은 이제는 기억도 잘 나지 않는 독일의 어느 도시에
위치한 작은 헌책방에서 구입한 것이다. 손기정 선수가 일장기를
가슴에 달고 참가해 마라톤에서 1등을 한 베를린올림픽 공식
화보집인데, 히틀러가 제3제국 독일의 위용을 만천하에 드러내기
위해 심혈을 기울여 준비했다고 하는 베를린올림픽인만큼 화보집
역시 오늘날에는 상상하기 힘든 방식으로 만들어졌으니, 사진을
일일이 인화해서 붙였다. 한 권을 만드는 데 얼마큼의 노력이
들어갔는지 상상하면 한 장 한 장을 쉽게 넘기기가 미안하다.

시 집
순 례 기

지금은 사라진 옛 종로서적은 지금도 존재하는 건물에 자리하고 있었다. 1층 입구에서는 잡지를 팔지 않았었나? 기억이 가물가물하다. 비좁고 북적이는 1층을 지나 좁은 계단을 오르거나 좁디좁은 승강기를 타고 5층쯤에서 내리면 인문학, 문학, 시집 등을 진열한 매장이 나왔고, 그 아래에는 자연과학 매장이 있었던가? 세월이 기억마저 보내 버렸다.

나는 그곳에서 누군가를 기다리며 하염없이 책 구경을 했다. 가난하기 짝이 없는 집안을 생각하면 구경으로 만족해야 했다. 이 책 저 책을 오랫동안 구경하다가 나올 무렵에는 한 권의 책을 집어 들고 계산대로 갔다. 그리고 그 책은 늘 그렇듯 시집이었다. 시집은 얇아서 값이 쌌고, 오래 읽을 수 있었다. 지금도 그렇지만 웬만한 소설은 하루 만에 읽지만 시집은 1년이 가기도 한다. 그러니 얼마나 경제적인가! 게다가 중학교 시절부터 다른 젊은이들처럼 시를 끼적였으니 여러모로 어울리는 행동이었다.

그러나 내 시 짓기는 한 시인의 시를 만나면서 폐업했다. 곽재구라는 시인을 만나고 나서 나는 그날로 시 짓기를 포기했다. 아무리해도 그 시인만큼 쓰기는 어려울 듯싶었다. 물론 다른 시인들도 감히 범접犯接하기 어려웠지만 곽 시인의 시는 형식과 내용, 소재 면에서 내가 쓰고 싶은 것들이었다. 그러니 내 시는 필요가 없었던 셈이다.

잡시

꽃이 진다고 말하지 말라, 피어 있는 고통 다음에는
쉬는 순간도 있어야 하지 않겠는가, 봉오리로 떠올라
온몸을 피어 꽃으로 드러내는 순간을 얼마나 오래
지속해야 하는가, 바라보는 눈 또한 감았다 뜨고
떴다 감지 않는가, 꽃이 진다고 말하지 말라, 화려함
다음에는 소박함을 향해 눈 뜨는 황홀함도 느낄 만하지
않은가, 빛나는 것은 꽃뿐이 아니니 핏줄 선명한 잎이
도는 소리를 들어보라, 물줄기 흐르는 천둥소리 품고
있는 잎사귀 한 잎의 선연함이 보이지 않는가, 꽃이
진다고 말하지 말라, 꽃 쉬고 잎 쉰 후에야 비로소 쉴
공간 찾아 걸음 옮기는 계절의 뒤를 따르는 고즈넉함이
없는 삶은 어떤가, 한 자리를 맴돌 뿐 세상 만물의
뒤편에 눈동자 한 번 돌리지 않는 외로움으로 어찌
살아갈 것인가,
계절 또한 돌고 돌아 붉은 계절에 닿는 유유함을 한
번쯤 누려야 하지 않겠는가, 꽃이 진다고 말하지 말라,
꽃 지고 잎 지고, 계절 지고, 삶 진 후 소리 없이 내리는

그 하얗고 빛나는 흔적으로 뒤덮인 세상의 평화 없이
어찌 웃음 뒤에 흐르는 눈물을 닦을 수 있겠는가, 어찌
발걸음 멈춘 후 비로소 걸음 떼는 보이지 않는 생명들의
분주함을 품을 수 있겠는가, 어찌 모두 떠난 후 그대는
다만 떠나지 않았음을 깨닫는 환희를 느낄 수 있겠는가.

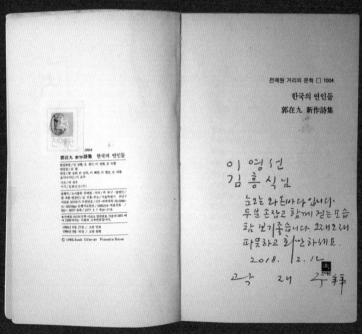

곽재구 시집 《한국의 연인들》
젊은 시절 구입한 시집을 머리에 하얗게
서리가 내리고 나서야 저자에게 서명을
받았다. 기뻤다.

그날부터 나는 시를 읽는 것에 만족하기로 다짐했다.

늘그막에 접어들어 주책없이 한두 편 다시 끼적이는 것은 강연 요청을 받아 전국을 떠돌기 시작하면서부터였다. 지금도 가슴이 설레는 기차에만 오르면 머리는 이십대로 돌아가니 말이다. 그러나 이런 잡글을 시라고 할 수는 없는 노릇이다. 그래서 모든 글의 제목은 잡시雜詩다.

종로서적 시 코너에서 한 권씩 들고 나온 시집들은 지금도 책꽂이에 꽂혀 있다. 그 가운데 유난히 눈에 띄는 건 그 시대를 풍미하던 동인시집同人詩集들이다. 무크 형식으로 발행하던 동인시집들은 오늘날 이름만 대면 알 만한 시인들의 젊은 날을 가득 채운 가슴들이다. 왜 그 시절에 그토록 많은 동인시집들이 출간되었는지 상상하는 것은 어렵지 않다. 1970년대 중반부터 1980년대 후반에 이르는 질곡과 억압의 시대에 가장 고통 받는 것은 아마도 시인들이었을 것이다. 누구보다 예민한 촉수觸手를 간직했으나 그 촉수를 내미는 순간 날카로운 작두로 잘리고야 마는 시대를 사는 것은 그들에게 죽음만큼이나 힘겨운 장정長程이 아니었을까. 그러니 그 장정의 길을 나설 때 홀로 나아가는 것보다는 둘, 셋, 넷, 다섯이 함께한 것은 운명이었을지 모른다.

반시 동인

1976년 처음 동인지를 낸 '반시反詩' 동인은 그 제목부터 독자를 자극한다. '시에 반기를 든다'는 뜻인지, '기존의 시에 반대한다'는 뜻인지 모르지만 그게 그거 아닌가? 그렇다면 그들은 도대체 '반시'에 어떤 의미를 담고자 했던 것일까?

> 1976년 창간호를 낸 이후 우리는 부단히 反詩의 논리를 전개·확대·심화해 왔다. 이제 또 한 번 그 논리를 깡그리 극복해야 할 필연적인 문학 현실에 직면해 있다. 온몸과 온정신의 깡다구로써 싸워 온 지금까지의 反詩에 대하여 다시 反하는 시의 창작으로 돌입하여 反詩를 창조해 내지 않으면 안 된다. 反詩에 대한 反詩라고 해서 비현실적인 시를 일컬음은 절대 아니다. 反詩에 대한 反詩는 요컨대 지금까지 우리가 추

구해 온 시세계와 시적 방법·형식을 한 차원 더 높인 詩를 말한다.*

　그러니까 반시란 기존의 시적詩的 체제를 극복하고자 하는 동인들의 의지가 투영投影된 명칭이라고 볼 수 있겠다. 따라서 부처를 만나면 부처를 죽여야 하듯 시 또한 정체되거나 안정되는 순간 죽이고 새롭게 태어나야 하는 존재임을 위의 글이 말해 준다 하겠다.

　1983년 11월에 발행된 반시 8집 《반시주의》(육문사)에 실린 동인 명단에는 김명수金明秀, 김창완金昌完, 정호승鄭浩承, 이종욱李宗郁, 하종오河鍾五, 김명인金明仁 등이 이름을 올렸는데, 기억으로는 시간이 지나면서 동인이 늘기도 하고 바뀌기도 했던 듯하다. 여하튼 위에 등장한 동인 가운데 오늘날 필명을 전하지 않는 이는 없는 듯하니 당돌하게도 '반시反詩'라는 명칭을 내걸고 나선 기운이 만만치 않았음을 확인할 수 있다.

《반시》

　'반시' 동인지는 동인들의 시만 수록한 것이 아니라 시론詩論, 신인 작가의 발굴, 외국 시인의 소개 등 다양한 내용으로 구성되어 있다. 그만큼 그 무렵 대한민국 시단詩壇

에 새로운 시야를 제시하고 확장시키고자 하는 뜻이 강했다고 하겠다. 개인적으로도 '반시 동인집'은 꽤나 기다렸던 듯하다. 다른 동인지와 달리 이 동인지는 어느 날 말없이 사라질 것 같지 않은 뚝심이 느껴졌기 때문이 아닐까 싶다.

그런데 그렇게 어렵게 구한 동인지가 지금 내 책꽂이에는 몇 권 남아 있지 않다. 도대체 책을 버린 기억은 없는데, 분명 있어야 할 책들 가운데 여러 권이 보이지 않는다. 게다가 반시 동인지가 언제 종간되었는지도 알 수 없다. 안타깝다.

5월시 동인

'5월시' 동인지는 1981년 7월 처음 출간한 것으로 기록하고 있다. 대한민국에서 5월은 1980년 5월 광주항쟁을 분기점으로 엄청난 무게감을 갖게 된다. 물론 시간이 갈수록 이상한 인간들이 온갖 훼방을 놓음으로써 대한민국 시민의 역량을 축소하고자 하지만 역사는 그렇게 호락호락한 게 아니다.

'5월시'라는 명칭을 통해서도 알 수 있듯이 5월시 동인들이 추구하는 시의 세계는 말 안 해도 알 듯한데, 그래도 한마디 들어 보기로

* 반시 8집,《반시주의》〈서문〉에서 전재. 전재轉載한 것이기 때문에 한자도 그대로 싣는다. 한자를 모르는 독자 여러분도 읽으시기 쉬운 게 한자는 오직 '반시反詩' 하나다. 그러니까 '反詩'의 정신을 드러내는 데는 한글 '반시'보다 한자 '反詩'가 더 어울린다고 본 것 아닐까.

한다.

시를 쓰는 자는 천재도 영웅도 아니다. 생활에 쫓기고 쓰러지다 풀이 꺾이어, 살아남아야 한다는 맹목에 지배되는 삶이란 도대체 무슨 의미가 있는가 하고 머뭇거리는, 가장 하찮은 자들 중의 하나가 시를 쓰는 자이다. 그가 민중 속에 있는 것이 아니라 그가 민중이며 한 인간이다. 다만 그 슬픔을 그 고통을 좀 더 오래 응시하고, 그럼으로써 그 시대의 어둠을 명명命名하도록 불려졌다는 점이 다르다면 좀 다른 점이다. 그나마도 그의 말의 대부분은 자신의 말이 아니라 그 민중에게 속한 것이다. 시를 쓰는 자가 화를 입는다면 이 말 때문이다. 말은 그의 행동이며 그의 모든 것이다. 이 말은 앞뒤를 돌아보지 않는 말이며, 눈치를 보지 않는 말이며, 겁도 없는 말이다. 시를 쓰는 자는 가장 순수하게 구속되어 있는 자이다. 가장 깊게 살려는 자신의 삶은 그렇기 때문에 자신에게 속

5월시 동인지 3집 《땅들아 하늘아 많은 사람아》
5월시 판화시집 《빼앗길 수 없는 노래》

* 5월시 동인지 3집 《땅들아 하늘아 많은 사람아》(청사, 1983) 192-193쪽에서 전재.

성산포

성산 앞바다에 가면 보이거
우리들의 잊었던 아름다운 세상의 말
오도와 꿀밀닌한 영광들이
무서한 우리들의 가슴에게 떨어지고
이 세상 아름을 모르게 떨어 울린
사두의 혼돼구 하나 하늘 발쳐 었거
청도시 드레스를 잊은 입무를가 드레싱을 주고

한 것이 아니라 모두에게 속한 것이며, 그의 모든 것을 의미하는 그의 말은 그렇기 때문에 자신의 말이 아니라 모두에게 속한 말이다. 그의 말이 겁이 없는 것은 그의 말이, 그의 삶이 모두의 말이며 모두의 삶이기 때문이다.

그의 말이 겁을 먹기 시작한다면 그것은 그가 이 순수한 구석을 저버렸기 때문이다. 모두의 삶으로 될 수 없는 개인의 삶을 살려 할 때 모두의 말이 아닌 개인의 말을 하려 할 때 그의 말은 겁을 먹는다. 왜냐하면 시를 쓰는 자는 그 개인으로 볼 때 천재도 영웅도 지도자도 아닌 가장 어리석고 가장 겁이 많은 자이기 때문이다. 그의 말이 겁을 먹기 시작한다면 그는 이미 시를 쓰는 것이 아니라 혼자만의 넋두리를 하고 있는 것이다.*

위 글은 시집에 실릴 글이 아니다. 읽으면 읽을수록 수갑과 포승에 묶인 채 끌려가는 전봉준이 떠오를 만큼 비장하다. 그런 마음으로 쓴 시가 어찌 한가하게 사랑과 자연을 노래하겠는가. 그래서 5월시

동인인 나종영羅鍾榮, 곽재구郭在九, 박주관朴柱官, 최두석崔斗錫, 이
영진李榮鎭, 윤재철尹載喆, 나해철羅海哲, 박몽구(유일하게 이름을 한글
로 적었다), 김진경金津經 가운데 몇몇 사람은 후에 이른바 '민중교육
지 사건'으로 구속되어 형을 살기도 했다. 5월시 동인으로 활동한 시
인들 또한 면면을 살펴보면 대부분 오늘날에도 활발한 활동을 펼치
고 있으니 그 무게감을 능히 짐작할 수 있을 것이다.

5월시의 창간호 동인지를 모 도서관에서 발견했는데 그 가치를
알아보는 이도 없고 보관 상태 또한 워낙 안 좋아 내 책꽂이로 모셔
오고 싶은 충동이 폭발하기 직전까지 갔으나 '이성'의 힘으로 겨우
억눌렀다. 문명의 시대가 오면 이 책이야말로 가치를 인정받으리라.
더욱이 500부 한정판이라니!

목요시 동인

'목요시' 또한 1980년대의 암울暗鬱 속에서 탄생했다. 개인적인 시각
에서 보자면 목요시 동인들은 앞의 동인들에 비해 서정적이다. 그런
데도 다음과 같은 선언을 할 수밖에 없었다면 그건 빨간 장미의 아름
다움에 빠져 다가갔다가 꽃이 아니라 핏덩이임을 깨닫고 흠칫 놀랐

목요시 6집, 《넋의 현실적 생살로 빛나라》

기 때문일 것이다. 1970년대에서 1980년대 중반에 이르는 시기는 그런 때였다. 그러하기에 어쩌면 앞의 시인들에 비해 더 큰 고통을 느껴야 했을지도 모른다. 서정을 타고났으나 서정이 용납되지 않는 시대를 살아야 하는 고통!

말이 철학이거나 역사이거나 이데올로기일 수는 없으되 그러나 삶의 중심에서 뜨겁게 용솟음치는 진실을 왜곡시키는 앵무새로 전락하거나 허수아비 언어가 되어서는 안 된다는 것을 우리는 뼈아프게 절감하고 있다. 어떠한 경우에도 말은 거짓된 시대의 들러리가 될 수 없다.

그런 의미에서 말은 역사 속에 감춰진 진실의 통로이며 인간을 발견하는 의미부호이다. 말을 통해서 우리는 역사에 이르고 말을 통해서 우리는 민족의 힘을 계승하며 말을 통해서 자존의 얼을 갖게 된다고 우리는 믿는다.

그러나 1980년대 시는 말의 힘을 잃어버렸고 말의 자유를 잃어버렸으며, 말의 독자성을 잃어버렸고 말의 자존심을 잃어버렸다고 우리는 고백하지 않을 수 없다.
우리가 다시 찾아야 할 말,
말이 입어야 할 혼,
혼이 지녀야 할 노래는 지금 어디에 있는가?
시는 결국 거친 시대의 수난을 극복하는 말이어야 하고 죽음을 넘어서

는 혼이어야 하며 가슴과 가슴을 이어주는 노래이어야 한다는 것을 우리는 믿는다.[*]

목요시 동인으로 활동한 시인들은 강인한, 고정희, 김준태, 송수권, 장효문, 허형만, 그리고 국효문과 김종 등이었다. 이들 또한 훗날 우리나라를 대표하는 시인들로 활동했으니 1980년대를 일컬어 시의 시대라고 해도 전혀 무리가 없을 것이다.

개인적으로 '목요시' 하면 떠오르는 시인이 있으니 강인한이다. 강인한은 지금도 책꽂이 한구석에 자리한 팸플릿에 이름이 올라가 있다. 사진에서 보듯이 팸플릿처럼 생긴 이 책은 대학을 졸업한 후 출판에 필요한 돈을 모으기 위해 은행에 다닐 무렵 만든 것이다.

은행에 다니다가 군대를 가게 되었는데, 함께 일하던 동료들에게 뭔가 선물을 하고 싶었다. 그래서 평생의 꿈인 출판 연습도 할 겸 내가 좋아하는 시들을 다른 사람들과 나누고 싶은 마음에 그 무렵에는 첨단 제품이었던 IBM 볼타자기로 직접 치고 '무단으로' 복사한 후 중간을 스테이플러로 박아서 만든 것인데, 어쩌다 원본이 지금까지 남아 있다. 그러니 이 녀석 나이가 얼추 30년이 넘는 셈이다. 표지 또한 그 무렵에는 귀한 복사지에 그 시대를 풍미하던 월간지《샘이 깊은 물》의 광고에서 잘라낸 문구를 붙여 만들었다. '구슬사球瑟思'라는

[*] 목요시 6집,《넋의 현실적 생살로 빛나라》(강인한 외 5인, 청하, 1986) 〈동인의 말〉에서 인용.

발행처도 적었는데, '구슬을 생각한다'라는 뜻이다. 구슬은 개인적 그리움과 아픔이 깃든 존재니 여기서 밝힐 필요는 없을 듯하다.

이 팸플릿에 실린 시 목록은 다음과 같다.

〈사평역에서〉, 곽재구

〈엄경희〉, 곽재구

〈해 지는 곳으로 가서〉, 강인한

〈축가〉, 박누래

〈예언서 1〉, 김사인

〈김대두에게〉, 조성우

〈어릴 때 조국〉, 신기선

〈울음이 타는 가을강〉, 박재삼

〈약혼〉, 김사인

〈석상의 노래〉, 박봉우

〈눈〉, 김동현

〈한 그리움이 다른 그리움에게〉, 정희성

〈모닥불을 밟으며〉, 정호승

〈나무를 심고〉, 권영상

방향성도 없고 특별한 공통점도 없는 시인들의 다양한 시가 실려 있는데, 그 가운데 강인한의 〈해 지는 곳으로 가서〉라는 시가 있다.

해 지는 곳으로 가서
살고 싶다.
아들아
우물에서 냉수 한 바가지
벌컥벌컥 마시고
잎 진 감나무 한 그루를
활활 태우고 넘어가는
저녁 놀 속에
나도 잎 진 감나무 한 그루로
서고 싶다
해 지는 곳에서
꿈 같은 그리움을 부비며
하룻밤인 듯 남은 목숨을 태워
거기서 살고 싶다.*

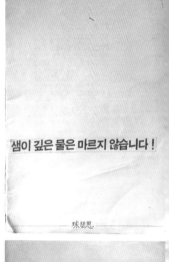

발행처 구슬사

---

* 시 한 편을 오롯이 인용했다. 시 한 편은 소설 한 편과 같으니 이러면 안 되는데. 허락해 주신 시인께 감사드린다.

울음이 타는 가을강
박재삼

마음도 한자리 못 앉아 있는 마음일 때
친구의 서러운 사랑 이야기를
가을 햇볕으로나 동무 삼아 따라가면
어느새 등성이에 이르러 눈물 나고나.

제삿날 큰집에 모이는 불빛도 불빛이지만
해질녘 울음이 타는 가을 강을 보것네.

저것 봐, 저것 봐,
네보담도 네보담도
그 기쁜 첫사랑 산골물소리가 사라지고
그 다음 사랑 끝에 생긴 울음까지 녹아나고

이제는 미칠 일 하나로 바다에 다 와 가는
소리 죽은 가을 강을 처음 보것네.

약혼
김사인

꽃처럼 곱던 시절은 다 갔구나
까칠한 네 얼굴을 보니
지난 몇 해가 어제만 같다
다 그런 거라고 나는 능청을 떨지만
손쉽게 다 그럴 수는 없는 거겠지

꽃같이 어리던 시절도 이제 다 가고
험한 세상 없이 삼자면
튼튼한 몸통이 밖에 믿을 게 없다
오직 맑았던 것은
굴 새기가 마누라야

저 세상 갈 때까지 한 솥 밥 먹으며 부대껴 오자고
마른 네 손가락에 반지를 끼우는 날
실없이 나는 눈물 난다
이 아름다운 약속이
기쁘기도 해서 섧기도 해서

《샘이 깊은 물은 마르지 않습니다!》
은행에서 IBM 타자기를 이용해 만든 팸플릿.

즐거운 편지

1

내 그대를 생각함은 항상 그대가 앉아 있는 背景에서
해가 지고 바람이 부는 일처럼 사소한 일일 것이나
언젠가 그대가 한없이 괴로움 속을 헤매일 때에
오랫동안 전해오던 그 사소함으로 그대를 불러 보리라.

2

진실로 진실로 내가 그대를 사랑하는 까닭은
내 나의 사랑을 한없이 잇닿은 그 기다림으로 바꾸어 버
린 데 있다.
밤이 들면서 골짜기엔 눈이 퍼붓기 시작했다.
내 사랑도 어디에선 반드시 그칠 것을 믿는다.
다만 그대 내 기다림의 자세를 생각하는 것 뿐이다.
그 동안에 눈이 그치고 꽃이 피어나고 낙엽이 떨어지고
또 눈이 퍼붓고 할 것을 믿는다.

十　月

1

내 사랑하리 시월의 강물을
夕陽이 짙어가는 푸른 모래톱
지난날 가졌던 슬픈 旅行들을, 아득한 기대를
이제는 홀로 남아 따뜻이 기다리리

2

지난 이야기를 해서 무엇하리
두견이 우는 숲새를 건너서
낮은 물단에 흐르는 달빛 속에
울리면 木琴소리 木琴소리 木琴소리.

3

머흘내 바람이 서늘히 불고
오늘은 안개 속에 찬 비가 추졌다
가을비 소리에 온 마음 굳은은
잊고 싶은 약속을 못다한 탓이리.

《모두사랑》
군대를 제대할 무렵 을지로 인쇄 골목에 가서 만든 팸플릿이다.
삭막한 군생활 중이던 동료, 선후배에게 제공했던 기억이 떠오른다.

그 많은 시 가운데 이 시를 읽는 데는 까닭이 있다. 그때까지 도시 생활(아주 어린 시절에 시골에 살았지만 감나무 한 그루 있는 정도의 시골은 아니었던 듯하다)에 익숙했던 나는 시에 등장하는 "잎 진 감나무 한 그루로 서고 싶다"는 표현을 보며, '모든 의지에서 벗어나 이제는 거울 앞에 선 누이처럼 남은 삶에 순응하며 살고 싶다'라는 뜻으로 받

아들였다. 그런데 어느 날 누군가와 함께 그때로서는 꽤나 먼 교외였던 행주산성에 놀러 간 적이 있었다. 그곳 산기슭에 자리를 잡고 앉아 서울 방향을 바라보며 이런저런 이야기를 나누고 있는데, 갑자기 내 눈에 잎 진 감나무 한 그루가 들어왔다. 아! 나는 그때 잎 진 감나무의 참모습을 처음 보았다. 불꽃 수백 송이가 세상을 불태우는 듯한

그 모습을 지금도 잊을 수가 없다. 그러고는 내가 한 편의 시를 정반대로 읽었다는 반성을 했으니, 오늘날 감나무에 대해 병적인 애착을 갖는 까닭은 바로 수십 년 전에 비롯된 것이다.

시와 경제 동인

마지막으로 살펴볼 것은 '시와 경제' 동인이다. 가장 어울리지 않을 듯한 두 단어를 모아 동인 명칭을 만든 이들은 김도연, 홍일선, 정규화, 황지우, 박승옥, 나종영, 김정환, 김사인, 그리고 채광석 등이었는데 그 외에도 더 있는지 모르겠다. 우리나라 출판계, 나아가 문화계가 이런 소중한 자취에 대한 기록과 보관에 소홀해서 그런지, 아니면 기본적으로 자료가 소실되어서인지는 모르겠지만 아무리 뒤져도 찾기가 힘들다.

《시를 어루만지다》
2013년에 도서출판 b에서 간행된 김사인 편저編著 시선집 《시를 어루만지다》. 《시와 경제》 동인 출신인 김사인은 한자 이름이 金思寅이다. '寅'자는 셋째지지, 즉 '호랑이'를 뜻하니 이름이 '호랑이를 생각함'인가. 그런데 그의 시선집 《시를 어루만지다》는 호랑이의 이미지와는 멀어도 너무 먼 김사인의 모습과 시를 바라보는 시선視線을 보여 준다. 여러 강연에서 이 책을 함께 읽곤 한다. 시를 처음 접하는 책으로는 그만이니까.

'시와 경제' 동인들이 발행하던 《시와 경제》는 훗날 사회주의노동자동맹 사건으로 유명한 박노해의 작품이 처음 게재된 것으로도 기억할 만한데, 그 어떤 동인지보다도 운동성이 강한 동인지일지 모른다. 그 가운데 한 사람인 김사인은 여리디 여린 생김새와는 달리 1980년대가 낳은 가장 '짱짱한' 잡지인 《노동해방문학》의 발행을 담당하기도 해서 당연히 갖은 탄압을 받아야 했다. 그런 그가 오늘날 한 대학에서 문학을 강의하면서 시집도 내고 시선집도 출간하고 있으니 시절의 변화를 실감하게 된다. 이 외에도 살펴볼 시 관련 도서가 왜 없겠는가? 아니 넘치고 넘치는 것이 1980년대 '시의 시대'를 증언하는 책들이다. 그러나 이 정도에서 멈추지 않는다면 시의 봇물이 터질지 모른다.

14

《음악을
찾아서》,
그 당당함!

대한민국에서 당당하게 산다는 것은 참 어렵다.

당당하다(堂堂--)

1. 남 앞에 내세울 만큼 모습이나 태도가 떳떳하다.

2. 힘이나 세력이 크다.

《표준국어대사전》에 나오는 정의다. 나는 이에 '자신의 사적私的 이익과 무관하게 옳다고 여기는 뜻을 눈치 보지 않고 말하다'라는 뜻을 덧붙이고 싶다. 이렇게 정의할 수 있다면, 대한민국에서 당당하게 사는 게 얼마나 힘든 일인지 여러분도 수긍하실 것이다. 우리는 아무리 옳고 공의公義로운 이야기라 하여도 입 밖에 내는 순간 뭇사람들의 지탄을 받는 사회에 살고 있다. 아마 다른 나라도 마찬가지일 것이다. 그러나 '뒷담화'라는 말이 일상적으로 쓰이는 걸 보면 우리나라가 조금 더 심한 것은 아닐까 하는 의문을 품게 된다.

그런 면에서 그저 음악을 즐기는 자로서 수십 년에 걸쳐 펴 보고 또 펴 보며 가슴에 담는 책이 있으니《음악을 찾아서》라는 전혀 유명하지 않은 책이다. 이순열李盾烈(1935~)은 음악과 무용 평론가로 활동한 불문학자다. 그리고《음악을 찾아서》는 그가 1979년에 출간한 산문집인데, 부제가 '클래시컬 뮤직에의 초대'다. 고전음악 감상을 위한 산문집이 한두 권이 아닐진대 나는 지금도 이 책을 가장 쉽고 재미있게 여긴다. 아, 고전 중의 고전으로 꼽히는 로망롤랑의 《베토벤의 생애》(로맹 롤랑 지음, 이휘영 옮김, 문예출판사, 2005)는 예외로 하고.

《베토벤의 생애》
굳이 서양 고전음악이 아니라고 해도 음악을 듣는 이라면, 아니 인간이라는 존재의 위대함이 어디서 비롯되었는지 궁금한 이라면 로망 롤랑의 《베토벤의 생애》를 빼놓을 수 없을 것이다.

《음악을 찾아서》
분명 어려운 환경에서 태어났을 책 《음악을 찾아서》.
그러나 내용은 결기도 담겨 있을 뿐 아니라 음악의 초보자라도 충분히 즐길 수 있을 만큼 쉽고 친절하다. 고전음악을 다룬 책들이 대부분 어렵고 전문적인 내용들이 담겨 있어 오히려 거부감을 안겨 주는 경향이 있는 게 사실 아닌가!

《살해당한 베토벤을 위하여》(에릭 엠마뉴엘 슈미트 소설, 김주경 옮김, 열림원, 2017)

이 책은 프랑스 출신 철학자 에릭 엠마뉴엘 슈미트가 쓴 에세이인데, 베토벤 음악에 바치는 헌사(獻詞)이자 오늘을 사는 우리를 향해 내리치는 죽비다.

> 지식인들은 절망의 증인들이다. 그들은 충격을 받고, 정신적 외상을 입었다. 비관주의는 사회 속에서 생기는 온갖 견해들을 갖가지 다양한 색깔로 물들인다. 때로는 허무주의, 흔하게는 냉소주의, 그리고 가장 일반적으로는 쾌락이나 이익을 숭배하는 맹렬한 개인주의의 색깔을 띤다. 그 속에서 사라져 버린 한 가지가 있으니, 인간에 대한 인간의 꿈이었다.[*]

> "바보들이 이토록 많이 살아 있건만 베토벤은 죽고 없다니…!"
> 귀가 멀었던 그 위대한 자의 메시지가 우리에게 다시 다가온다. 왜냐하면 우리가 그것을 잊고 있었기 때문이다. 그가 우리를 향해 말했던 것이 이제 더 크게, 새롭게, 거칠게, 놀랍게, 도발적으로 메아리친다. 그가 우리를 깨우고 있다.
> 사실 죽은 자는 그가 아니라 우리들이다. 오늘날 사색은 죽었고, 우리는 영적 혼수상태에 빠져 있다. 우리는 고귀한 시도들, 자발적인 열광, 영웅적 낙천주의의 기초가 되는 믿음, 곧 인류에 대한 믿음을 죽였다.[**]

[*] 《살해당한 베토벤을 위하여》 47쪽에서 전재.
[**] 위 책 97쪽에서 전재.

그렇다면 왜 나는 이순열의 책을 꼽는 것일까? 세월이 흐르고 흘러 이제는 잘못 건드렸다가는 바스러질 만큼 삭은 책을. 우선 이 책을 출간한 출판사 '삼민사三民社'를 기억하고 싶기 때문이다. 삼민사는 우리 시대를 대표하는 인권 변호사로 이름이 높을 뿐 아니라 한겨레신문 창간위원장과 감사원장 등을 지낸 한승헌 변호사께서 세운 출판사다. 왜 유명한 변호사가 출판사를 세웠느냐고?

프레시안: "공 잘 차는 축구선수처럼 동어 반복"이라며 '인권 변호사'라는 말이 달갑지 않다고 하셨는데, 어쨌건 운명적으로 인권 변호사의 길을 걸으셨습니다. 그러던 중, 1975년 인혁당 조작 폭로 사건에서 김지하의 변호인으로 나선 일과 1980년 김대중 내란 음모 사건으로 각각 옥고를 치르셨고, 급기야 1976년 11월부터 1983년 8월까지 변호사 자격을 박탈당하셨습니다. 생업의 기반이 사라진데다가 기자가 기사를 쓸 수 없는 것보다 더 큰 고초였다고 생각되는데요. 그 8년간의 세월을 어떻게 보내셨는지요.

한승헌: 제가 〈반공법〉 전문 변호사로 알려졌는데 〈반공법〉으로 구

《살해당한 베토벤을 위하여》

속되었으니까, 누가 수상안전요원이 물에 빠져 죽는 거라고 표현했었어요. 기가 막히잖아요. (웃음) 그래서 실업자 시절을 어떻게 보냈는가 하면, 처음에는 아는 분이 하는 법률 잡지에서 주간으로 나가서 얼마간 일했어요. 그 다음에는 '삼민사'라는 출판사를 집사람 이름으로 등록해서 출판 일을 했죠. 자본금도 없고 하니까 전화 응대하고 교정 보는 여직원 한 명하고 나하고 둘뿐이었습니다. 그런데 맨 처음 나온 책부터 판금이 되어 가지고…. (웃음)*

그렇게 해서 삼민사라는 출판사가 탄생한 것이다. 그러나 출판사 대표 때문에 한 권의 책을 평생 소장할 수는 없는 노릇이다. 이순열은 우리나라에서는 보기 드문 당당한 평론가다. 너무 당당해서 읽는 사람들에게 '저렇게 당당하면 살기가 힘들 듯한데…' 하는 우려를 자아내기에 충분하다.

음악이 없는 음악가를 우리는 이따금 목격한다. 이름뿐인, 결코 음악가가 아닌 음악가가 음악을 더럽히고 있는 사례는 너무나 많다.
졸업을 앞둔 어느 음대 학생에게 대학원에 진학해서 학교에 남아 보라고 권해 본 적이 있었다. 음악을 전공하는 학생 가운데도

---

*《프레시안》2014.4.11.자
인터뷰에서 전재.

남인수부터 김용임을 거쳐 바로크 시대의
도미니코 스카를라티, 그레고리오 성가,
나아가 거문고 산조에서 구음(口音)
시나위, 그리고 들을 때마다 가슴이 아픈
동요 반달과 고향생각까지 말 그대로
극성맞게 음악을 듣는다. 그렇게 음악을
듣다 보면 '아, 이런 음악을 모든 이웃들과
함께한다면 얼마나 좋을까!' 싶은 경우가
종종 있다. 인문학 강연을 갈 때마다 음악
이야기를 빼놓지 않는 것은 그 때문이다.
또한 감수성이 가장 용솟음치는 우리
청소년들의 삶에서 입시를 내세우며
일주일에 한두 시간의 음악 수업조차
영어나 수학으로 대체해 버려야 속이
시원한 21세기 대한민국의 현실에
분노하게 된다.

음악을 지니고 있거나 교수가 되었을 때 학생에게 음악을 제대로 전해 줄 수 있으리라고 여겨지는 경우가 흔치 않은 일인데, 그 학생은 후배들을 잘 이끌어갈 수 있는 자질이 엿보여서였다.

그 아가씨는 명랑한 편이었는데, 내 이야기를 듣자 금방 눈물이 핑 돌았다.
"그러고 싶었어요. 그래서 선생님한테 그 이야길 했더니 그러시데요. 애가 사람 웃기네. 네까짓 게 무슨 돈이 있다고 대학원엘 가니?"

어느 음악가의 말을 빌린다면 외국에 가서 변소에만 갔다 와도 우리나라에 와서 음대 교수가 되는 판이니까 개중에는 밤거리의 여인인지, 술집의 작부인지, 음대 교수인지, 도대체 분간할 수 없는 차림으로 활보하는 음대 교수도 있어 그런 상스러운 말쯤 태연히 할 수 있겠지만, 어찌 그것이 스승으로서 제자에게 할 수 있는 말이겠는가? 그 비음악적인 언어 구조를 가진 여인으로부터 학생들은 무슨 음악을 배울 수 있을 것인가?

(중략)

그런데도 얼마 전 예능계의 예비고사 문제가 대두되었을 때, 우수한 학생을 기르기 위해서는 실기를 연마하면서 학과 공부에 많은 시간을 빼

222
•
223

*《음악을 찾아서》(이순열, 삼민사, 1979) 74-77쪽에서 발췌, 전재.
** 스위스의 프로테스탄트 신학자.

앗겨야 하는 부조리를 없애야 하며, 재능이 뛰어난 학생들을 기르기 위해서는 마땅히 예비고사가 면제되어야 한다고 역설하는 이들이 있었는데, 하도 속이 뻔히 들여다보여 고소를 금할 수가 없었다. 그들이 언제부터 재능 있는 학생을 기르기에 정열을 쏟았다는 것인지….

(중략)

음악은 결코 악보에서, 그리고 악기에서만 흐르지는 않는다. 음악은 우선 우리 가슴속에서 흘러야 할 것이다. 우리 마음속 깊고 깊은 곳에 흥건히 담겨 내재하는 그 우물에서 샘솟아 무엇인가 밖으로 흐를 때 우리는 음악을 듣는다.[*]

이 글을 읽다 보면 오늘날 대학가와는 다르겠지, 하며 애써 위안을 삼으려 하지만 오늘날 대학가에서 심심치 않게 들려오는 '갑'과 '을'의 투쟁사를 떠올려 보면 이보다 심하면 심했지 덜하지는 않을 거라는 생각도 든다. 그러나 오늘날 어떤 평론가나 관련 전문가가 이런 글을 쓰고 문제를 제기하는가! 대학가의 천박한 사건이 드러날 때마다 아마 무수히 많은 관련자들이 뒤에서 수군거릴 것이다. 그러나 그 사건에 대해 이토록 신랄하고 당당하게 문제를 제기하는 사람은 참으로 드문 것이 현실 아닌가 말이다. 그래서 내가 이 책을 좋아하는 것이다. 그렇다고 이 책에 이런 글만 실려 있는 것은 아니다. 그렇다면 카타르시스 해소에는 좋겠지만 음악 감상 지침서로는 바람직하지 않을 테니까.

"나는 신 앞에서 바흐의 음악이 연주되고 있는지 아닌지 모른다. 그러나 천사들이 모이면 언제나 모차르트의 음악을 즐길 것임에 틀림없다." 칼 바르트Karl Barth(1886~1968)[**]가 말한 것처럼 모차르트의 음악은 정말 천사들의 숨소리 같은 티 없는 아름다움으로 가득 차 있다.

… (중략) …

"모차르트가 결코 행복하지 않았다는 것을 우리는 그의 편지를 통해서 엿볼 수 있지만, 그 자신의 고백을 통해서보다는 그의 침묵 속에서 우리는 한층 그의 불행을 느끼게 된다. 그는 한 번도 생활의 승리자가 될 수는 없었다. 세속적인 행복과 예술적인 승리는 양립할 수 없는 것이 예사이다. 그러나 참다운 창조자는 비록 세속적인 불행을 겪을지라도 예술을 통해서만 얻을 수 있는 만족감을 맛보는 것이다. 그리고 이러한 행복감이야말로 창조자의 존재를 가득 채워 주는, 그리고 지상의 어떤 행복과도 견줄 수 없는 고귀한 체험이다."

앨버트 아인슈타인Albert Einstein (1879~1955)*이 말하고 있듯이 모차르트는 비록 세속적인 행복을 누리지는 못했으나 예술이라는 그 영혼의 세계

젊어서는 모차르트를 썩 좋아하지 않았다. 너무 부드럽고 쉽다고 여겼기에 젊음이 혼신의 힘을 다해 듣기에는 어울리지 않는다고 판단한 것이다. 그러나 언제부턴가 그 부드러움 속에 담긴 삶의 줏대가, 누구나 즐길 수 있는 쉬움 속에 삶을 진정으로 풀어내는 힘이 있음을 느끼면서부터 가장 즐기는 음악이 되었다. 우리 세대가 함께하기에는 너무 순수했던 한 지도자가 마지못해 저세상으로 떠나던 날 나는 방문을 닫고 하염없이 모차르트의 눈물을 흘렸다. 방안에서 하도 나가지 않자, 방문을 열어 본 사람이 한 마디 던졌다. "그래, 더 울고 나와."

에서는 항상 누구보다도 더 행복했다.

굶주림에 허덕이고 비탄에 잠겨 있을 때조차도 그는 결코 울부짖거나 몸부림치지 않았다. 그러기에 그의 음악은 언제나 명랑하고 경쾌한 듯이 보여 사람들은 흔히 그의 음악은 달콤하고 즐겁기만 한 것으로 오해하기 일쑤다.

그러나 그의 표면적인 즐거움 속에는 얼마나 깊은 오열이 감추어져 있는 것이랴. 눈물이 방울진 채 웃음 짓고 있는 얼굴처럼 아름답고 감격스러운 모습은 없다. 모차르트의 음악은 언제나 해맑게 흐르면서도 그 밑바닥에 연연히 흐르고 있는 우수의 그림자로 인해 우리를 순수하고 황홀한 슬픔으로 이끈다. 그리고 가장 슬플 때조차 즐거운 듯이 웃을 수 있는 예지를 길러 주기도 한다.

"아름답게, 눈물이 날 만큼 아름답게…."

브루노 발터가 모차르트의 음악을 연습하면서 교향악단원들에게 자주 했다는 이 말 속에는 모차르트의 온갖 것이 함축되어 있다.**

그러기에 우리 세대가 함께하기에는 너무 순수했던 한 지도자가 마지못해 저세상으로 떠난 날 모차르트의 피아노 협주곡을 틀어 놓고 한없이 눈물을 흘린 것이 이순열의 책 때문만은 아니었겠지만 어느 정도 영향을 미친 것은 사실이었다.

---

* 물리학자 아인슈타인은 음악, 특히 모차르트 음악에 조예가 깊어서 모차르트 바이올린 소나타 연주 녹음을 남겼을 정도다. 궁금하신 분은 지금 당장 인터넷을 검색해 들어 보실 일이다.
** 《음악을 찾아서》 45-48쪽에서 발췌, 전재.

평생 소원 가운데 하나가
모차르트 고향에서
개최되는 세계 최대
음악 축제인 '잘츠부르크
페스티벌' 구경이었다. 그런데
한 신문사에서 '잘츠부르크
페스티벌 음악 기행' 참관단을
모집한 덕분에 소원을 이룰 수
있었다. 그때 들른 음악가들의
기념관에서 사들인 책들이다.
읽지는 못하지만 언젠가
읽으리라는 희망을 품으며 사는
것 또한 이 팍팍한 삶에 내리는 한
줄기 단비 아닐까.

ル ト

ザルツ
ブルクから
ウィーンまで
大音楽家の
生涯
その代

MOZART
BILDER
Christoph Großpietsch

ENGLISH

The Kunsthistorisches
Museum in Vienna

PRESTEL
MUSEUM GUIDE

BACH

EIN BIOGRAF
A Biographical Kale

DETMAR HUC

Opera Mozart

서양에 대한
태
도

현재 우리가 접하는 많은 이론은 어쩔 수 없이 서양에서 유입된 것이다. 물론 우리 전통문화 또는 동양에 관한 것은 우리 학계, 문화계가 독자적으로 이룬 성과가 대부분이지만. 그러다 보니 근대에 유입된 대부분의 분야에서 서양의 것이 다수인 것 또한 당연하다. 이러한 상황이니 우리나라에서 출간되는 학술서 가운데 번역서의 비중이 큰 것은 피할 수 없는 현실이리라. 게다가 많은 학자들이 서양에서(그 가운데 90% 이상은 미국에서 공부하고 왔을 테니 서양이라는 말이 무색하기는 하

다만) 공부하고 왔으니 그 정도는 심해질 수밖에 없다. 그러니 당연히 이러한 상황을 개선하기 위해 분투하는 것이야말로 오늘날 시대를 사는 양심적이고 자부심을 품은 학자의 사명일 것이다. 그렇지 않다면 학문의 종속이 곧 삶의 종속으로 이어질지도 모르니. 그런데 상황은 오히려 거꾸로 가는 듯하다. 대학을 다닐 때만 해도 상대商大의 기본 도서인《경제원론經濟原論》은 대부

《맨큐의 경제학》

분 우리나라 학자들의 저서를 사용했던 듯하다. 요즘도 그럴 것이라고 믿고 싶지만 뭔가 이상하다는 느낌을 지울 수가 없었다.

《맨큐의 경제학》

우리나라 대학에서 가장 많이 사용하는 것으로 알려진 경제학 교재이다. 저자 그레고리 맨큐는 미국에서도 유명한 신자유주의를 신봉하는 경제학자로, 오죽하면 학생들이 그의 강의를 거부하고 "월가를 점령하라Occupy Wall Street!" 시위에 참가했겠는가. 재벌, 즉 상위 1%를 대변하고 군수산업의 앞잡이 노릇을 한 조지 부시 2세 정부의 경제 자문역을 담당했던 그의 교재가 오늘날 우리나라 대학가를 점령하고 있다는 사실이야말로 우리 학계가 얼마나 미국 편중적이요, 기업친화적인지를 보여 주는 극명克明한 사례라 할 것이다.

독해 능력을 갖춘 사람이라면 몇 쪽만 읽어 보아도 심하게 기업편향적偏向的이라는 사실을 눈치 챌 수 있는 책이 오늘날 대학 경제학과에서 가장 많이 사용하는 기본서라니 기가 찰 노릇이다.

그렇다면 우리 학자들의 노력은 내가 공부하던 시절보다 오히려 퇴보했다는 말인가! 그것이 아니라면 이른바 글로벌 시대를 맞아 대학 교재도 세계적인 학자의 책을 그대로 배우는 편이 낫다고 여기는 풍토가 된 것인가? 우리 저자들의 기본서에 관심을 갖게 된 것은 그러한 문제점을 인식하면서부터였다. 서양에서 유입된 학문 분야의 기본서를 우리나라 상황에 맞추어 우리 시각으로 출간하는 것이야말로 참된 학자의 필생의 작업일 텐데, 그 작업 환경은 얼마나 열악한 것인가.

기본서 한 권을 쓰기 위해 기울여야 하는 노력이 응용 도서나 특정 분야를 다룬 각론서各論書에 비해 월등히 크다는 사실을 모르는 분은 안 계실 것이다. 그러다 보니 대부분 분야에서 기본서는 외국 서적을 번역·출간하는 것이 일반적 현상인 듯하다. 그러한 현실을 당연한 것으로 여기며 살다가 갑자기 몇 권의 책을 발견하고 정신이 번쩍 들었다. 다음은 죽비처럼 나를 때린 몇 권의 책에 대한 이야기다.

《예술의 역사-경제적 접근》(이재희·이미혜, 경성대학교출판부)은 2004년에 초판이 출간된 후 2012년에 개정판이 출간되었다. 사실 예술사에 관한 책은 꽤 많이 나와 있다. 전문서 외에도 교양서, 애호가와 청소년을 위한 책에 이르기까지 다양한 책들을 선보이고 있는데, 이는 예술이 우리에게 주는 지적 호기심이 그 어떤 분야보다 강하기 때문일 것이다. 특히 오늘날 미술에 대한 관심이 고조되고 있기에 예술사에 관한 책이 더 많이 출간된다고 하더라도 하등 이상할 것이 없다.

그런데 그 가운데 대중성과 학술적 성과를 함께 이룬 책이 과연 얼마나 될까? 하는 질문을 받는다면 고개를 갸웃거리게 된다. 더욱이 그 가운데 우리나라 저자가 쓴 책이 얼마나 될까?를 묻는다면 더더욱 그러하다. 나 또한 그랬다. 서양 예술의 역사에 관한 개론서를 우리나라 학자가 쓴다는 것은 상상도 못했으니까. 그러니 우연히 접한 이 책을 보고 감탄을 금하지 못한 것도 무리가 아니었다. 특히 이 책은 부제가 알려 주듯 단순한 예술의 역사를 다룬 것이 아니라 '예술의 역사에 대한 경제적 접근'이다. 그렇다면 세계적으로도 흔치 않은 성과물 아니겠는가.

책의 저자는 두 사람인데, 한 사람은 경제학을 전공한 이재희 경성대학교 교수요, 다른 한 사람은 불어를 전공한 이미혜 박사인데,

"10년 동안 예술경제 분야의 연구를 해 왔으며《예술과 경제》(경성대학교출판부)를 같이 저술했고, 이 주제에 관한 5부작 학술서를 출간할 계획으로 연구를 진행하고 있다."고 소개하고 있다. 참 우리 학문적 풍토에서 보기 드문 사례라 할 것이다. 그런데 이런 의지만으로 성과를 인정할 수는 없는 노릇이다. 그 성과물이 가치를 지니고 다른 작품에 견줄 만할 때 의미가 있는 것은 당연한 것 아니겠는가.

　　책을 구하자 개인적 취향과 더불어 우리 학자의 성과물에 대한 호기심이 발동해 즉시 읽기 시작했는데, 참으로 독특하면서도 탄탄한, 그러면서도 우리말로 표현된 보기 드문 개론서인 까닭에 그 어떤 예술사 책보다 쉽게 읽었다. 특히 이 책은 서양에서 들어온 많은 예술사 개론서와 달리 미술뿐만이 아니라 음악, 문학, 영화, 나아가 대중예술에 이르기까지 이른바 예술이라고 할 수 있는 모든 분야의 역사를 다루고 있다. 그러니 내 부족한 시각으로는 세계 어느 곳에 내놓아도 뒤떨어지지 않는다고 여길 수밖에. 게다가 '경제적 접근'이라는 부제에 걸맞게 '돈' 이야기가 자주 등장하니 예술이 고고한 존재가 아니라 우리 삶과 밀접한 연관성을 맺고 태어나 유통되고 확장되는 존재라는 사실을 다시 한 번 깨닫게 해 준다. 하기야 책 좀 읽은 사람이라면 인간의 모든 행동의 근저에는 경제적 원인이 있음을 모르지 않을 것이다. 그러나 그 실제 요인들을 대입하여 바라보는 것은 추상적으로 인정하는 것과는 상당한 차이가 있다. 그렇지만 이 책이 내 판단처럼 인정받고 있는지는 잘 모르겠다. 내가 워낙 이 분야의 움직임에 어둡기 때문이겠지만. 언젠가 이 책이 에른스트 곰브리치Ernst H. J. Gombrich(1909~2001)의 《서양미술사》만큼 인정받는 날이 오기를 고대한다.

《경제학의 역사》(홍훈, 박영사, 2007, 2015)는 《경제원론》과는 또 다른 의미에서 우리나라 학자가 이룬 커다란 성과라고 판단한다. 처음 이 책을 접했을 때 책을 출간한 출판사가 대학 교재 전문인 박영사라는 선입견이 작용했기 때문이겠

《예술의 역사》
책꽂이에 꽂혀 있는 《예술의 역사》 초판은 2004년에 출간된 것인데, 2012년에 개정판이 출간되었다. 그런데 요즘 시대에 걸맞지 않게 초판이나 개정판이나 표지 디자인부터 내지 편집까지 소박하기 그지없다. 물론 이런 부분은 책을 읽는 이들에게 큰 문젯거리가 아니다. 더 큰 문제는 인터넷 서점에서 '예술의 역사'를 검색하면 이 책이 아니라 전혀 다른 책들이 앞에 등장한다는 사실이다.
예술의 역사와 관련이 있는 책이 함께 등장하는 것을 뭐라고 하는 게 아니다. '예술의 역사'라는 내용을 검색하면 일단 《예술의 역사》라는 책부터 소개한 다음 관련 있는 책을 소개하는 것이 옳지 않겠는가! 그런데 그렇지 않다. 이 사례로부터 귀납적으로 현실을 직시하자면 우리는 지금 직접 서점에 가서 힘들게 책을 찾는 대신 방에 앉아 훨씬 편하고 쉽게 책을 찾는다고 착각하고 있으나 실상은 인터넷 서점에서 전하고 싶은 책들을 접하고 있는 것은 아닐까.

지만 그렇고 그런 교재처럼, 서양에서 출간된 여러 책들을 참고해서 우리나라 학자가 집필한 것으로 여겼다. 그런데도 펼친 것은 아무리 그렇고 그런 책이라 해도 '경제학개론'류가 아니라 '경제학의 역사'라는 방대한 분야를 다루었기 때문이다. 시대가 어디서부터 시작하는지 펼치기 전에는 몰랐지만, 여하튼 경제학의 주변이라도 어슬렁거렸던 과거가 떠올라 호기심이 동했던 것이다. 그런데 책을 펼치자마자 큰 충격에 빠졌다. '우리나라에도 이런 학자, 그것도 뼛속까지 서양 학문인 경제학 분야에서 이런 책을 출간한 학자가 있다니!' 하는 놀라움에 빠져들었다.

물론 지금까지 읽은 고전보다 앞으로 읽어야 할 고전이 훨씬 더 많다. 나아가 철학, 정치학, 사회학의 고전들을 고려한다면, 현재까지 저자가 강독한 부분은 백사장의 모래 한 줌 정도일 것이다. 거기에 우리의 고전들을 추가시킨다면 저자는 현재까지 아무것도 읽지 않은 것이나 마찬가지이다.

이런 이유로 이 책에는 여기저기 비어 있는 구석이 너무 많다. 또한 어떤 고전은 20번 이상 읽었는가 하면, 어떤 것은 한두 번밖에 읽지 않았고, 심지어 다른 사람이 해석하거나 전해 준 것을 그대로 옮긴 것도 있어서, 그야말로 이 책은 들쭉날쭉하다. 따라서 이 책의 말과 글이 모두 저자의 말과 글이라고 자신 있게 말할 수 없다.

그러므로 이 책을 독자들에게 자랑스럽게 내놓지는 못한다. 오히려 10년 후쯤 보다 자랑스럽게 내놓을 일입관지─入貫之의 책에 대한 초고에 불과하다. 여타 경제사상과 사회사상을 섭렵해, 더욱이 서양사상 전체, 그리고 서양의 모든 것에 대해 무언가 한마디 할 수 있게 되는 것이 저자의 일생 목표이다.*

　머리말에 등장하는 위 구절만 보면 솔직히 말해서 '이 사람 너무 과대망상 또는 오만방자한 것 아니야?' 하는 생각마저 든다. 그러나 돌이켜 생각해 보면 학자라면 이 정도 자부自負**와 겸손謙遜은 갖추어야 하는 것 아닌가? 그저 남의 이야기를 자기 이야기인 양 하는 행태가 일반적이기에 '일생의 목표'를 책 한 권의 완성에 두고 있다는 저자의 고백이 오히려 오만으로 치부되는 것은 아닐까. 그렇게 충격을 받은 후 책을 읽어 내려가다 결국 나는 홍훈이라는 저자에게 한마디 하지 않고는 배길 수 없는 충동을 느꼈다. 그리하여 지금 자세한 내용은 기억나지 않지만 연세대학교 경제학과 교수로 재직 중인 홍 교수께 편지 한 통을 썼다. 아마 이런 내용이었을 것이다.

　교수님, 정말 책 잘 읽고 있습니다. 이런 글을 쓰는 학자가 있다는 사실이 자랑스럽기도 합니다. 그래서 대한민국에서 출판이랍시고 하고 있는 저로서는 선생님의 작업에 일단一端이라도 잡고 싶은 마음입니다. 혹시라도 가능하다면 청소년을 위해 경제학의 역사를 만화로 만들 수는 없을까요?

말도 안 되는 욕심인데, 그래도 이런 글이라도 보내고 나니 마음이 홀가분했다. 답장? 당연히 오지 않았다. 하기야 필생의 작업이라고 여기고 이제 막 출발점에 섰다고 고백하는 저자에게 이런 말도 안 되는 글을 썼으니 어찌 답장이 오겠는가! 그래도 기뻤다. 이런 분이 계시기에 언젠가는 우리 출판사도 세계인들이 인정하는 책 한 권쯤 출간할 수 있지 않을까 하는 희망을 갖게 되었으니 말이다.

한 가지 덧붙이자면 아무리 번역이 잘 되었다 해도 우리나라 사람이 쓴 글과 외국인이 쓴 글은 그 구조가 다르다. 그래서 우리나라 사람이 쓴 글은 상당히 전문적인 글이라 해도 조금만 주의를 기울이고 그 분야에 기본적인 조예가 있다면 이해하는 데 큰 무리가 없다. 그러나 외국인이 쓴 글은 아무래도 독해讀解 과정에서 낯섦을 느끼는 게 사실이다.*** 이 책《경제학의 역사》도 결코 대중적인 책이라고 할 수는 없다. 그런데도 읽는 데 어려움을 느끼지 못했다. 만일 어렵다면 내가 가진 경제학 지식이 워낙 부족한 까닭이리라. 혹시라도

---

* 《경제학의 역사》(홍훈, 박영사, 2007) 머리말에서 전재.
** 《표준국어대사전》에 따르면 '자부自負'는 '자기 자신 또는 자기와 관련되어 있는 것에 대하여 스스로 그 가치나 능력을 믿고 마음을 당당히 가짐'이다. 그러나 나는 '자부自負'를 한자 뜻 그대로 '스스로 짊어짐'이라고 해석한다. 그래서 자부심은 자기의 가치나 능력을 믿고 당당한 것이 아니다. 무거운 짐을 짊어졌기에 결코 포기할 수 없고 내려놓을 수 없다는 책임감을 바탕으로, 그리하기에 나의 삶이 천금만큼 가치 있다고 여기는 것이다. 나는 오늘도 '자부심自負心'을 갖고자 노력한다. 그러나 아직은 자부할 수 없음 또한 잘 안다.
*** 그 대표적인 표현이 3인칭 대명사와 수동태 문장의 과도한 사용인데, 이에 대해서는 기회가 닿으면 논지論旨를 발표해 볼 작정이다.

'무슨 책인데 이리 말이 많지?' 하며 호기심을 가지실 독자를 위해 장章 제목만 나열해 보겠다.

그리고 '혹시라도 이 책이 너무 전문적이어서 읽기에 부담이 가지 않을까?' 하며 지레 거부감을 느낄 분을 위해 제2장에 나오는 몇 구절을 인용해 보겠다. 나는 이 대목을 읽으면서 이미 28,000원의 책값을 다 회수했다고 무릎을 쳤다. 28,000원? 별로 할 이야기도 없는

《홍훈 교수의 행동경제학 강의》
《경제학의 역사》를 통해 홍훈
교수를 접한 후 우연찮게도
서해문집은 홍교수와 인연을
맺게 되었는데, 그렇게 출간한
책이 《홍훈 교수의 행동경제학
강의》(2016)다.

친구 녀석들 만나서 저녁 한 끼 먹기에도
부족한 돈 아닌가?

경제econcomy는 가계경제oikos와 지배 혹은
관리nomos의 결합으로 이루어진 단어이다. 이
같은 어원은 (시장)경제가 가계경제와 달리 관
리될 수 없으면서도 자연스럽다고 보는 주류
경제학의 생각과 정반대의 입장을 내포하고
있다.

그(아리스토텔레스)에 의하면, 화폐는 원래 자연
적으로 생겨난 것 혹은 자연physis이 아니라 인
간의 관습이나 규약의 산물 혹은 인위nomos로
서 보편성이나 자연성을 갖고 있지 않다. 나아
가 화폐를 빌려 주고 이자를 얻는 고리대자본
은 화폐가 고안될 때 부여된 본연의 목적으로
부터 가장 심각하게 벗어나므로 가장 부자연
스럽다. 그에게 법에 대한 복종은 대체로 정당
하며 다른 인간에 대한 복종도 정당할 수 있다.
그러나 돈에 대한 복종은 언제나 정당하지 않다. 심지어 그에게 자연스
런 노예는 있어도 자연스런 수전노守錢奴는 존재할 수 없다.

이미 언급한 바와 같이 아리스토텔레스와 그 전후의 철학자들은 자연
을 인간의 행위나 사회구조를 판단하는 기준으로 삼아, 이에 반하는 것
을 인위 혹은 인공으로 규정했다. 그에게는 돈벌이가 사회에 해로운지
혹은 경제적으로 효율적인지 여부가 아니라, 보다 근본적으로 자연스
러운지 여부가 중요한 기준이었다. 사실 동서양을 막론하고 인간성이

나 인간의 행위, 그리고 사회의 상태나 체제를 판단하는 기준으로 오랫동안 널리 활용되어 온 것이 자연스러움the natural이다.

소크라테스 이전부터 존재했고, 그 이후로 그리스철학 및 서양철학 전반에서 끊임없이 논란의 대상이 되었던 자연과 인위의 구분은 중세의 자연법natural law 사상을 거쳐, 근대 사회과학과 경제학으로 흘러들어 갔다. 단적으로 서양 사회에서 민주주의나 시장경제는 늘 자연스럽다는 판정을 통해 정당화되었다.[*]

얼마나 참신하고 독창적인가! 책을 읽는 즐거움은 재미있는 것, 즉 노름을 하거나 놀이 기구를 타거나 오락을 할 때 느끼는 말초적 기쁨과 함께 궁극적인 '오성悟性의 폭발'을 함께 느끼기에 본질이 황홀恍惚한 것이다. 나는 두 가지 즐거움 모두 중요하다고 여긴다. 그러나 한 가지만 끝없이 즐긴다면 어느 순간 싫증이 날 것이라는 사실도 잘 알고 있다. 그러기에 두 가지 모두를 즐기기 위해 깊고 넓은 책을 읽는 것이다. 이 책은 그런 즐거움을 충분히 전해 주고 있다.

《경제학의 역사》와 연관지어 읽어 볼 만한 책이 경북대 이정우 교수의 《불평등의 경제학》(후마니타스, 2010)이다. 이 책 또한 평범한 서양 학자의 책과는 사뭇 다르니, 경제학의 새로운 면을 보여 주기에

[*]《경제학의 역사》31-33쪽에서 발췌, 전재.

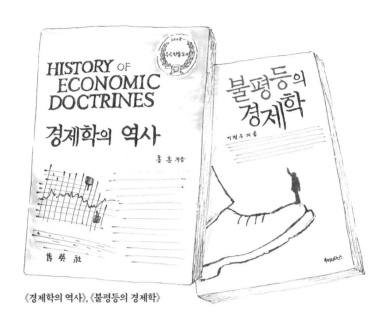

《경제학의 역사》,《불평등의 경제학》

충분히 깊고 넓다.

나는 책을 읽을 때 밑줄도 많이 긋고 기억하고 싶은 단어나 내용에는 첨언添言도 많이 하는 편인데, 이 책에서 언급한 책들은 한결같이 많은 밑줄을 그은 것들이다. 그렇지 않은 책, 그러니까 나 스스로 황홀경에 빠지지 않은 책까지 소개하기에는 종이가 아깝기 때문이다.

처음 이 책을 접했을 때도 앞의 책들을 만났을 때의 흥분을 고스란히 느낄 수 있었다. 그리고 내가 배운 경제학이 얼마나 단편적인 것인가, 그리고 지금 이 순간에도 우리나라 젊은이들에게 큰 영향력을 행사하는 이른바 경제학자들이란 사람들이 얼마나 한가한 논의를 하고 있는가 하는 점을 뼈저리게 느꼈다.

피터 린더트Peter H. Lindert는 이보다 한 걸음 더 나아가 복지국가일수록 경제성장이 더 빠르다는 것을 역사적 증거를 들어 주장하고 있다. 그는 산업혁명 이후 지금까지 복지 지출이 높은 나라에서 오히려 경제

성장이 높았다는 증거를 들면서 복지 지출은 소위 공짜 점심free lunch 에 해당한다고 주장한다. 시카고 학파*의 기본 교리가 "이 세상에는 공짜 점심은 없다There is no such thing as a free lunch."는 명제인데, 린더트의 경제사 연구는 이 명제를 정면으로 반박하고 있다.**

위 내용을 보면서 진보적 경제학자의 그렇고 그런 주장으로 치부할 독자가 계실지 모르겠다. 그런데 이 책의 주요한 점은 이른바 역사 서술에서 공자가 지침으로 삼은 '술이부작述而不作', 즉 '있는 내용을 서술할 뿐 지어내지 않는다'라는 정신에 입각해 썼다는 사실이다. 위에 언급한 내용과 관련해서도 상세한 자료와 숫자를 통해 근거를 제시하는데, 처음부터 끝까지 그런 입장에는 변함이 없다. 그러다 보니 지은이가 어떤 방향을 의도하고 있다는 사실을 알면서도 그의 주장을 수용하지 않을 수 없다. 게다가 우리나라 대학의 주 교재 가운데 위와 같은 내용이 실린 것을 별로 본 적이 없는 것은 내가 과문寡聞한 탓이리라. 그러나 대학을 졸업한 지 수십 년이 지났으니 몰랐다고 해도 뭐 그리 대수인가? 다만 사회 발전에 참으로 도움이 되는 경제학이 무엇이고, 주장하는 자들의 사적 이익에 도움이 되는 경제학이 무엇인지를 판단하는 데 이 책이야말로 지침이 된다고 하겠다.

---

* 신자유주의 경제학의 본산으로 알려진 시카고 대학에 속한 학자들을 가리킨다.
** 《불평등의 경제학》404-405쪽에서 전재.

외국의 책을 번역하는 것보다 우리 학자의 책이 왜 필요한지 보여주는 좋은 사례가 유명한 책《21세기 자본》이다. 프랑스의 젊은 경제학자인 토마 피케티의 이 책은 출간되자마자 세계에 큰 반향을 불러일으켰다. 우리나라에서도 상당한 부수가 판매된 것으로 알고 있는데, 사진을 보면 알 수 있지만 나 또한 이 책을 정독精讀하였다. 줄도 긋고 메모도 하고 표도 분석하며 읽을 만큼 뛰어나고 확연擴延한 시각을 제공해 주는 내용으로 가득 차 있었으니 말이다. 그러나 읽는 데 상당한 고통을 겪은 게 사실이다.

자본수익률 r이 구조적, 필연적으로 성장률 g보다 높은 이유는 다음과 같다. r이 g보다 낮으면 경제 주체들은 자신(그리고 후손들)의 미래 소득이 이자율보다 빠른 속도로 증가할 것임을 알아차려서 자신이 무한히 부유한 것처럼 느낄 것이고, 따라서 (r이 g보다 높아질 때까지) 즉각적인 소비

─────────

《21세기 자본》

를 위해 무한정 돈을 빌리려고 할 것이다.[*]

불평등을 소수의 범주에 기초해 나타내는 것은 불완전하고 도식적일 수밖에 없다. 그 바탕에 놓인 사회적 현실은 항상 연속적인 분포 양상을 보이기 때문이다. 어떤 부나 소득 수준에는 **항상 특정한 수의 실존하는 개인들이 존재하고** 그런 개인의 수는 그 사회의 분배의 모습에 따라 점진적으로 변화한다. 사회계층 사이, 혹은 '대중'과 '엘리트' 사이에 결코 불연속적인 단절은 존재하지 않는다. 따라서 이 책의 분석은 전적으로 십분위(상위 10퍼센트, 중간 40퍼센트, 하위 50퍼센트) 같은 통계적인 개념에 기초해 있으며, 이 개념들은 다른 사회에서도 정확히 같은 식으로 정의된다. 이러한 방식을 쓰면 특정 사회가 지닌 고유의 복잡성이나 근본적으로 연속적인 사회적 불평등의 구조를 부인하지 않고 시대별, 지역별로 엄격하며 객관적인 비교를 할 수 있다.[**]

유심히 살펴보면 그리 어려운 내용이 아닌데 참 어렵다. 중복과 부연, 문장 구조의 낯섦은 영어(인지 불어인지 모르겠지만 서양 문장 구조는 우리말 문장 구조와 다르니까 무엇이건 상관없다) 번역문이 갖는 근본적 문제라 할 수 있다. 물론 번역이 뛰어나면 그 정도가 현격히 감소하겠지만 불행히도 이 책은 그러하지 못하다.

---

[*] 《21세기 자본》(토마 피케티 지음, 장경덕 외 옮김, 이강국 감수, 글항아리, 2014) 431쪽에서 전재.
[**] 위 책 302쪽에서 전재.

아무리 그래도 서양에서 비롯된 학문에 대한 우리 학자들의 성과물이 내 손가락으로 꼽을 만큼 적지는 않을 것이다. 다만 내가 접한 책이 그만큼 적을 뿐이니, 그건 오로지 나의 게으름 탓이리라. 마지막으로 몇 권의 책을 더 살펴보고 끝을 맺어야겠다.

이른바 '간첩 교수' 또는 '간첩 학자'로 유명한 정수일*의《고대문명교류사》(사계절, 2001)를 빼놓을 수 없다. 특히 그의 저작이 대단한 이유는 우리 삶과는 썩 거리가 있는 중앙아시아의 문명 교류에 지속적인 관심을 보이며 그 성과물을 내고 있다는 데 있다.

우리는 알게 모르게 우리 삶에 영향을 미치는 분야에 관심을 가질 수밖에 없다. 그리고 이를 탓할 사람은 아무도 없다. 그렇다고 모두가 우리 삶에 큰 영향을 미치는 분야에만 관심을 갖는다면 본질적

* 저자 정수일의 삶이야말로 우리 겨레의 아픔을 개인사적으로 품고 있는 한 사례라 할 만하기에 여기에 신는다. 내용은 위키백과를 수정·요약한 것이다. 정수일鄭守一(1934년~)은 단국대학교에서 문학박사 학위를 취득하고 동 대학에서 교수를 역임한, 대한민국의 역사학자, 이슬람학자이며, 문명교류학을 최초로 개척한 선각자이다. 중국 간도에서 조선족으로 태어났으며, 1952년 베이징대학 동방학부에 입학, 수석으로 졸업하고 1955년 중화인민공화국 국비유학생에 선발되어 이집트 카이로대학에 유학하였다. 1958년 중화인민공화국 외교부 및 모로코주재 대사관 등에서 활동하다 귀국. 이후 북한으로 들어가 북한 국적을 취득했다. 북한 평양국제관계대학 동방학부 교수를 지냈으며 평양외국어대학 동방학부 교수로 재임 중 1974년 대남 통일사업요원으로 발탁되었다. 아랍어, 중국어, 일어, 프랑스어, 러시아, 스페인어 등 10여 개 언어를 구사한다.

북한에서 출국하여, 내전 중인 레바논에서 레바논 인으로 국적을 변경한 후, 튀니지대학의 사회경제연구소 연구원, 말레이대학 이슬람아카데미 교수 등을 거치면서 해외에서 활동하였고, 마지막은 필리핀에 거주하는 '무하마드 깐수'라는 위장 아랍인 신분으로 1984년 대한민국에 입국하였다.

단국대학교 대학원 사학과 박사과정에 입학을 하였고, 1990년〈신라와 아랍·이슬람제국관계사연구〉라는 논문으로 박사 학위를 받았다. 학위 취득 후 단국대학교에서 초빙교수에 임용되어 강의하였고, 저술 활동 및 대외 활동으로 유명 인사가 되었다. 1996년 7월 3일, 국가보안법 위반으로 검거되었으며, 1996년 7월 21일, 그의 고백으로 본명과 신원이 밝혀졌다. 그 후, 12년형을 선고 받고, 약 5년간 복역하다가 2000년 8월 15일, 광복절 특사로 출소하였으며, 2003년 4월 30일 특별사면 및 복권되었고, 5월 14일에는 대한민국 국적을 취득하였다.

이면서도 지금 당장은 우리 삶과 밀접하지 않은 분야는 인류 문명에서 지워도 좋다는 말인가? 그럴 리는 없다. 그러하기에 어떤 면에서는 이런 분야에 천착穿鑿하는 학자에게 더 큰 관심을 기울여야 하는지도 모른다. 시민이 과실을 수확하는 사람이라면 학자는 미래를 위해 과실나무의 묘목을 심는 사람이기 때문이다. 특히 우리 사회처럼 '즉식즉확卽植卽穫', 즉 심자마자 거두는 일부터 떠올리는 바쁜 사회에서는 더욱 그렇다. 학문은 결코 거짓말을 하지 않는다. 한 권만 더 살펴보겠다.

《니체극장》(고명섭, 김영사, 2012)이라는 독특한 제목의 책은 이른바 서양에서 유래한 학문의 개론서槪論書가 아니다. 그러나 니체라는 철학자가 우리, 나아가 인류에게 미친 영향을 떠올린다면 단순히 한 철학자의 학문 세계를 살펴보는 수준에 그치지는 않을 것이다.

니체의 철학 세계는 너무 넓고 깊어서 그만큼 오해를 많이 불러일으키는 인물도 드물다고 할 만하다. 그러하기에 니체를 제대로 이해하기 위해서 많은 시간과 노력을 기울여 왔는지 모른다. 그 결과는 장님이 코끼리 만지듯 '나

《고대문명교류사》

의 이해'에 머무르고 말았는지 모르지만.

그런 고뇌에 빠져 있을 때 만난 책이 《니체극장》이다. 지은이는 니체 전문 철학자도 아니고 교수도 아니며, 박사는 더더욱 아닌, 한 신문사에서 서평을 담당하던 기자에 불과하니 혹시라도 내 평가가 아마추어 독자의 과민 반응일 수도 있을 것이다.

그러나 나는 이 책을 참으로 재미있고 신나게 읽었다. 앞서도 언급했지만 우리나라 사람이 우리말로 썼으니 800쪽이 넘어도 읽는 데 딱히 어렵다는 느낌이 들지 않았다. 게다가 글을 쓴 이가 대중적 글쓰기에 평생을 바쳐온 기자이니 더더욱 그럴지 모른다. 그런데도 니체를 이해하는 데는 충분했다는 생각이 든다. 만일 이 책을 읽지 않았다면 나는 이제껏 읽은 몇 권만으로는 부족하다고 여겨 니체 전집을 통독해야 한다는 부담감을 평생 안고 살아갈 수도 있었다. 그러나 그러한 부담감은 이 두꺼운 책을 끝내며 함께 내려놓았다.

얼마나 감사한가!

우리는 대지를 떠나 출항했다! 우리는 건너온 다리를 태워 버렸다. 게다가 우리는 뒤에 남아 있는 대지까지 불살라 버렸다! 자, 작은 배여, 조심하라. 대양이 너를 도처에서 둘러싸고 있다(〈즐거운 학문〉, 124절).

니체는 칸트가 안전하게 머물던 순수 지성의 섬을 불살라 버리고 무서운 대양으로 배를 띄운다. 칸트의 섬에 남아 있어서는 삶의 비밀을 발견할 수도 없고 삶의 진수를 향유할 수도 없다. 편안하게 늙어 죽어가기를 원한다면 남아 있어라. 그러나 삶이 감추어 둔 것을 찾아내고 정복의 기쁨을 느끼려거든 모험에 뛰어들어라. 그리하여 니체는 다음과 같이 선언한다. "그러므로 나를 믿어라! 존재를 최대한 풍요롭게 실천하고 최대한 만끽하기 위한 비결은 바로 이것이다. '위험하게 살아라!' 베수비오 화산의 비탈에 너의 도시를 세워라! 지도에 표시되어 있지 않는 대양으로 너의 배를 띄워라!"(《즐거운 학문》, 283절).

전쟁을 일으키는 삶을 살도록 하라! 오랜 삶에 무슨 가치가 있는가!(《차라투스트라는 이렇게 말했다》, 제1부 〈전쟁과 전사에 대하여〉)*

그리하여 나는 이제껏 살아온 것보다 더 치열하고 위험하게 살기로 마음먹었다. 아니 신경내과에 수시로 출입하는 운명조차도 기꺼이 받아들이기로 했다. 이것

《니체극장》

만으로도 28,000원을 투자한 가치는 충분하지 않은가!

　덧붙임:

　우리나라 저자가 쓴 서양 문화에 대한 기본서가 어찌 이뿐이랴! 간단히 도서출판 길에서 출간한 책 목록만 펼쳐 보아도 무수히 많은 저술이 눈에 들어온다. 그러나 내 머리로 이 많은 책들을 읽고 평하기에는 너무 부족하여 그저 내 수준에 맞추어 독자들에게 몇 권 소개했을 뿐이다. 위 책이 다른 책에 비해 더 낫다거나 이 책들이 전부라는 뜻에서 소개한 것은 아니라는 사실을 너그러이 이해해 주시기 바란다.

---

*《니체극장》 16-17쪽에서 발췌, 전재.

《자본론》
대
《국부론》

《자본론資本論》과《국부론國富論》을 모르는 분은 드물 것이다. 그리고 대부분의 사회과학 고전이 그러하듯 읽어 본 분 역시 드물 것이다. 껍데기에 불과하지만 상대를 나왔다는 나도 두 책의 일부분만 읽어 보았을 뿐이니까. 그러나 주요한 고전古典으로 일컬어지는 책을 안 읽었다고 해서 기가 죽을 필요도 없고 남에게 무시당할 이유도 없다. 반면에 "고전 따위 읽었다고 설치는 녀석들!" 하며 외치는 것 또한 바람직하지 않다. 정도가 넘는 오만은 열등감의 발로發露니까. 고전은 읽은 만큼 지성이 성장한다고 나는 믿는다. 그러나 모든 면에서 성장할 수는 없는 노릇 아닌가! 그러니 적어도 자신이 성장하고 싶은 분야에서만큼은 고전을 읽는 즐거움을 느끼는 것이 좋지 않을까!

칼 마르크스(Karl Marx, 1818~1883)의 대표적 저작물인《자본론》의 원제原題는《*Das Kapital, Kritik der politischen Öconomie*》이다. 우리말로 옮긴다면 '자본, 정치경제학 비판'쯤 되겠다.《자본론資本論》이라는 제목은 이 책을 가장 먼저 받아들인 일본에서 붙인 제목인데, 원제의 앞 제목인 'Das Kapital'을 번역하면 '자본'이기 때문에 우리말로도《자본》이라고 해야 한다는 주장이 심심치 않게 제기된다. 그러나 '論'이라는 것이 '이론, 설명'이라는 뜻을 가지니 추상명사인 '자본'에 대한 '이론이나 책'이란 의미로 받아들이면 되지 않을까?

한편 《국부론國富論》은 영국의 고전경제학파 시조始祖인 애덤 스미스Adam Smith(1723~1790)가 1776년에 발간한 책으로, 원제는 《An Inquiry into the Nature and Causes of the Wealth of Nations》이니, 우리말로 옮기면 '국가의 부富의 본질과 원인에 관한 고찰' 정도가 될 것이다. 이때도 '論'을 붙였으니, 거칠게 말해서 사회주의를 대표하는 '자본론'과 자본주의를 대표하는 '국부론'으로 잘 대비되지 않는가! 그런 면에서도 《자본》보다는 《자본론》이 더 안성맞춤 아닐까.

《국부론》이 출간되기 전까지 경제학經濟學은 독립적으로 존재하지 않았다고 보는 것이 일반적이다. 그러니까 《국부론》이라는 책의 탄생을 계기로 근대 경제학도 함께 태동한 셈이다. 《국부론》이 탄생할 무렵 영국은 산업혁명産業革命의 초입에 들어서고 있었다. 산업혁명은 나라와 몇몇 자본가들에게는 이전과는 비교할 수 없을 만큼 거대한 이익을 가져다주었지만, 아이러니하게도 나라의 부(國富)를 기하급수적으로 상승시킨 노동자 계층은 이전에는 겪어 보지 못한 고통 속에 빠지고 말았다. 1776년, 그러니까 미국이 독립을 선언한 바로 그해에 발간된 《국부론》이 저자인 애덤 스미스의 조국인 영국에서 진행 중이던 산업혁명의 긍정적 요인에 초점을 맞추었다면, 그로부터 100년 가까이 지난 1867년에 발행된 《자본론》에서 독일인 칼 마르크스가 산업혁명으로 인해 만개해 가는 자본주의의 폐해에 초점을 맞춘 것은 어찌 보면 당연한 일일지 모른다.

갓 떠오르는 태양의 밝은 빛에 마음을 빼앗긴 애덤 스미스와 해가 진 후의 어둠을 깊이 들여다본 칼 마르크스. 이렇게 표현하면 현상을 너무 단순화할 뿐 아니라 현상을 보는 인물의 시각을 상황 논리로 몰아간다는 비난을 받을지도 모르겠다. 그러나 이 책은 경제학 서적도 아니요, 본격적인 서평집도 아니니 너그러이 수용해 주시리라 믿는다. 사실 이 장에서 진짜 이야기하고 싶은 것은 두 책에 대한 본격적인 서평도 아니요, 분석도 아니다. 진짜 이야기하고 싶은 것은 중국에서 출간된 두 책에 대한 느낌이다.

중국의 원죄原罪는 깊고도 넓다. 아니, 왜 중국만의 죄라고 할 수 있겠는가. '경세제민經世濟民'에서 비롯한 경제經濟의 본래 의미에서 벗어나도 한참 벗어난 '경제적'이라는 단어를 신봉하는 자본주의가 인간을 가장 효율적인 기계의 부속으로 활용하기 좋은 나라가 막 자본주의를 받아들이기 시작한 중국이었을 뿐이다. 그리고 중국이 그런 전 지구적 장사치들의 놀이터가 되면서 무수히 많은 제품들이 장인匠人의 산물에서 1회용 제품으로 전락했다. 이제 그 놀이터가 중국에서 주변 베트남, 캄보디아, 방글라데시 등으로 옮겨 가고 있으니 자본주의의 원죄는 참으로 깊고도 넓다. 각설하고, 그러하기에 지금도 전 세계에서 중국 제품, 중국 산물産物에 거부감을 갖는 것도 어쩌면 당연할 것이다.

그런데 최근 들어 이러한 인식의 공고함에 균열이 가는 움직임이 감지되기 시작했다. 첨단 제품의 대명사라 할 휴대전화에서 중국 기업들의 약진이 시작되었고, 자동차와 비행기 같은 정밀기계 제품 분야에서도 중국의 선전善戰이 연일 화젯거리가 되고 있다. 그러

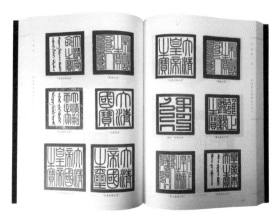

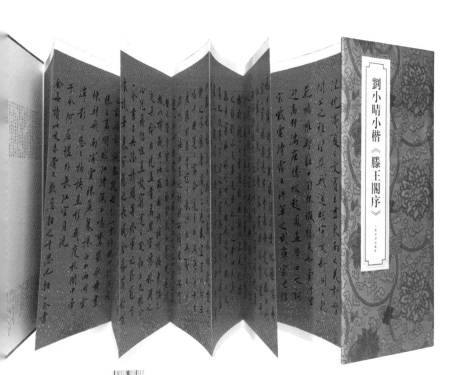

중국은 오늘날 종이책 혁명의
본산지라고 감히 말할 수 있다.
인건비가 턱없이 싸서 그렇건,
종이의 발명 국가로서 혁신에도
남다른 능력을 가져서 그렇건,
그것도 아니라면 상술이 워낙
뛰어나서건 여하튼 책이 문명의
기록과 보존, 전승과 확산에 핵심
요소라고 여기는 사람으로서
부럽기 그지없다.

중국책들

같은 기획집단에서 편집·기획하고 다른 출판사에서 출간한 두 책은 중국어를 전혀 모르는 나조차도 당장 손에 넣고 싶을 만큼 외적으로 잘 만들었다. 내용은 잘 모른다. 그러나 일단 독자의 시선을 끌 만한 편집과 디자인, 기획이어야 내용에도 눈이 가지 않겠는가? 두 책을 펼치면 경제학에 아무런 관심이 없는 독자라 해도 그 안에 담긴 사진과 그림이라도 보고 싶은 마음이 들 만큼 편집과 디자인이 뛰어나다.

《자본론》

이런 책을 볼 때마다 나는 두려움을 느낀다. 중국인들이 '가성비' (이 용어는 요즘 태어난 것인데, 가격 대비 성능 비율을 뜻한단다)가 뛰어난 휴대전화를 만들었다는 소식을 접할 때보다 훨씬 두렵다. 경제 분야에서 우리를 뛰어넘는 건 언제든 우리가 노력하면 다시 역전시킬 수 있다고 믿기 때문이다. 그러나 문화 분야에서 뒤떨어진다면 그걸 만회하기란 하늘의 별따기다.

경제건 정치건 사회체제건 문화가 바탕이 되지 않는다면 결국에는 밑천이 드러날 테니까. 반면에 문화적으로 탄탄한 겨레는 여건만 된다면 언제든 폭발적 창조력을 드러낼 것이 분명하다.

《국부론》

丝绸之路

华丽的大炉 17世纪 藏士

代尔夫特的景色，乐器行的小贩和他的乐器 卡勒尔·法布里契乌斯 油画 1652年

니 눈앞의 현상만을 보는 사람이 아니라면 중국이라는 나라가 산업 분야에서도 세계 유수의 제품과 어깨를 나란히 할 날이 멀지 않았음을 쉽게 짐작할 수 있을 것이다. 이런 현상을 역설적逆說的으로 '대륙의 실수'라고 부른다는 사실도 알게 되었고.

그렇다면 문화, 특히 출판 분야에서는 어떨까? 중국 출판업에 관심을 가진 것은 2000년대에 들어서면서부터인 듯하다. 그 무렵 처음 접한 북경도서전은 처음 대륙에 발을 들여놓은 방문객의 혼을 빼놓기에 충분했다. 1990년대만 해도 아시아 도서전의 중심은 동경도서전이었다. 그 무렵 동경도서전은 세계 3대 도서전이니 5대 도서전이니 할 만큼 성황을 누렸고, 그곳에서는 우리나라 도서전과는 달리 세계 유수의 출판사와 저작권 대행사들이 저작권을 사이에 두고 불꽃 튀는 경쟁을 벌였다. 그런데 꽃이 피는 건 힘들어도 지는 건 잠깐이라고 했던가.*

중국의 경제가 무섭게 성장하는가 싶더니 아시아 도서전의 중심 또한 어느새 동경에서 북경으로 옮겨 와 있었다. 그리고 2000년대 후반에 방문한 동경도서전은 그저 책을 사고파는 쇠락한 재래시장을 보는 느낌이었다. 물론 재래시장을 살리고자 하는 안간힘은 느낄 수 있었는데, 그 안간힘이 오히려 안쓰럽게 다가왔다. 반면에 처음 방문 때부터 방문객의 혼을 빼놓았던 북경도서전은 날이 갈수록

---

        * 최영미의 시 〈선운사에서〉에 나오는 문구.

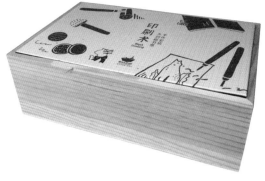

이건 중국 서점에서 구입한 책 관련 상품들이다. 중국의 상술(?)은 시대의 외면을 받기에 충분한 책마저도 첨단의 액세서리로 전화轉化시키는 뛰어남을 품고 있다.

성황을 이루더니 이제 세계 3대 도서전, 아니 2대 도서전이라고 해도 무방할 만큼 기하급수적으로 성장하고 있다. 사실 북경도서전을 참관하고자 한다면 그 전에 체력을 어느 정도 비축해야 할 만큼 넓고 붐빈다. 그래서 몸이 약한 사람은 전시장 전체를 꼼꼼히 살피기도 힘들다. 게다가 방문객은 또 얼마나 많은지 출근 시간에 만원 버스를 탄 느낌을 받은 게 한두 번이 아니었다. 그러다 보니 반나절만 관람을 해도 쉴 자리부터 찾게 되는 곳이 북경도서전이다. 북경도서전은 말이 북경도서전이지 전 세계에서 몰려온 출판사와 저작권 에이전시들이 자리를 잡고 홍보에 열을 올리는 까닭에 출판에 관심을 가진 사람이라면 한 번씩 들러야 할 것 같은 부담감이 들기도 한다. 물론 우리나라 출판 시장이 쇠락의 길을 걷고 있어 의욕은 많이 떨어지지만.

몇 년간 다녀 본 결과 북경도서전에서 가장 한가한 곳은 조선민주주의인민공화국의 부스였다. 출품한 책 가짓수도 얼마 안 되어 다른 곳과는 비교할 수 없을 만큼 한산할 뿐 아니라 들르는 사람들 또한 호기심을 가진 우리나라 관람객이 대부분인 듯했다. 하기야 먹을 게 있어야 손님이 몰리지.

동경도서전에 갔을 때도 그랬지만 북경도서전을 관람할 때도 사전事前에 서점을 들러 관심이 가는 책을 기억하곤 했다. 그러다 보니 당연히 그 도시의 대형 서점을 찾게 되는데, 동경에서는 신주쿠에 자리한 기노쿠니야서점, 그리고 진보초에 자리한 산세이도서점三省堂書店*을 빠뜨리지 않고 둘러보았다. 북경에서는 북경도서대하北京圖書大夏를 찾는데, 이곳은 우리나라에서 가장 큰 교보문고 광화문점이나 강남점 또는 일본의 기노쿠니야서점보다 훨씬 넓다. 물론 기노쿠니야서점이 교보문고보다 훨씬 넓다. 그러니까 크기로 따진다면 교보문고〈기노쿠니야서점〈북경도서대하인 셈이다.

한편 세 서점을 무시로 드나들다 보면 각 서점의 특징을 무의식중에 알 수 있는데, 사례를 하나만 든다면 우리나라 서점에는 바구니가 거의 없다(교보문고 광화문점에서 바구니를 구한 적이 있는데, 눈에 잘 안 띄어 안내 데스크에 물어본 후에 구할 수 있었다). 반면에 대형 마트에 가면

---

* 왜 일본의 명칭은 원어로 표기하고 중국 명칭은 한자음으로 표기하느냐고 물으신다면 할 말이 없다. 그저 평소에 읽는 습관 때문이라고 대답할밖에.

카트라고 불리는 손수레형 바구니가 일상적으로 사용되고, 화장품 가게에 가면 작은 바구니를 볼 수 있다. 그렇지만 서점에서는 그런 바구니나 카트를 볼 수 없다. 그래서 서너 권의 책만 선택해 휴대해도 다른 책을 보는 데 버겁다. 일본 서점에는 우리나라 주부들이 장을 볼 때 사용하는 크기의 바구니가 비치되어 있다. 그래서 한 번에 십여 권의 책을 고르더라도 다른 책을 보는 데 별 어려움이 없다.

그렇다면 중국은? 중국 서점에도 바구니가 있다. 그것도 한 종류가 아니라 휴대용부터 끌고 다니는 대형 카트까지 골고루 비치되어 있다. 그래서 30권이 넘는 책을 골라도 아무 문제가 없다. 아! 그 많은 책을 골라 대형 카트에 실은 다음 끌고 다니다 계산대에 서서 계산하는 모습을 보고 있노라면 질투심과 착잡함을 동시에 느끼게 된다. 누군가는 말할 것이다.

"책 많이 읽는다고 나라가 발전하는 것도 아니요, 돈을 많이 버는 것도 아니다. 게다가 중국인들은 인구가 우리 30배 가까이 되지 않느냐 말이다. 그러니 그 정도 읽는 거야 당연한 것 아닌가?"

글쎄, 그러면 얼마나 좋을까? 그렇다면 우리도 아침 등굣길, 출근길부터 젊은이들이 화투장이 날아다니고 죽음이 난무하는 게임에 두 눈을 판다 해도 아무 걱정이 없겠다. 그러나 문명이 구축한 세상 이치는 매우 논리적이고 그 논리는 단순하기 짝이 없다.

"공부하는 자가 공부하지 않는 자를 이긴다."

과거, 그러니까 원시와 야만이 인류를 지배하던 시대에는 힘센 사람이 세상을 지배했다. 그러나 오늘날 이른바 문명국가라고 하는 곳에서는 힘센 사람이 아니라 창조하는 사람이 세상을 지배한다. 구태의연한 말이겠지만 창조력創造力은 독서를 중심으로 한 직·간접 경험에서 비롯한다. 이걸 믿지 않는 사람들은 독서 대신 게임을 하고 도박을 하고 복권을 사고 투기를 하며 미래를 준비할 것이고, 이걸 믿는 사람은 독서를 할 것이다.

중국의 15억 가까운 사람들이 모두 북경도서대하에 와서 책을 사는 건 아니다. 그러니까 북경도서대하에서 카트를 끌고 다니는 사람은 오직 북경에 사는 사람뿐이다. 광화문 교보문고에 다니는 사람 대부분은 서울에 사는 시민임과 마찬가지라는 말이다. 결국 오늘날 중국인들은 우리나라 사람들보다 책을 더 많이 읽는 것 아닐까 의문을 갖게 된다. 이건 북경도서전을 방문하는 사람의 숫자, 서점에 진

---

* 한자의 본고장인 중국이지만 근대 문물을 가장 먼저 받아들인 일본이 만든 용어들을 거부감 없이 사용하는 모습을 보며 신기하기까지 했다.《자본론资本论》과《국부론国富论》도 마찬가지다.
** 우리가 사용하는 한자로 바꾼다면 《열독경제학悦讀經濟學》이다. 즉, '기쁘게 읽는 경제학'이라 번역할 수 있을까.

열된 신간의 면면을 보아도 알 수 있다.

　　그렇다면 책의 수준은 어떨까? 이때 책의 수준이란 책의 내용을 말하는 게 아니다. 중국어에 거의 문외한인 내가 어찌 책의 내용을 평할 수 있겠는가. 다만 출판에 십여 년 이상 몸담은 직업인으로서 중국에서 출간되는 책들의 외적外的 수준, 즉 겉모양을 말하는 것이다. 그런데 보기 좋은 떡이 먹기도 좋다는 속담은 비단 떡에만 적용되는 것이 아니다. 책 좋아하는 분들은 아시겠지만 보기 좋은 책이 사기도 좋고 갖기도 좋으며 읽기도 좋다.

　　나는 마르크스의 《자본론》도 제대로 못 읽었을 뿐 아니라 중국에서 출간된 책 《자본론资本论》* 또한 읽을 능력이 안 된다. 따라서 이 책이 《자본론》 원전을 어느 정도로 요약한 것인지, 번역을 잘했는지, 초보자도 읽기 쉬운지 따위는 알 수 없다. 그러나 여러분이 눈으로 확인할 수 있을 만큼 책의 디자인이나 편집은 우리나라에서 출간된 자본론과는 비교가 되지 않는다. 우리나라에서 출간된 《자본론》은 아무리 번역이 매끄럽고 읽기 쉽게 되어 있다 해도 읽을 엄두가 나지 않는다. 반면에 이 책은 누구나 쉽게 손에 들 수 있도록 디자인되어 있다. 하다못해 사진 설명만 읽어도 괜찮지 않을까 하는 마음이 들 정도다. 《국부론国富论》 또한 마찬가지다.

　　《悦读经济学》** 시리즈에 속한 두 책은 신기하게도 출간된 출판사가 다르다. 우리나라에서는 이런 일은 어려운 일이다. 같은 시리즈는 당연히 같은 출판사의 기획일 테니 말이다. 그런데 중국에서는 이런 일이 가능하다. 그걸 이해하기 위해서는 중국의 출판계에 대해 알아야 한다. 중국의 모든 출판사는 국영國營이다. 중국에서는 출판을 언론으로 본다. 따라서 국가 차원에서 언론이 왜곡되는 것을 방지하기 위해 출판사를 국영으로 운영한단다. 그렇다고 해서 출판사를 국영으로 운영하는 조선민주주의인민공화국처럼 편중되고 국가에서 정한 책 출판에 국한하는 것은 아닌 듯하다. 정부의 검열을 받거나 허가를 받아 출간하는 것 같지는 않고 출판사 자체적으로 결정하지 않을까 추측할 뿐이다.

《자본론》과《국부론》이 다른 출판사에서 출간될 수 있는 것도 바로 그런 이유에서다. 조금 자세히 들여다보면 두 책을 기획·번역·편집·디자인한 곳은 출판사가 아니라 특정한 출판기획집단이다. 그런데 출판기획집단은 당연히 출판 권한이 없으므로 출판기획집단에서 국영 출판사와 접촉해 책을 출간한 것이다. 그래서《자본론》의 발행처는 남해출판공사南海出版公司이고《국부론》의 발행처는 섬서사범대학출판부陝西師範大學出版部다. 반면에 '항목창의', '설계제작'은 자도도서紫圖圖書가 담당했다. 항목창의는 책의 편집에 관한 부분이고, 설계제작은 책의 디자인에 관한 부분이니 책은 온전히 자도도서가 만든 셈이다. 그러니 출판사는 이른바 명의만 빌려준 셈이라고 할까.

사실 이런 일은 중국 내에서는 일반적이어서 중국 서점에 가면 사적私的 기획집단이 기획과 편집을 주도하고 출판은 국영 출판사에서 한 책을 무수히 만날 수 있다. 자도도서는 중국 내에서도 이름난 편집기획집단이다. 이곳에서 출간하는 책들은 탁월한 미적 감각과 편집 감각을 지니고 있어서 어려운 고전들도 이곳을 거치면 누구나 읽고 싶을 만큼 감각적으로 되살아난다. 꽤 오래전에 이 책들을 구입하면서 '아, 중국 출판계가 우리나라를 능가하는 것은 시간문제이겠구나.' 하고 느꼈다. 그리고 예측대로 중국 출판계가 우리나라를 앞선 지는 꽤나 오래 되었다는 게 내 판단이다. 중국의 이른바 '짝퉁' 제품을 보고 Made in China에 실망을 넘어 분노해 보신 시민 여러분과 출판계 인사들은 이런 판단에 이의를 제기할 것이다. 그러나 보는 사람마다 평가가 다를 테니까 내 주장이 옳다고 고집 피울 생각은 없다. 시간이 확인시킬 것이니까. Made in China라는 문구가 시대의 흐름에 따라 우리에게 어떻게 수용되고 있는가 하는 점은 출판계와 그곳에서 간행되는 책, 책을 읽는 독자의 경우에도 그대로 적용된다고 볼 수 있다. 지금도 중국을 애써 무시하려는 분이 계실 것이다. 그러나 그러한 무조건적 애국주의와 심리적 우월감은 현실을 이해하는 데 걸림돌로 작용할 뿐이다. 애국의 눈은 시뻘겋게 충혈될 수 있지만 지성의 눈은 어느 순간에도 냉철하다. 그래서 결코 왜곡된 시각으로 상대를 바라보지 않는다.

중국의 출판계, 책, 독자를 냉철하게 바라볼수록 나는 미래가 두렵다. 더욱이 우리나라가 역사적으로 중국과는 떼려야 뗄 수 없는 관계를 맺어 왔기에 더욱 그렇다. 상대가 똑똑해지면 그만큼 대하기가 어려울 테고, 당연히 두 나라 사이에 벌어지는 국면을 우리에게 유리하게 이끄는 것 또한 힘겨울 테니까 말이다.

고 전 은
필 독 서
인 가 ?

앞서 두 권의 경제학 분야 고전에 대해 살펴보았다. 그렇다면 고전은 도대체 우리에게 어떤 존재일까? 고전古典은 독서하는 사람에게는, 아니 모든 사람에게 등대이자 암초다. 막막한 인생의 길에서 헤매고 있을 때 어디로 가야 하는지 밝게 비추는 등대다. 적어도 문명의 힘을 믿는 이라면 삶의 한 고비에서 어느 방향으로 나아가야 할지 고전 한 권으로부터 깨달음을 배우지 않은 적이 없으리라.

---

* 원어로는 "Think tomorrow, tomorrow is another day."다. 그러니 "내일은 또 다른 태양이 떠오른다."는 번역의 승리다. 그대로 번역한다면 "내일도 있잖아."라거나 "오늘만 날이냐?" 정도가 아닐까.

오래 전부터 우리 고전에 관심이 컸다. '서해문집'이라는 출판사 이름은 한자로 '西海文集'인데, 고향 앞바다인 '서해'와 옛 선비들의 글 모음을 뜻하는 '문집'을 더해 만든 것이다. 서해문집의 규모를 보면 아직도 출판계의 말석이나 차지할 만큼 존재감이 작으니 독자들의 바람을 충족시키지 못했기 때문이다. 그런 상황에서도 대표적인 도서라고 할 만한 것은 《오래된책방》 시리즈다. 우리 고전을 어떻게 하면 현대적 감각으로 독자들께 전달할 수 있을까 오래 고민한 끝에 2000년도에 시작하였는데, 한 권 만드는 데 들어가는 물적·인적 공력이 여간이 아니어서 평균 1년에 한 권 정도밖에 출간하지 못하고 있다.

"죽느냐, 사느냐, 그것이 문제로다."

스스로 삶을 마감하고자 마음먹은 이들 가운데 이 대목을 떠올리지 않는 사람은 드물 것이다. 그리고 "내일은 또 다른 태양이 떠오른다."고 용기를 낸 이들은 삶의 길을 선택할 것이다. 반면에 이 세상을 살아가는 사람의 숫자가 셀 수 없이 많은 만큼, 고전이 가리키는 방향에 대해서도 이런저런 의견을 내놓을 수밖에 없다. 그만큼 고전은 우리 삶, 우리 생각, 우리 가슴속에 늘 자리하고 있다. 그러다 보니 고전은 어느새 등대를 넘어서 암초로 작용하는 게 아닐까 싶기도 하다.

모든 저술이란 게 허공에서 창조해 내는 것이 아니라 인류가 이루어 온 문명의 축적을 바탕으로 한 걸음 더 나아간 것에 불과하다. 그러하기에 고전에 대한 어느 정도 지식 없이는 다른 책을 읽는 것도 어렵고, 조금 깊은 대화를 나누는 자리에서는 꾸어다 놓은 보릿자루가 되기 십상이다. 이때가 바로 고전이 등대에서 암초로 전화轉化하는 순간이다. 그러다 보니 고전은 그 즐거움만큼이나 부담을 안겨 주기도 하는데, 부담감을 즐길 줄 모르는 경우에는 현학적衒學的 취미에 대한 반감이 고전에 대한 거부감으로 표출되기도 한다.

고전은 암초가 되어서는 안 된다. 고전은 등대여야 한다. 고전을 읽지 않았다고 해서 열등감을 느낄 필요도 없고, 부담감을 느낄 필요도 없다. 고전은 필독서必讀書, 즉 반드시 읽어야 하는 책은 아니라는 말이다. 물론 고전을 읽지 말아야 한다고 주장하는 것 또한 필독서라고 주장하는 것만큼이나 지적知的 폭력이다. 고전은 참 좋은 벗이다. 평생 결코 변하지 않는 벗. 내 괴로움과 기쁨, 아픔과 슬픔, 절망과 분노를 참을성 있게 들어주는 벗이다. 그런 벗 한 명 갖고 있다면 우리 삶이 지금보다 훨씬 풍요로워지지 않겠는가! 그런 벗이 없다면 덜

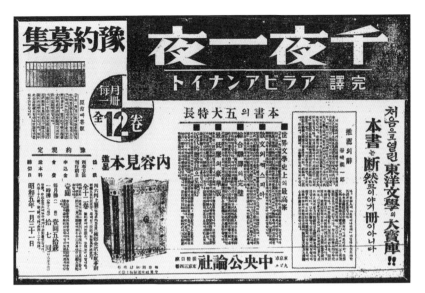

《아라비안 나이트》 광고
1929.12.19.자 《동아일보》 광고. 《아라비안
나이트》 전집 12권이 완역되어 출간되었다는
내용이다.

《서부전선 이상없다》 광고
1929.11.10.자 《동아일보》에 실린 레마르크의
《서부전선 이상없다》의 광고. 40쇄를 돌파했다는
광고 문안이 눈에 띈다.

《막심 고리키 전집》 광고
1929.9.30.자《동아일보》에 실린 《막심 고리키
전집》 광고.

행복할 것이다. 그래서 고전은 암초가 아니라 등대인 셈이다. 등대 없이도 항해는 가능하나 목표가 뚜렷하지 않고 의문에 싸인 채 나아가는 삶은 지향 없는 나그네의 삶과 흡사하다. 우리가 고전을 가까이 할 때 더 풍요롭고 행복한 삶을 설계할 수 있는 까닭이다.

오늘날 이른바 고전으로 불리는 책 가운데 많은 부분은 일제강점기부터 일본인들이 선정한 것들이다. 그래서 고전에 대해 거부감을 가진 분들도 계시다. 그러나 누가 선정하면 어떠랴? 인류의 문명을 관통해 우리에게 감동은 물론 삶을 대하는 지혜, 이웃에 대한 이해력과 세상, 미래를 예지할 수 있는 통찰력을 전해 줄 수 있다면 누가 선정했건, 어느 나라 작품이건 기꺼이 받아들일 수 있을 것이다.

그렇다면 고전에 대해서 어떤 태도를 가지는 게 좋을까? 사람마다 다를 것이다. 누군가는 고전을 필사해 가면서 읽을 테고 그 대척점에 선 독자는 고전보다는 오늘날 유행하는 책을 선호할 것이다. 그러나 고전은 오래된 책이 아니다. 고전에 대해 국립국어원에서 발행한 《표준국어대사전》은 "오랫동안 많은 사람에게 널리 읽히고 모범이 될 만한 문학이나 예술 작품"이라고 정의하고 있다. 나는 그 정의에 이런 내용을 덧붙이고자 한다. '인간의 보편적 삶과 사상을 다룸으로써 시대와 공간을 뛰어넘어 삶의 방향과 깊이를 전달해 주는 작품.' 그러니까 지금부터 3천 년 전의 작품도 고전이 아닐 수 있는 반면 고작 10여 년 전에 발표된 책도 고전이 될 수 있다는 말이다. 우리나라의 경우만 보더라도 수백만 부가 팔려서 공전空前의 베스트셀러가 된 작품이 발표한 지 고작 10년도 채 안 되어 사람들의 뇌리에서 사라진 경우가 무수히 많다. 따라서 《표준국어대사전》의 '많은 사람에게 널리 읽히고'라는 대목은 썩 설득적이지 못하다는 게 내 판단이다. 고전 가운데 많은 사람에게 널리 읽히지 않은 책은 무수히 많다. 뉴턴의 《프린키피아》를 읽은 사람이 도대체 얼마나 될까? 코페르니쿠스의 《천체의 회전에 관하여》도 마찬가지다.

고전을 대하는 태도 또한 우리가 가지고 있는 선입견先入見의 상당 부분은 깨져야 한다고 믿는다. 고전은 말 그대로 등대가 될 수도, 암초가 될 수도 있기 때문에 매우 조심스러우면서도 진지하게 접근해야 한다. 게다가 고전을 읽다가 썩 마음에 들지 않는 부분은 뛰어넘어야 한다고 말하면 아마 고전에 대한 안목이 부족해도 한참 부족한 인간으로 낙인찍힐 수도 있을 것이다. 그러나 나는 그렇게 읽는다. 고전이 전하고자 하는 삶의 방향과 깊이를 캐내는 것이 우리가 고전을 읽는 까닭일진대, 그렇지 않은 대목을 뛰어넘는 게 무에 그리 잘못된 일이겠는가. 고전은 우리 시대, 우리 세대에 저술되지 않은 게 대부분이기에, 당대에는 필요했으나 지금 시대에는 어울리지

않는 부분은 뛰어넘는 게 오히려 바람직하지 않을까! 그리고 그렇게
아낀 시간에 다른 고전을 한 권 더 읽는 편이 낫지 않을까?

쿠르틸루스가 고슴도치의 불고기를 생각해 냈듯이 그리모 드 라레니에
르는 로스트비프를 생각해 냈고, 플라투스가 말한 그네는 에뜨왈르 개
선문의 경기구輕氣球 밑에서 볼 수 있고, 아플레이우스가 만났다는 삐
실르의 칼을 먹는 요술쟁이는 뽕뇌프 다리 위의 군도를 삼키는 요술쟁
이이고, '라모의 조카'는 플라투스의 식객인 뀌르뀔리용과 좋은 한 쌍을
이루고, 마찬가지로 플라투스가 쓴 술꾼 에르가지트는 에그뢰이유의
브랜디를 위해서라면 기꺼이 깡바쎄레스의 식탁으로 갈 것이다.*

불후不朽의 고전으로 꼽히는《레 미제라블》에 나오는 극히 일부
분인데, 나는 끝없이 이어지는 이 부분을 도저히 읽어낼 수 없었다.
그래서 건너뛰었다. 아마도 글을 전문적으로 쓰는 분이나 책에서 훨
씬 많은 것을 꺼낼 능력이 되는 분
들은 이 부분도 즐겁게 읽어 낼 수
있을 것이다. 그러나 나는 아무리
읽어도 얻어 낼 것이 없었다.

이뿐이랴? 대표적으로 많이

《레 미제라블》

* 《레 미제라블》(빅또르 위고
지음, 송면 옮김, 동서문화사,
2002) 954쪽에서 전재.

건너뛴 책을 꼽으라면 우리나라 현대 문학계의 금자탑金字塔이라고 평가받는《토지》를 꼽는다. 처음에는 열심히 읽었지만 어느 순간부터 나는 주인공인 길상이의 입을 통해 나오는 세상에 대한 근엄하고 엄숙한 평가에 질리기 시작했다. 그래서 결국 상당 부분을 건너뛸 수밖에 없었다. 그때부터 많은 사람에게 이야기하기 시작했다.

"고전이라고 해서 한 글자도 놓치면 안 된다는 부담감을 털어 내십시오. 바로 그 부담감 때문에 고전을 암초로 여기게 됩니다. 저는 세르반테스의《돈키호테》를 이틀 만에 읽었지만 누군가에게 권하고 싶지는 않습니다. 그 책이 그토록 위대한 고전이라면《돈키호테》에 숨어 있는 위대한 문명이 무엇인지 해석해 주는 책을 읽고 싶습니다. 저는 그곳에서 약간의 풍자와 시대정신은 찾을 수 있었지만 그 두꺼운 책에 담겨 있을 거라고 믿은 만큼의 무언가를 얻지는 못했습니다. 그 외에 무수히 많은 책들이 그랬습니다."

물론《분노의 포도》를 읽고 난 후부터 나는 어느 스산한 거리도 그냥 지나치지 못한다. 고통 받는 어느 노동자, 이런저런 이유로 폐허가 되어 버린 경작지를 바라볼 때마다 그곳이 우리에게 주는 무한한 가치를 되새긴다. 재개발로 많은 주민들이 사라진 땅을 바라볼 때도 그 책이 떠오른다.

우리에게는 썩 알려지지 않은 리처드 라이트Richard Wright (1908~1960)의《미국의 아들Native Son》(리처드 라이트 지음, 김영희 옮김, 도서출판 창비, 2012)을 읽고부터는 모든 소수자少數者를 이해하고 있다는 오만함을 완전히 버렸다. 반면에 내가 실제로 겪지 못하는 편견은 결코 이해할 수 없는 것 아닌가 하는 의문만을 품게 되었다.

재판장님, 우리 문명의 물질적 면모를 생각해 보십시오. 얼마나 유혹적이며 얼마나 현란한지요! 얼마나 감각을 자극하는지요! 마치 행복이 누구의 손에나 닿을 듯이 가까이서 손짓하는 것처럼 보입니다! 광고, 라디오, 신문, 영화 등의 영향은 또 얼마나 집요하고 압도적입니까! 그러나 이런 것을 생각할 때, 많은 사람에게는 그것이 다만 조롱의 표지일 뿐이라는 점을 기억하십시오. 이 찬란한 색채에 우리는 마음이 잔뜩 부풀지 몰라도, 많은 사람에게는 오히려 매일매일의 고문입니다. 그런 광경 속에서 그 일원으로 걸어 다니지만 자신을 위한 것이 아님을 아는 사람을 상상해 보십시오!*

《미국의 아들》

흑인 살인범을 다루고 있지만, 궁극적으로는 가진 자(그것이 어떤 것이건)가 지배하는 사회의 주류로부터 벗어난, 갖지 못한 자들의 심리를 이해할 수 있는 자는 오직 못 가진 자뿐이라는 사실을 이토록 정확히 전달할 수 있다면 그야말로 고전 아닌가! 가진 자와 못 가진 자의 갈등은 인류 역사가 시작된 이래 지속되었고, 오늘도 또 내일도, 아니 영원히 지속될

*《미국의 아들》554쪽에서 인용.

테니까.

　그러나 모든 고전에서 그런 가치를 얻는 것은 아니다. 그래서 고전은 등대일 수도 있지만 암초일 수도 있다는 것이다. 내 책꽂이에 무수히 꽂혀 있는 고전들은 과연 내게 무엇이었던가! 그리고 우리 모두에게는 또 어떤 것이 될 것인가!

　스스로 확인해 볼 일이다.

《창비세계문학》
여느 출판사의 '세계문학전집'과는 사뭇 다른 책들로 구성되어 있는 《창비세계문학》. 이제껏 접하지 못한 책들을 읽어 가며 새로운 '고전'을 찾기도 하지만, "음, 이건 약간의 시간을 낭비한 느낌이군." 중얼거리기도 한다. 그렇다. 나만의 고전을 찾는 작업은 쉬운 일이 아니다. 그러나 누구도 잘 몰랐던 고전 한 권을 찾을 수만 있다면 충분히 투자할 만한 가치가 있지 않을까?

사전事典
과
사전辭典

오늘날 종이로 된 사전이 꽂혀 있는 책꽂이를 찾기란 쉽지 않다. 이제 사전은 곁에 두고 보는 존재가 아니라 인터넷을 통해 검색하고 참고 하는 존재로 변했으니까 말이다. 진정 그래도 되는 것일까? 사전에는 두 종류가 있다. 사전事典과 사전辭典이 그것인데, 차이는 이렇다.

> 사전(事典): 여러 가지 사항을 모아 일정한 순서로 배열하고 그 각각에 해설을 붙인 책, 또는 저장 매체.
>
> 사전(辭典): 어떤 범위 안에서 쓰이는 낱말을 모아서 일정한 순서로 배열하여 싣고 그 각각의 발음, 의미, 어원, 용법 따위를 해설 한 책, 또는 저장 매체.≒말광·사림(辭林)·사서(辭書)·어전 (語典)[*]

쉽게 말하자면 사전事典은 백과사전이나 역사사전, 사회과학사 전, 발견발명사전처럼 다양한 문명의 자취를 총합總合 또는 분야별 로 취합聚合해서 엮은 것이다. 반면에 사전辭典은 낱말에 대한 해설 을 모아 놓은 것이다. 그래서 국어사전, 영한英韓사전, 일한日韓사전, 중한中韓사전, 방언사전은 사전辭典인 셈이다. 따라서 두 사전은 우 리말로 '사전'이라고 똑같이 불린다고 해서 같은 존재가 아니다. 사 전事典과 사전辭典은 전혀 다른 두 존재인 셈이다. 물론 일반인들은

[*] 《표준국어대사전》, 국립국어원.
[**] 《한국민족문화대백과사전》,
한국학중앙연구원 편.
[***] 《한국민족문화대백과사전》.

두 사전을 특별히 구분하지 않는다. 인터넷에서도 어학사전과 백과사전 정도로 구분할 뿐, 엄밀히 구분하지는 않는 듯하다.

자, 그럼 사전事典의 진면목에 대해 살펴보기로 하자. 백과사전을 뜻하는 영어의 encyclopedia, 프랑스어의 encyclopedie, 독일어의 Enzyklopädie는 모두 그리스어 egkuklios paideia에서 비롯하였는데, '원만함'을 뜻하는 egkuklios와 '교육'을 뜻하는 paideia가 합성된 것으로 '원만한 지식의 교육'을 의미하는데, 그리스 학자들의 교육적 이상을 표현한 것이었다.**

1928년 11월에《조선일보》에 실린
《백과신사전》광고.

한편 근대기에 접어들면서 우리나라에서 처음 백과사전이라는 제목을 달고 출간된 책은 송완식宋完植(?~?)이 1927년에 편찬·간행한『백과신사전百科新辭典』이다. 총 510쪽으로 된 이 책은 엄밀히 말해서 백과사전이라고 하기에는 부족하다. 이는 '事典' 대신 '辭典'이라고 표현한 것만 보아도 알 수 있다. 온갖 문명의 총합이 아니라 새로운 문물에 대한 설명 정도임을 제목에서도 알 수 있다. 그러나 '백과사전'이라는 제목을 달고 우리말로 출간된 최초의 책이란 의미를 갖기에 기억할 만하다.

광복 후인 1958년에 간행된 학원사學園社의《대백과사전》은 전 6권으로 구성되어 틀을 갖춘 최초의 백과사전이라고 할 수 있다. 1967년에는 개정판《세계백과대사전》12권을 출간한 데 이어 1970년과 1973년에는 각각 15권과 20권에 달하는 신판을 간행하였다.***

1983년에 완간된 《동아원색세계대백과사전》 30권은 이전까지 우리나라에서 출간된 백과사전을 한 단계 뛰어넘은 성과물로, 어느 모로 보나 현대적이라고 하기에 손색이 없는 백과사전이었다. 그러나 이 책을 출간한 동아출판사는 그 무렵 우리나라를 대표하는 출판사였지만 이 백과사전에 무리한 투자를 한 결과 회사가 남의 손에 넘어가는 비극적 운명을 맞고 말았으니 이야말로 우리나라 출판 역사에서 가장 부끄러운 사건이라고 해도 과언이 아니다.

물론 자본주의 사회에서 투자에 대한 결과 또한 투자한 기업이 져야 한다는 데 이의를 제기할 사람은 없다. 그러나 책은 다르다. 수익이 나는 책만 출간해야 한다면 오늘날 출간되는 무수히 많은 학술서, 우리나라 고유의 문화에 관한 책 등은 결코 빛을 볼 수 없다. 그러하기에 선진국일수록 자신의 문화와 언어, 역사, 사상, 전통 등에 관한 책은 출간이 가능하도록 지원을 아끼지 않는 것이다. 그런 상황에서 우리나라의 무

《한국민족문화대백과사전》

* 오늘의 '동아출판(주)'가 동아출판사의 후신인데, 두산그룹에 인수되었다가 2014년에 인터넷서점을 운영하는 예스이십사(주)가 다시 인수하였다.

《브리태니커 백과사전》

수히 많은 학자와 전문가, 출판 관계자들이 모여 만든 백과사전을 출
간한 출판사가 바로 그 백과사전 때문에 돈 많은 회사의 손에 넘어갔
다는 사실은 우리를 슬프게 한다.*

　그 후 우리나라에서 가장 잘 알려진《브리태니커 백과사전》한
국어 판이 출간되었다. 원서 제목인《Encyclopædia Britannica》

가 뜻하듯 원래는 '영국의 백과사전'이었는데, 제목에 담긴 의미와 달리 현재 이 사전의 판권은 미국으로 넘어가 있다. 우리말 판《브리태니커 백과사전》은 1988년에 시작하여 1994년에 완간하였는데, 영문판《브리태니커 백과사전》을 번역한 내용에 우리나라 관련 항목을 추가하여 편찬한 것으로, 객관적 내용 면에서는 이전의 백과사전에 비해 뛰어나다고 하더라도 우리나라와 관련된 항목의 경우에는 많이 부족하다.* / **

한국정신문화연구원에서 1980년에 착수하여 1991년에 본책 25권과 부록 2권을 합하여 총 27권으로 발행한《한국민족문화대백과사전韓國民族文化大百科事典》을 나는 우리나라 최초의 백과사전으로 부르는 데 주저하지 않는다. 왜냐하면 그전의 백과사전들이 체제 면에서는 백과사전으로

〈백과전서 도판집〉
프랑스에서 간행된《백과전서》에 수록된 도판은 그것만을 모아 만든 책이 있을 만큼 정교하고 뛰어나다. 우리나라에서도 2017년에 프로파간다 출판사에서 한국어 판을 출간했다. 프로파간다 출판사는 우리나라보다는 유럽 등 해외에 더 많이 알려진《GRAPHIC》이라는 잡지를 펴내는 곳인데, 디자인이 탁월하다. 그런 만큼《백과전서 도판집》도 소장할 만한 충분한 가치가 있는데, 워낙 비싸서인지(전 5권, 180,000원), 서양의 백과사전 도판집이 21세기 대한민국에서 살아가는 데 소용이 없어서인지 거의 판매되지 않았다고 한다. 아쉽다.

*《한국민족문화대백과사전》.
** 이에 대해서는 후에 상세히 분석한 책을 선보일 예정이다.

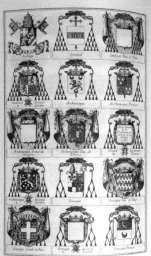

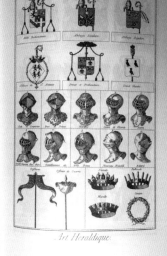

Art Heraldique

문장학
교황 이하 위계별 상치지 분장

322

Art Heraldique

문장학
상치지 무장, 투구, 창, 왕관

323

Musique

음악
고대 음악의 예

1836

Musique

음악
페르시아 및 아메리카 가곡, 새로운 음악 기호, 음역

1837

서 손색이 없다 하더라도 내용 면에서 우리 겨레의 문화·사상·전통·인물·역사를 진정으로 담고 있다고 보기는 어렵기 때문이다. 물론 국가가 편찬 주체이기에 국가 정책적 시각과 편향성이 어느 정도 작용했다손치더라도 우리 겨레의 문명을 우리 겨레의 손으로 수집·분석·정리한 최초의 백과사전임은 두말할 나위가 없다.

사실 이 백과사전에는 무수히 많은 오류가 있다. 그러나 어찌 첫술에 배부를 수 있으랴! 다만 아쉬운 점은 오늘날 이 백과사전의 종이판이 발행되지 않는다는 사실이다. 바라는 점이 있다면 지금이라도 정부가 나서서 이 백과사전의 진일보한 판을 편찬·출간하는 것이다. 물론 종이판과 인터넷판을 동시에.

서양에서는 로마 시대에 플리니우스가 편찬해 티투스 황제에게 헌정한 《박물지Historia Naturalis》가 최초의 백과사전으

《백과전서》
1779년에 프랑스어판을 스위스 제네바에서 간행한 것이다. 인류 역사에 한 획을 그은 프랑스대혁명에 지대한 공헌을 한 것으로 인정받는 《백과전서》 한 질을 구하고 싶었지만 값이 워낙 비싸 옆나라에서 간행한 것을 구할 수밖에 없었다. 그래도 내용은 같으니 기회가 닿으면 모든 시민과 함께 보기를 기대한다.

로 전해 오고 있다. 이 책은 100명의 저술가가 2만여 개에 달하는 항목을 집필한 것으로, 천문·지리·인문·과학 등 오늘날 백과사전과 다를 바 없는 체제를 갖추었다고 한다.*

한편 동양에서는 유서類書라는 명칭으로 오늘날의 백과사전과 흡사한 체제의 책을 편찬했는데, 중국에서 시작해 우리나라와 일본에 전했다고 알려져 있다. '유서類書'라는 명칭은 '분류해 편찬한 책'이란 의미인데, 우리나라에서는 가나다순, 서양에서는 알파벳순으로 편찬하는 오늘날의 백과사전과 달리 초기 백과사전류는 분야별 편찬이 일반적이어서 이런 명칭이 붙었을 것이다. 서양 최초의 백과사전으로 알려진 플리니우스의 《박물지》 역시 같은 방식으로 편찬되어 있다.

프랑스에서 탄생한 《백과전서Encyclopédie, ou dictionnaire raisonné des sciences, des arts et des métiers》**는 단순한 백과사전이 아니라 그 시대 프랑스 시민사회의 계몽, 나아가 근대 시민계급의 발흥을 알리는 신호탄 역할을 했는데, 이 작업을 처음 시작한 것은 군주와 성직자 계급에 대항해 시민의 권리를 옹호하는 입장을 견지한 계몽주의 사상가들이었다. 수학자 장 달랑베르Jean Le Rond d'Alembert (1717~1783), 그리고 철학자로 유명한 드니 디드로Denis Diderot

---

* 145쪽에서 일본어판을 살펴본 바로 그 책이다.
** 원제는 당연히 프랑스어인데, 번역하면 '백과전서 혹은 과학, 예술, 기술에 관한 체계적인 사전'이다.

(1713~1784)가 집필과 편집을 담당한 것으로 유명한 이 책은 1751년에 첫 번째 권이 출간되었고 총 28권으로 이루어진 초판이 1772년에 완성되었다. 《백과전서》는 그 출발점이 기득권 세력에 저항하는 계몽주의자들의 활동이었기 때문에 당연히 진보적 태도를 견지했다. 그 결과 성직자를 비롯한 보수층의 거센 반대에 부딪혀 출판 허가를 취소당하기도 하였다. 프랑스 대혁명에도 큰 영향을 끼친 것으로 알려진 《백과전서》는 프랑스 혁명 기간 동안에도 계속 제작되어 초판이 나온 지 60년이 지난 1832년에 맨 마지막 권이 출간되어 총 166권으로 완성되었다.

지금 내 책꽂이에는 몇 종류의 백과사전이 꽂혀 있다. 백과사전을 틈나는 대로 모으는 까닭은 간단하다. 앞서 살펴본 바와 같이 백과사전이라는 것이 단순히 문명의 취합에 그치는 것이 아니라 편찬자의 의도와 태도에 따라 한 나라, 나아가 인류의 진보에 기여할 수 있는 강력한 수단이라고 믿기 때문이다. 그런데 안타깝게도 21세기에 들어서면서 우리나라에서 종이로 된 백과사전은 사라졌다. 인터넷이라는 수단에서 언제든 문명의 발자취를 실시간으로 검색할 수 있다는 현실적 의미 때문에 수요가 대폭 감소했고, 따라서 출판사로서도 더 이상 상업적 부담을 질 수 없기 때문일 것이다.

그러나 우리가 간과看過해서는 안 될 것이 있으니 '검색檢索'이

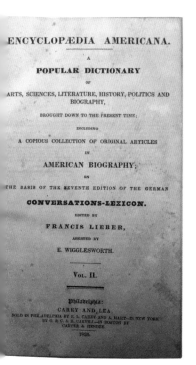

《*Encyclopedia Americana*》
1830년에 첫 권을 간행하기 시작해 1833년에
완간한 《*Encyclopedia Americana*》. 부제로
'A Popular Dictionary of arts, sciences, literature,
history, politics and biography, brought down to
the present time'이라는 내용이 붙어 있다.

라는 행위의 본질이다. 인터넷 백과사전을 사용할 때 우리는 당연히 '모르는 것'을 알고자 검색한다고 여긴다. 그러나 과연 그럴까? 나는 《한국민족문화대백과사전》과 《브리태니커 백과사전》을 모두 간독看讀했다. 특별한 이유가 있었던 것은 아니고 일반적으로 책을 읽는 이들이 그러하듯이 인류 문명의 발자취를 두루 살펴보고 싶었기 때문이다. 그런데 한 권 한 권의 책을 통해서 인류 문명 전체를 조망眺望하는 것은 참으로 어려워 보였다. 그래서 택한 방식이 백과사전을 간독하는 것이었다. 그 과정을 통해 조각 상식일지라도 인류 문명 전체의 한 자락이라도 이해할 수 있을 거라 믿었기 때문이다. 그런 터무니없는 상상을 하며 백과사전을 읽어 가는 동안 나는 출발할 때의 목표와는 달리 단 한 가지 사실만을 깨닫게 되었다. 세상에 족적을 남긴 인물로부터 사건, 물질, 발명, 발견, 존재에 이르기까지 백과사전을 읽으면서 깨달은 유일한 것은, 내가 인류 문명에 대해 아무것도 모르

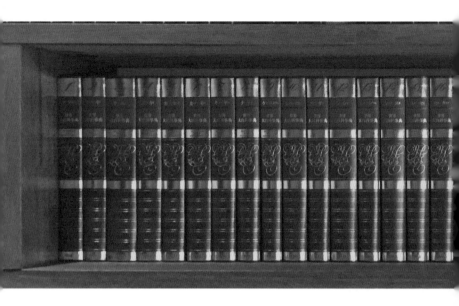

고 있다는 사실뿐이었다. 그만큼 인류 문명은 넓고 깊고 위대한 것이었다. 그런데 오늘날 대한민국에 그런 백과사전은 없다. 우리는 검색할 뿐이다.

　그렇다면 '검색'이란 무엇일까? 국립국어원 발행《표준국어대사전》에 따르면, 검색은 "책이나 컴퓨터에서, 목적에 따라 필요한 자료들을 찾아내는 일"이다. 그렇다. 목적에 따라 필요한 자료를 찾는 것에 불과하다. 따라서 검색을 통해서는 우리가 전혀 모르는 그 어떤 것도 알 수 없다. 우리는 단지 조금 알고 있는(제목이라도 알아야 검색

일본 헤이본샤平凡社가 1934년에 전 26권으로 간행한《대백과사전》은 2019년
현재도 종이책 판본이 출간되고 있다. 위 사진은 2008년도에 출간된 판본으로
색인, 지도, 편람을 포함하여 전 34권으로 구성되어 있다.

일본의 인터넷 환경이 우리나라보다 뒤떨어져서 종이 백과사전을 출간,
보급하는 것은 아닐 것이다.

먼 옛날부터 오늘에 이르기까지 대부분의 시간 동안 경쟁하여 왔고, 특별한
일이 없다면 미래에도 끊임없이 경쟁 관계로 살아가야 할 일본이라는 나라를
떠올리면 '어떻게 해야 영원한 경쟁에서 앞서 나갈 수 있을까?'를 고민하게 된다.

그리고 그 결론에는 늘 '책'이 있었다.

아무리 주먹이 법보다 가깝다고 하더라도 우리, 그리고 우리 후손들이 살아갈
문명사회의 경쟁에서는 '공부 많이 한 사람'이 앞서나갈 테니 말이다.

아래 그림은 1934년도《동아일보》에 게재된 헤이본샤 판《대백과사전》광고.

을 할 수 있으니까) 어떤 것에 대해 많이 알고자 할 때 검색하는 것이다. 그러하기에 인터넷 백과사전은 결코 종이 백과사전을 대체할 수 없는 것이다.*

물론 모든 이가 인류 문명의 모든 것을 알 필요는 없을 것이다. 그러나 많은 이가 인류 문명의 많은 것을 알 수 있다면 인류는 한 걸음 더 앞으로 나아갈 수 있지 않을까. 전 세계에서 발행한, 또는 발행하고 있는 백과사전을 모으는 까닭은 이러한 백과사전의 문명사적 의미를 잊지 않기 위해서다. 그리고 기회가 닿는다면 우리 이웃들과 그 의미를 나누고 싶기도 하다.

내 방에 있는 백과사전 가운데 가장 최근에 발행된 백과사전은 일본 헤이본샤平凡社에서 발행한 《세계대백과사전世界大百科事典》이다. 일본이 지금도 종이로 된 백과사전을 발행하는 것은 우리에 비해 인터넷 기반이 뒤떨어졌거나 검색 기능이 뛰어난 포털 사이트가 없어서는 아닐 것이다. 충분히 반추해 볼 만한 사실 아닌가.

* 이 책을 쓰면서도 수많은 자료를 인터넷 검색을 통해 참고하고 확인했으니 검색의 가치가 없다거나 인터넷의 의미를 폄하하려는 것이 아니다. 인터넷 백과사전의 효용이 뛰어날수록 그것이 바탕으로 한 종이 백과사전의 존재 의의도 크고 따라서 결코 역사의 뒤안길에 묻어 버려서는 안 된다는 말을 하는 것이다.

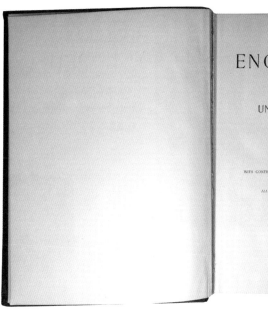

《*Chandler's Encyclopedia*》
《*Chandler's Encyclopedia*》 또한 미국에서 1898년에
발간한 백과사전인데 출판사는 Peter Fenelon Collier사.
그래서 Collier Encyclopedia라고 불리기도 하는 듯하다.
《*Encyclopedia Americana*》와는 달리 책의 크기도
오늘날 백과사전 판형일 뿐 아니라 정교하게 제작된
삽화가 수록되어 있어 보는 즐거움이 쏠쏠하다.

학원사 《대백과사전》
우리나라에서 처음으로 출간한
《대백과사전》은 학원사 판이다.
내가 가지고 있는 판은 전 6권짜리로
1958년에 간행을 시작해 1959년에
완간한 것인데, 1960년에 증보판增補版
한 권을 추가로 발행하였다.

《Ephraim Chambers》
영국에서 출생한 에프라임
체임버스Ephraim
Chambers(1680년경~1740)는
서양에서 오늘날 백과사전이라고
불리는 책의 원형을 처음
편집, 출간한 인물이다. 그가
《Cyclopaedia, or an Universal
Dictionary of Arts and
Sciences》라는 제목의 책을 출간한
이후 많은 사람들이 그의 책을
표준으로 삼아 새로운 백과사전을
출간하기 시작했다. 사진은 그가
1738년에 출간한 판인데, 초판은
1728년에 출간하였다.

《Hamsworth's Universal Encyclopedia》

《Harmsworth's Universal Encyclopedia》는 1921년에서 1922년에 걸쳐 간행한 백과사전인데, 스코틀랜드 출신 존 알렉산더 해머튼John Alexander Hammerton(1871~1949)이 편집을 담당하고 The Educational Book 출판사가 출간했는데 중산층을 겨냥해 간행했다고 한다.

영 화 는
책   이
아니더냐!

서재에는 영화를 꽂아 두는
DVD장이 따로 있다. 그곳에는
본 영화, 미처 보지 못한 영화
가 두루 꽂혀 있다. 그만큼 영
화를 좋아했다는 말인데, 최근
에는 거대자본이 운영하는 이
른바 멀티플렉스에서는 내가
좋아하는 영화를 찾기가 힘들
어서, 보고 싶은 영화를 보려면
상당한 노력과 지속적인 관심
이 필요하다. 그러다 보니 길거
리가 되었건 서점에 부속된 음
반 가게가 되었건 눈에 띄는 영
화는 즉시 구입한다. 그래야 언
젠가 영화를 볼 시간이 있을 때
볼 수 있을 테니까.

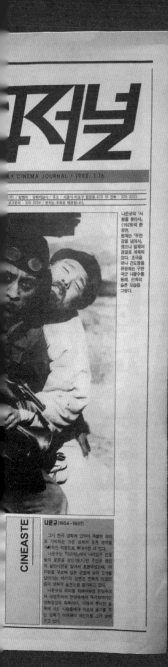

LY CINEMA JOURNAL / 1992. 1. 16.

(주) 발행처 : 영화저널사 / 주소 : 서울시 마포구 합정동 413 16 전화 : 325 3233
광고문의 : 325 3234 / 본지는 무료로 배포합니다.

CINEASTE

나운규 (1904~1937)

《영화저널》

예전, 그러니까 1991년쯤에 우리나라 최초의 영화 비평 주간지를 몇몇 동료들과 만든 적이 있는데, 보기 좋게 망했다. 그러나 무의미하게 망한 것은 아니니 그 후 우리나라 영화 언론계를 송두리째 바꾸어 버린 《씨네 21》의 탄생에 토대를 놓았기 때문이다.

주간 《영화저널》은 영화계로부터 참 잘 만든다는 소리를 듣고 대학가를 중심으로 시쳇말로 팬덤도 대단했지만 우리는 뜻만 알찼지 돈을 버는 데는 문외한이었다. 그래서 결국 망했고, 나는 빚더미에 앉은 후 한겨레신문사를 찾아갔다.

"이 신문 한겨레에서 출간하면 성공합니다."

당시 김두식 사장님을 비롯한 경영진은 새로운 제호에 새로운 편집으로 《영화저널》의 형식을 이어서 발간했고, 내 예측대로 크게 성공했다. 물론 내 빚은 사라지지 않았다.

영화평/ CRITICS

은 깨졌는가 -『숲속의 방』

영화음악 /MUSIC

영화 음악에
대하여
궁금한
예닐곱 가지 것들

영화저널

숲속의 방

모순으로 가득찬 인간의 삶과 존재

그리샴의 법칙 - 말하면 죽는다

쿠엔틴 타란티노
Quentin Tarantino

피와 시체로 무장한
포스트 느와르 모더니즘

그렇다면 영화는 도대체 무엇일까? 처음 탄생할 무렵의 영화와 오늘날의 영화 사이에는 상당한 간극이 있는 듯하다. 나는 영화 전문가 아니기 때문에 길고 깊게 이야기할 수는 없으나 영화 기법이 발전할수록 영화의 플롯은 오히려 성글어지는 것이 아닌가 싶다. 플롯의 짜임새로 즐거움을 느끼지 못한다 해도 영상으로 채울 수 있으니까. 물론 요즘 영화 가운데에도 기법보다는 주제와 짜임새로 승부하는 작품이 많다. 그러나 그런 영화는 대중들의 주목을 받기보다는 소수의 영화 애호가들만 보는 듯해서 안타깝기도 하다.

내게 영화는 또 하나의 책이다. 책이 뭐 별 것인가? 읽는 사람의 머릿속에 이미 형성되어 있는 사고의 틀에 균열을 주어 새로운 문명으로 상승하도록 만들고, 그 상승이 반복적으로 일어나 결국 머릿속에 더 큰 문명이 형성되도록 도와주는 것 아닌가! 그러니 어제가 오늘인 것처럼 살아가며 '이것은 저것'이라고 여기는 머릿속 문명의 틀에 충격을 준다는 면에서 본다면 영화와 책이 본질적으로 다르지 않으리라. 물론 이때 말하는 '충격'은 지적 충격이다. 지적 충격으로 이어지지 않는 육체적 충격은 단지 순간적인 쾌감을 주거나 고통을 안겨 줄 뿐이니까. 그래서 놀이동산에서 그토록 많은 첨단 놀이기구를 수천 번 타도 머릿속에서 나오는 판단력이나 상상력, 비판력 따위에

두 시간 동안 운동경기 중계를 보는 것은 힘들지 않다. 그러나 한 편의 영화를 보는 것은 그리 단순한 일이 아니다. 결국 책이 되었건 영화가 되었건 작자作者가 그 안에 담은 문명의 흔적을 캐내는 일은 에너지 사용 없이는 가능하지 않다는 말이다.

그래서 기회가 닿으면 영화를 구입해 보관하고 있다. 언젠가 힘이 남을 때 보기 위해.

는 변함이 없는 것이다. 좋은 영화는 한 권의 책, 아니 열 권의 책보다 더 큰 충격을 안겨 주기도 한다.

예전에 스페인 내전을 다룬 책을 보았는데, 이른바 프랑코의 파시즘 세력에 맞서 전 세계에서 모여든 '국제여단International Brigades'이 시간이 흐르면서 어떻게 내부 갈등을 일으키고 결국 패했는가를 상세히 다루고 있었다. 당연히 그랬을 것이다. 그리고 그것을 살펴보는 것은 이후 다시 그런 일이 벌어졌을 때 시행착오를 막기 위해서도 필요할 것이다. 그런데 그것을 그렇게까지 심층적으로 살펴보는 독자가 과연 얼마나 될까! 당장 나부터도 '이러니 지지. 프랑코 파시스트들은 단합이 잘 되는데 왜 이들은 단합할 줄을 모르지?' 하는 생각을 떨치기가 어려웠다.

그러나 국제여단國際旅團, 그리고 그들이 지원했던 인민전선人民戰線 정부가 진 것은 외부의 지원이 없었기 때문이다. 프랑코 세력은 처음부터 파시즘을 통해 세계 정복을 꿈꾸었던 독일과 이탈리아, 포르투갈, 나아가 합법적으로 수립된 인민전선정부를 못마땅하게 여기던 스페인 내부 교회와 왕당파王黨派의 지원을 등에 업고 싸운 반면, 인민전선정부는 형식적 지원에 그

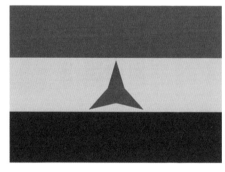

국제여단 깃발
국제여단은 스페인 내전 기간(1936~1939) 중에 쿠데타를 일으킨 파시스트 프랑코 세력에 맞서 합법적인 인민전선정부 편에서 싸우기 위해 전 세계에서 모인 자원병을 가리킨다. 이 가운데에는 그 무렵 제국주의 침략에 앞장섰던 일본의 젊은이들까지 있었으니 국제여단이 정의를 사랑하는 인류에게 어떤 영향을 미쳤는지 알 수 있다.

친 몇몇 나라와 명분 때문에 어쩔 수 없이 지원에 나선 소련이 후원 세력의 전부였다. 그러하기에 처음부터 이 내란은 쿠데타 세력이 승리할 수밖에 없었던 셈이다.

프랑코 세력을 지원한 독일과 이탈리아의 파시스트들은 그 무렵 세계를 거의 장악할 정도로 막강한 군사력을 갖추고 있었다. 그런 자들이 지원하는 세력에 맞서 싸운 국제여단, 나아가 인민전선정부가 내부의 모순이니 갈등 따위 때문에 졌다고? 물론 그런 요소도 작용했을지 모른다. 그러나 그것은 말 그대로 구우일모九牛一毛에 불과할 뿐이다. 그리고 그건 승리의 요소가 부족하기 때문에 지엽적으로 발생한 사건들일 뿐이다. 승리에 대한 확신이 서는 순간 반목과 갈등은 사라지고 격려와 단합이 일어나는 건 모든 인간 사회의 공통점이다. 만일 전쟁에서 이긴 다음에 그랬다면 충분히 책임을 물을 만하다. 그러나 이들은 싸움에서 이길 여력이 없었다. 세계의 강대국들은 오늘날에도 그렇지만, 늘 정의보다는 자신에게 이익이 되는 집단을 지원한다. 그리고 인민전선정부가 스페인에서 유일한 합법 정부이고 정의로우며 시민의 지지를 받았던 반면, 프랑코 세력은 비합법적이고 불의하며 반역적인 집단이지만 강대국들은 그 사람들을 선택한 것이다.

본질을 잊으면 안 된다. 그리고 본질은 대부분 단순하다. 그렇게 패할 것이 분명한 전쟁이었지만 세계 각국에서 지원병이 모여 기꺼이 목숨을 바친 국제여단은 인류 역사가 낳은 가장 위대하고 정의로운 존재였다. 지구 문명의 역사를 살펴보라! 자기 나라도 아니고 자기와 아무런 연관도 없지만 오직 정의를 위해 세계 각국에서 모여든 무수히 많은 시민들이 하나의 군대를 만든 적이 있는지. 결단코 없다! 그래서 국제여단은 인류가 멸망하는 날까지 영원히 그 이름을 기억해야 한다. 그 숭고한 이름을 기억하지 못한다면 전쟁을 치르면서 정의를 지키기 위해서라는 따위의 거짓말은 내세우지 말아야 한다.

오래전 〈붉은 수수밭〉이라는 영화를 본 적이 있다. 그리고 그 영화를 보고 나오며 느낀 감정은 단 한 가지였다. '일본 제국주의자들은 찢어 죽여야 한다. 친일파는 그 어떤 이유로도 용서해서는 안 된다.' 왜? 그 영화는 군더더기가 없었다. 평화로운 마을에 진입한 일본군에 맞서 싸운 백성과 그들을 가능한 한 잔인한 방식으로 죽여서 공포심을 유발하는 일본군밖에 없었으니까.

인간이란 존재는 스펙트럼이 그 어떤 동물보다 넓어서 현실에서는 부처님과 예수님 같은 이웃을 만나기도 하지만 같은 인간이라는 사실에 절망을 느끼도록 만드는 하이에나 같은 인간들 또한 무수히 부딪힌다. 그래서 그런지 영화가 되었건 책이 되었건 단선적單線的으로 주제를 다루는 영화보다는 복선적複線的으로 접근하는 경우가 많다. 세상이, 인간이, 심리가 그러니 그렇게 다루는 것도 어찌 보면 당연하다. 그러나 그렇게 다루다 보면 나중에는 주제가 흐려지기 일쑤다. 〈붉은 수수밭〉이라는 영화는 본질을 파고든다. 일본놈이 어떻게 침략했고, 어떻게 죄 없는 중국의 백성들을 찢어 죽였는지 보여줄 뿐이다. 그래서 영화를 보고 나면 단 한 가지 생각만 드는 것이다. 이게 본질을 다룬 영화다.

만일 이 영화에 복잡한 존재인 사람이 품고 있는 심리

의 흔들림, 상황 논리, 사랑과 우정 따위를 두루 포괄하는 순간, 관객은 복잡해진다. '맞아. 인간이란 복잡한 존재고 상황 또한 그렇게 단순한 게 아냐. 그러니 친일파도 그 나름대로 이해해야 하고, 독립운동을 한 사람들도 대의를 위해서만 싸운 게 아닐지 몰라. 그들도 그

들의 이익을 챙긴 건 아닌지 의심해 볼 필요가 있지.' 이런 영화, 무수히 많다. 그리고 이런 영화일수록 평론가들은 입에 발린 온갖 미사여구 美辭麗句로 분석하려고 나선다. 나는 이런 영화가 싫다. 그렇게 인간의 심리가 궁금하면 인간의 심리를 다루는 영화를 만들면 된다.

〈뻐꾸기 둥지 위로 날아간 새〉 광고
1977.9.15.자 신문 지면에 게재된 〈뻐꾸기 둥지 위로 날아간 새〉 영화 광고. 감독은 〈아마데우스〉로 유명한 밀로스 포먼.

미야자키 하야오의 만화영화들은 그런 면에서 단순한 주제를 여러 갈래로 보여 주어서 좋다. 강물 줄기는 하나만 보여 주면서 그 강물이 어떻게 그토록 장대하게 흐르는지를 보여 준다. 그래서 본질을 흐리지 않으면서 본질을 확장시키는 힘이 있다. 보고 또 보아도 좋은 까닭이다. 나는 아이들을 만나면 반드시 이 영화를 빌려 준다. 시간을 보내고 싶을 때는 알프레드 히치콕의 영화를 보면 된다. 재미있으면서 내 내면에 감추어진 심리까지 들여다볼 기회를 갖게 되니까.

내가 혹시라도 영화 만들 기회가 생긴다면(물론 그럴 가능성은 전혀 없지만) 〈12인의 성난 사람들〉 같은 영화를 만들고 싶다. 등장인물 열대여섯 명. 단 두 장면. 그 가운데서도 영화의 99%는 한 칸짜리 방 안에서 촬영된 영화. 아무런 기교도, 눈요깃거리도 없지만 내가 인간 이라는 사실에 대해 무한한 환희를 느끼게 하는 영화. 나도 무리에 속한 일원이 아니라, 판단하고 생각하며 책임지는 독립적 인간으로 살아야겠다고 다짐하게 만드는 영화. 그러면서도 끝까지 한눈팔지 못하게 하는 긴장감을 유지하는 영화. 이게 영화 아닌가!

그런 영화 또 있다. 〈뻐꾸기 둥지 위로 날아간 새〉. 놀라운 영화 인데 오늘날 젊은이들 가운데 이 영화의 존재를 아는 이는 썩 많지 않은 듯하다. 그러나 켄 케 이지의 동명 소설을 영화화한 작품이니, 소설로 접한 분도 꽤 많을 것이다. 이 영화도 정신 병 동 한 곳에서 영화의 90% 정도 가 전개된다. 그런데도 한 장면 도 놓칠 수 없는 긴장감을 끝까 지 이어간다.

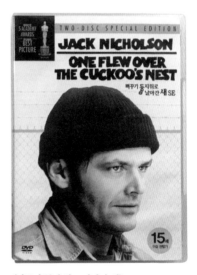

〈뻐꾸기 둥지 위로 날아간 새〉

구로사와 아키라

구로사와 아키라黑澤明(1910~1998)는 세계적인 감독 반열에 처음 오른 동양인이라 할 텐데, 그런 명성에 지레 감동하는 것은 앞서도 언급한 바 있듯이 신화화와 다를 바 없어 바람직하지 않다. 세상사람 모두가 "대단하다!"고 해도 내가 보고 느끼기에 보잘것없으면 보잘것없는 것이다. 그런데 구로사와 아키라는 정말 대단했다. 스무 살무렵 처음 접한 그의 영화(그때는 일본 영화 수입이 금지되던 시대였기 때문에 특별한 경우를 맞아 어렵게 보았던 기억이 생생하다)를 보고 처음으로 영화 한 편이 한 나라의 문화적 수준을 순식간에 몇 단계 끌어올릴 수 있다는 생각을 했다. 까닭은 이렇다.

그 시절, 일본 문화는 수입이 금지되었기에 당연히 일본에 대한 인식 또한 매우 제한적이었다. 그러다 보니 일본 말은 텔레비전 코미디에 등장하는 일본인 배역이 얍삽하게 코맹맹이 소리로 지껄이는

구로사와 아키라의 대표작
〈라쇼몽〉과 〈7인의 사무라이〉

것이 대부분이었다. 그래서 일본 말은 간신배들이나 사용하는 말로 인식한 것 또한 당연했다. 그러니 처음 접한 구로사와 아키라의 영화 〈7인의 사무라이〉에 등장하는 인물들이 외치는 일본 말이 얼마나 낯설었는지 모른다. '아니, 일본 말이 이처럼 위엄 있고 무게감이 있었단 말인가!' 그랬다. 문화의 힘은 내가 전혀 예상하지 않은 곳에서 꽃을 피웠다. 그 후 일본과의 문화 교류가 자유화되면서 보기 시작한 일본 영화들은 깊이가 있었다.

오손 웰스의 영화 〈자전거 도둑〉

　책에 고전이 있듯이 영화에도 고전이 있다. 시공을 초월해 모든 인간에게 삶의 본질을 구극究極해 볼 기회를 제공하면서 동시에 편협한 사고의 틀을 깨 주는 지적 충격을 안겨 주는 영화들. 위에서 살펴본 영화들은 두말할 필요가 없이 고전의 반열에 오른 작품들이다. 그 외에 오손 웰스의 영화들, 캐럴 리드 감독의 〈제3의 사나이〉, 제2차 세계대전 직후 제작된 〈자전거 도둑〉을 비롯한 이탈리아 네오리얼리즘 영화들은 언제 보아도 영화라는 장르가 왜 인류에게 무한한 가치를 갖는 장르인지 알려 준다.

思想界 思想界 思想界 思想界 思想界 思想界 思想界 思想界 思想界 思想界

20

第1卷 第2卷 第3卷 第4卷 第5卷 第7卷 第8卷 第9卷 第10卷 第11卷
1952 1953 1953 1953 1954 1954 1955 1955 1955 1955

思想界

思想界

思想界

思想界

思想界

思想界

第13卷
1956

第14卷
1956

第15卷
1956

第16卷
1956

第12卷
1959

신 문 과
잡 지
_ 기억한다,
고로
존재한다!

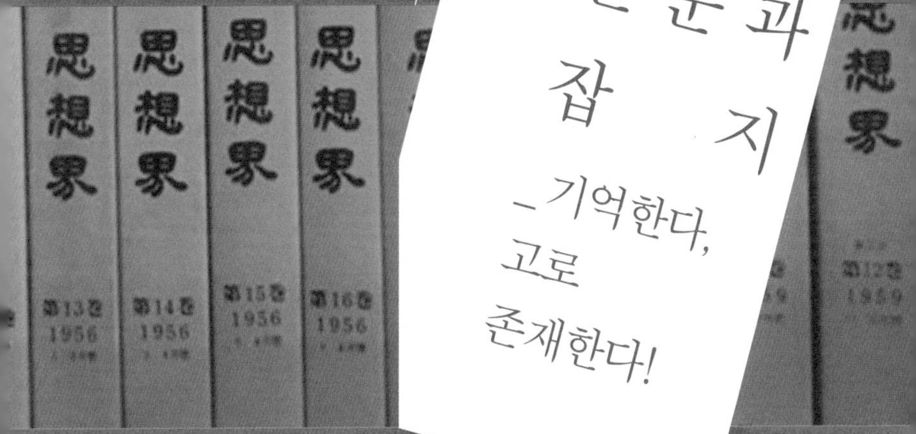

"나는 생각한다. 고로 존재한다."

르네 데카르트René Descartes(1596~1650)는 이렇게 말했다. 나 스스로 찾은 것이 아니라면 일단 의심해 보아야 한다는 그의 말은 근대 인간의 출발점이라 할 수 있겠다. 그런데 오늘날 인간은 어떨까? 자신이 생각하지 않으며 살아간다고 여기는 인간이 과연 있을까? 특히 생각 없이 사는 자들일수록 자신이 진지하게 생각하며 살아간다고 여길 가능성은 점점 커진다. 이는 존 스튜어트 밀John Stuart Mill (1806~1873)의 "배부른 돼지보다 배고픈 소크라테스가 낫다."라는 말과 함께 현실에서 가장 아이러니하게 사용되는 경구警句일 듯하다. 배부르게 살아가는 인간 돼지들 가운데 자신이 배부른 돼지처럼 살아가고 있다고 여기는 자는 하나도 없을 것이다. 반면에 끝없이 고민하고 갈등하는 이들은 대부분 자신이 돼지처럼 살아가고 있는 것은 아닐까 고민하고 있을 테니까.

그렇다면 오늘날 인간들에게 해당하는 경구는 무엇일까?

"나는 기억한다. 고로 존재한다!" 정도가 아닐까?

이 시대에 우리는 기억하지 않고 살기 위해 안간힘을 쓰는 것처럼 보인다. 많은 사람들이 역사에 관심을 갖는 대신 지금 이 순간을 즐기는 데 하나밖에 없는 목숨의 조각들을 낭비하고 있다. 기억한다는 것이 그리 중요하다고 여기지도 않을뿐더러 기억해야 할 것은, 필

물拷問중 窒息死

흇 치안본부장 서울大 朴군사건 수사결과 발표

浴槽턱에 목눌려 致死케·두警官구속 對共2단장 解職

오늘 檢察송치

물고문 중 질식사

054

170

《전두환 타서전》 본문

신문의 역사성, 아니 하루하루의 역사를 활자로 기록하는 신문이야말로 현대의 사초임을
믿기에 '역사하는 신문' 시리즈를 출간하기로 결심했다.

물론 책을 출간하는 게 쉽지 않다. 우선 신문 지면을 그대로 전달해야 하는데, 신문 지면의
저작권료가 생각보다 비싸다. 그러니 책을 출간할 때마다 신문사의 협조를 필요로 하는데,
협조를 구하는 게 구차하기도 하지만 힘도 든다. 그렇다고 상업성도 썩 없는 책을 돈 팍팍!
써가면서 내다가는 '없는 논을 팔아야' 할 것이다.

그러나 언젠가는 종이 신문의 의미를 기록하고 전파하려는 이 '눈물겨운 노력'을 신문사들이
인정해서 저작권료 부담 없이 '역사하는 신문' 시리즈를 출간하도록 지원해 줄 날이 올 것이라
확신한다.

책은 오로지 신문기사만으로
구성된다. 그 내용을 통해 사건이나
인물, 시대를 해석하는 것은 오로지
독자의 몫이다. 이런 방식은 사실
'역사하는 신문' 시리즈가 처음 채택한
것은 아니고, 역사 기술 방식 가운데
'기사본말체紀事本末體'를 차용한
것이다. 한 사건에 관한 자료만을
수집·배열할 뿐, 편집자의 의견은
개입시키지 않는 방식 말이다.

전두환
타서전

원문으로
보는

친일파
명문장
67선

요하다면 인터넷을 검색하면 금세 내 것이 될 것이라 여긴다. 게다가 지금은 창조의 시대일 뿐 기억의 시대가 아니다. 그러나 기억하지 못하는 자가 창조할 수 있을까?

창조는 무無에서 유有를 만드는 것이 아니다. 창조는 아이작 뉴턴의 말 "거인의 어깨 위에서 세상을 바라보았을 뿐이다."를 인용하지 않더라도 기존에 형성된 인류 문명을 바탕으로 이루어지는 것이다. 그러하기에 문명의 자취를 기억하지 못하는 자는 단 한 걸음도 앞으로 나아갈 수 없다. 선진국일수록 역사 교육에 목을 매는 데에는 다 그만한 까닭이 있다. 이때 역사는 말 그대로 왕조 중심의 역사만을 뜻하지 않는다. 경제의 역사, 과학의 역사, 예술의 역사, 종교의 역사, 생각의 역사 등 모든 문명의 자취를 뜻한다. 그러하기에 "나는 기억한다. 고로 존재한다."라는 말은 시대가 창조를 중시할수록 더더욱 가치를 지닐 것이다.

그렇다면 우리는 무엇을 어떻게 기억해야 할까? 기억의 대상에는 제한이 없을 것이다. 그러나 모든 것을 기억할 수는 없는 노릇 아닌가! 나는 다른 사람들이 요약하고 분석해 우리에게 전해 주는 것들은 책을 통해, 백과사전을 통해 기억한다. 그러나 그 누구도 모든 것을 요약하고 분석해 전해 주지는 못할 노릇 아닌가. 그래서 나는 지나간 잡지와 신문을 통해 인류의 자취를 기억하고자 한다. 아니,

나만의 시각으로 해석하고자 한다. 신문은 매일의 역사를 기록한 것이요, 잡지는 매달의 역사를 기록한 것이다. 그러하기에 신문과 잡지를 훑어보면 결국 한 시대의 흐름이 눈에 들어온다. 며칠분, 몇 달분으로는 불가능하겠지만 적어도 한 해, 두 해분을 살펴보다 보면 시대를 읽을 수 있다. 그렇게 시대를 읽을 수 있다면 그 누가 왜곡된 시각으로 우리를 속이려 들어도 속지 않을 수 있다. "나는 생각한다. 고로 존재한다."라는 말은 이렇게 생명을 얻는 것이다. 단순한 생각을 하지 않는 인간이 어디 있으랴. 무엇을 먹을까? 무슨 옷을 입을까? 무슨 게임을 할까? 돈을 어떻게 벌까? 사기를 어떻게 칠까? 이 모든 것이 생각의 산물이다. 그러나 데카르트가 말하는 생각이 이런 것은 아닐 것이다. 그에 덧붙여 "나는 기억한다. 고로 존재한다."라는 말에 생명력을 불어넣을 수만 있다면 한 인간으로 태어나 썩 부끄럽지 않게 살아갈 수 있을 것이다.

《사상계》

《사상계思想界》라는 잡지가 있었다. 중년 이상의 독자는 대부분 아실 것이고, 청년층 독자들은 대부분 모르실 것이다. 그러나 알고 나면 누구나 놀랄 수밖에 없는 잡지가 바로《사상계》다.

광복 60주년을 맞아 각 분야별 학자 100명을 대상으로 한 조사에서, 광복 이후 가장 크게 영향을 미친 책으로《사상계》가 꼽혔다. 40대 독자 가운데도《사상계》구경해 본 적 없는 분이 대다수일 터이고, 30대 이하 분들 가운데는《사상계》라는 명칭조차 낯선 분이 대부분일 터이니, 많은 분들이 이 조사 결과에 반신반의하거나 경천동지하실 것이다. 그러나《사상계》와 함께 젊은 날을 보낸 적이 있는 분이라면 썩 놀랄

일도 아니다.

…

다음은 《사상계》 1957년 3월호 목차다. 뭐 특별한 이유가 있어서 이 호를 선정한 것이 아니라 필자 손이 간 책이 이것이기 때문이다. 다른 호도 대동소이하다.

권두언 : 다시 맞는 삼일절 - 장준하

혁명의 이론과 역사

· 부르주아 혁명 - 민석홍

· 프롤레타리아 혁명 - 김학엽

· 종교 혁명 - 김성근

· 산업혁명 - 오덕영

· 아시아 민족해방운동 - 김준엽

평론

· 삼일 이상론 - 백낙준

· 정치 이데올로기와 세력균형 - 이건호

· 농촌 경제의 현실과 그 번영책 - 주석균

· 현대 행정론 - 정인흥

· 이것이 아메리카다 - 코우웬 호브

思想界
思想界
思想界
思想界
思想界
思想界
思想界
思想界

第24券
1957
11, 12月號

第13券
1956
1, 2月號

第5券
1954
1, 2, 3月號

第4券
1953
9, 11, 12月號

第9券
1955
4, 5月號

第2次
第12券
1959
11, 12月號

第1券
1952

第8券
1955
10, 11月號

《사상계》

처음 들어간 직장을 다닐 무렵 우연히
《사상계》 영인본 판매 광고를 보았고, 많지도
않은 월급을 모아 구입한 책이 책꽂이 맨
위를 차지하고 있다.

· 국제정치에 있어서의 정의(속)

– 정태섭

· 중공의 현실 – C.M. 장

· 할 말이 있다 – 함석헌

인류의 지성

· 현대 교육의 비판 – 퓨시

· 명일의 예술가 – 로망

움직이는 세계

· 잠을 깬 좌익 인테리들

· 이집트의 인구 문제

· 헝가리 인민 의거 시말

교양

· 현대의 사상적 과제 – 하기락

· 과학과 현대 – 오펜하이머

· 사상과 생애(8): 베이컨 – 안병욱

· 고전 해설(16): 군주론 – 김경수

· 인생 노트(11): 인생 잡기 – 이재훈

· 경제사상사(3): 고전학파 – 성창환

· 과학사(2): 과학의 세기 – 권영대

아가페와 에로스 – 지동식

수필

문학

· 전후의 독일 문학 – 박종서

· 국문학사 서술 방법론 – 백철

· 피난 회상기 – 김동명

· 톨스토이론 – 모옴

시

창작

· 해랑사의 경사 – 정한숙

· 날이 밝으면 – 김팔봉

어떤가? 이런 내용으로 이루어진 책이 10만 부 가까이나 나갔다는 게
이해가 가시는가? 그것도 1950년대, 1960년대에 말이다. 오늘날 우리

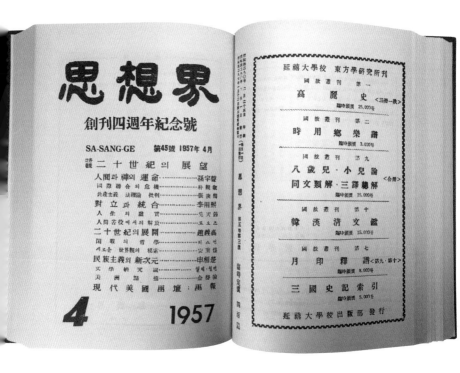

사회에 10만 부 나가는 잡지가 있는지 모르겠지만 이 정도 내용을 싣고 있는 월간지라면 한 달에 1,000부 나가기도 힘들 것이다. 그런데 오늘날과 같이 의식이 풍족한 시대도 아니고 굶지 않으면 다행이었던 시대에 이런 내용을 읽는 사람이 그렇게 많았다는 사실이 도대체 무얼 말하는 것일까?

《사상계》는 1953년 4월 창간되어 1970년 5월호, 그러니까 205호를 내고 폐간됐다. 발행인은 장준하張俊河(1918~1975). 그는 27세이던 1944년 6월 일본군에 의해 학도병으로 징집되어 중국 전선에 배치되자 이내 탈영하여 광복군에 가담했고, 미 육군 군사교육을 받은 후 특수 공작원으로 국내 밀파를 기다리다가 광복을 맞은 인물이다. 그 후 대한민국 임시정부 요인의 수행원으로 입국하여 김구의 비서 등을 역임하였다.

그의 이력을 보면 알다시피 그는 철저한 반공·친미·우익 인사였다. 그런 까닭에 통일 운동가 정경모는 《한겨레》 신문 연재에서 "《사상계》가 미 중앙정보부의 대변지로 발족했다고 해도 과언이 아니다."라는 내용을 언급하기도 하였다. 여러 사람 사이에 이론異論이 있을 만한 이 말을 필자가 인용하는 까닭은, 장준하는 결코 좌익이 아니라는 말이다. 이는 장준하가 목사를 부친으로 두었고 그 또한 죽을 때까지 철저한 기독교인이었다는 사실만으로도 입증이 가능하다.*

이런 놀라운 잡지가 소리 소문도 없이 사라진 것은 발행인 장준하가 그 무렵 대통령이었던 박정희를 결단코 대통령으로 인정할 수 없었고, 그래서 끝까지 반독재, 반박정희 운동의 선봉에 섰기 때문이었다. 그리하여 《사상계》는 끝없이 탄압을 받았고, 장준하는 등산 중 의문의 죽임을 당하였다.** 그렇게 사라진 잡지가 《사상계》다. 그런 까닭에 학교를 졸업하고 처음 취직해서 월급을 받은 후 구입한 책이 《사상계》 영인본이었다. 지금 그 책은 책꽂이 맨 위에 다소곳이 꽂혀 있다.

《민족일보》

박정희의 군사 쿠데타 이후 사라진 매체 가운데 더욱 극적인 것은

*《한국의 모든 지식》(김흥식, 도서출판 서해문집, 2012) 361 – 367쪽에서 발췌, 전재.
** 이 사건은 너무나 유명해 오늘날에도 끊임없이 관심의 대상이 되고 있다.

《민족일보》라는 신문이다.

《민족일보》 발행인 조용수趙鏞壽는 1930년생이다. 그리고 1961년 12월 형장의 이슬로 사라졌으니, 만 서른한 살로 삶을 마쳤다. 우리 나이로 32세. 일반인들로서는 이제야 삶의 터전을 향해 나아갈 나이인데, 그 나이에 자신이 해야 할 소명을 마치고 안식의 나라로 사라진 이. 그가 바로 조용수다.

1930년 경남 진주에서 태어난 조용수는 명색이 대단한 집안 출신이었다. … 대구 대륜고등학교를 거쳐 연희전문에 입학한 조용수는 2학년이 되던 해에 6·25전쟁이 발발하자 일본으로 건너간다. 그런데 청년 시절 조용수의 행동 가운데 유심히 지켜볼 내용이 있으니, 그가 광복 후 혼란기에는 우익 학생 단체에서 활동했다는 것이다. …
일본으로 건너간 조용수는 메이지대학 정경학부에 들어가 공부하는 한편 다시 재일거류민단(약칭 민단)에서 활동한다. 민단은 북한을 지지하는 조총련에 대항하던 재일동포 단체임은 누구나 아실 것이다. 여기서도 그가 타고난 우익임을 다시 한 번 확인할 수 있다.
민단에서 조용수는 민단 기관지인 《민주신문》과 교포신문 《국제타임스》 논설위원으로 활동한다. … 이렇게 열심히 살아가던 조용수에게 특별한 인물이 나타난다. 바로 이영근이라는 사람이다. 이영근은 조봉암(훗날 이승만 정부에 의해 사법 살인의 희생양이 되었다)의 비서 출신으로, 조봉암이 구속된 후 일본으로 밀항하여 조봉암 구명 운동 및 반反이승만 운동을 벌이고 있었다.
열혈 청년 조용수가 불의를 보고 참을 수는 없는 일이리라. 조용수는 이영근이 벌이고 있던 조봉암 사형 반대 운동에 참여하면서 이영근과 관계를 맺기 시작했다. 그리고 4·19혁명으로 이승만 독재 체제가 종말을 고하자 조용수는 자신의 삶을 결정지을 결단을 감행한다. 자유를 되찾은 조국에서 가장 의미 있는 일을 하기로 결심한 것이다. 그는 일본에서 자금을 조달한 후 조국 대한민국으로 귀국한다. 그리고 1961년 2월 13일, 드디어《민족일보》를 창간한다.

민족의 진로를 가리키는 신문
부정과 부패를 고발하는 신문
노동 대중의 권익을 옹호하는 신문
양단된 조국의 비원悲願을 호소하는 신문

《민족일보》의 사시社是이다. 한마디로 노동자, 서민을 위해 정부의 부정과 부패를 일소하고 평화로운 통일의 길을 열겠다는 뜻이리라. …
4·19혁명이 일어난 지 10개월 만에 창간된《민족일보》는 보수 정치인들의 온갖 모략과 음해에도 불구하고 창간 한 달도 채 안 되어, 당시 신문 시장을 주도하고 있던《경향신문》과《동아일보》에 버금가는 가판街販부수를 기록했다. 그 무렵《민족일보》는 윤전기가 없어 정부 기관지인《서울신문》에서 인쇄를 하고 있었는데,《서울신문》이 2만 4천 부를 발행하는 반면《민족일보》는 5만 부를 발행했으니 배보다 배꼽이 큰 셈이었다.

조용수
조용수가 안식의 나라로 떠나기
몇 분 전의 사진. 뒤의 장막이 쳐진
곳에 아마도 교수대가 있을 것이다.

民族日報事件

六名棄却·四名엔原審破棄

民族日報 사건
6명 기각·4명엔 원심 파기

革裁, 上訴審判決

조용수·안신규·송지영 사형
무죄 받았던 이종률 피고엔
징역 10년
이건호 등 3피고는 양형 줄고

趙鏞壽·安新奎·宋志英 死刑
無罪 받았던 李鍾律 被告엔 懲役 10年
李建鎬등 三被告는 量刑 줄고

조용수를 비롯해《민족일보》관련자 3인에게
최종적으로 사형 판결을 내렸다는 1961.11.1.자
《동아일보》기사.
5·16군사 쿠데타로 정권을 장악한 박정희는
《민족일보》를 즉시 폐간 조치하고, 그 발행인
조용수에게 불과 5개월여 만에 사형 판결을 내린다.
그리고 그해가 가기 전인 1961년 12월 21일, 31세의
조용수를 교수형에 처한다. 함께 사형을 언도받은
다른 사람들은 감형시켰지만, 전 세계 언론인과 국내
지식인들의 조용수 구명 청원에도 아랑곳하지 않고
기어이 죽인 것이다.
이 부당한 조처는 결국 역사의 평가를 받게 되고,
2008년 1월 16일 서울중앙지법은 조용수에게

그런데 이런 진보적이고 양심적인 언론을 보수 정치인들이 가만둘 리 없었다. 이때는 4·19혁명 이후 이승만 정권이 몰락하고 이승만과 대립하던 야당이 집권한 상태였다. 그러나 이들 또한 이승만 무리들과 대동소이하였으니, 장면 정권은《민족일보》에 대한 대대적인 탄압을 개시하였다. 고작 18호까지 발행한 2월 28일, 국무원 사무처는 《서울신문》에《민족일보》의 인쇄 중단을 지시한다. 그리하여 코미디 같은 일이 벌어졌으니, 3월 3일까지《민족일보》발행이 중단된 것이다. …

우여곡절을 겪으면서 다시 발행된《민족일보》는 이후에도 시민들의 열광적인 지지를 받는다. …그러나 이러한《민족일보》의 영광은 오래가지 못했다. 1961년 5월 16일, 박정희와 김종필이 선두에 선 일부 군인들은 고려시대 무인정권 이후 1,000여 년 만에 쿠데타를 일으켜 정권을 탈취한다. 그리

《민족일보》
서른이 갓 넘은 젊은이가 사재를 털어 만든 일간지《민족일보》는 그러나, 겨레에 대한 그의 민주적 염원을 이루어 주기는커녕 그가 털어 넣은 모든 재산과 길지 않은 목숨까지 앗아가 버렸다. "펜은 검劍보다 강하다."라는 서양 속담은 동양의 독재자 앞에서는 말장난에 불과했다.《민족일보》영인본은 단 한 권으로 이루어져 있는데, 1961년 2월 13일 창간된 후 고작 3개월이 지난 1961년 5월 19일, 쿠데타 세력에 의해 폐간되었기 때문이다. 이 영인본 또한 직장을 다니던 무렵 교보문고에서 우연히 발견한 즉시 구입한 것이다.

고 쿠데타 발발 3일 후인 5월 19일《민족일보》는 폐간되고, 조용수를
비롯한 민족일보사 간부 여덟 명이 연행된다. 지령 92호. 단 3개월여 동
안 존속했던 신문치고는 그 영향력과 사회적 반향, 그리고 역사적 의의
가 너무나 컸던 신문이었다.

이후 조용수는 '특수범죄처벌에 관한 특별법'이라는 박정희 일파가 만
든 법에 소급 적용되어 구속되었고, 정치적 반대파를 제거하는 통상적
인 방법, 즉 일본 거주 간첩으로부터 돈을 받아 신문사를 설립했다는
등, 평화통일론을 주장해 북한에 동조했다는 등, 훗날 박정희와 그의
추종자들이 늘 써먹어 왔던 빨갱이 사냥 방식으로 형식적인 재판을 받

아야 했다. 결국 조용수는 8월 12일 1심에서 사형 선고를 받고, 10월 31일 상고심에서도 사형이 확정되었다. …

그리고 그해 12월 22일, 조용수는 형장의 이슬로 사라졌다. 나머지 사형 선고를 받은 피고들은 감형을 받아 10년 이내에 모두 석방되었으니, 오직 조용수와《민족일보》를 제거하기 위한 사건이었던 셈이다.

한편《민족일보》가 폐간되고 조용수가 사형 판결을 받자 세계언론인협의회(IPI), 국제펜클럽본부 등이 나서 한국 정부에 항의문을 전달하면서 조용수 구명 운동에 나섰다. 그러나 "하면 된다"고 죽을 때까지 외치던 박정희에게 그런 먹물들의 외침이 들릴 까닭이 없었다.

그렇게 해서 조용수는 죽었고, 이듬해인 1962년 1월 국제저널리스트협회는 조용수에게 '국제기자상'을 추서하여, 용기 있는 언론인의 죽음을 영원히 기렸다. …

그리고 21세기에 들어와 우리는 다음과 같은 기사를 접하게 되었다.

2008년 1월 16일, 서울중앙지법 형사합의22부는 지난 1961년 신군부에 의해 체포돼 '특수범죄처벌에 관한 특별법' 위반으로 사형이 선고됐던 조 사장에 대한 재심 선고 공판에서 조 사장의 무죄를 선고했다. 재판부는 "조 씨에게 적용된 〈특수범죄법〉은 정당이나 사회단체 주요 간

*《한국의 모든 지식》(김홍식, 도서출판 서해문집, 2012) 478–486쪽에서 발췌, 전재.

마지막《민족일보》
1961.5.18.자《민족일보》
마지막 호의 모습이다.

부에게 적용한 법률"이라며, "영리단체인《민족일보》가 사회단체라고
보기 어렵고 조 씨가 사회대중당의 간부로 활동했다는 증거도 없어 공
소사실 자체가 근거가 없다."고 밝혔다.[*]

　그 외에도 무수히 많은 신문과 잡지들이 우리에게 기억이라는
행위의 소중함을 전해 준다. 내 방 곳곳에 자리한 다양한 신문과 잡
지 영인본들은 바로 그 소중함을 내 것으로 만들기 위한 노력의 흔적
들이다.

《해방공간 4대신문》
광복을 맞은 후 우리나라에는
일제강점기에 간행되다가
폐간조치를 당한 후 복간된
《동아일보》와 《조선일보》
만 기억하는 분들이 적지
않을 것이다. 그러나 광복
후야말로 우리나라 언론계의
백화제방百花齊放 시대였으니
무수히 많은 신문들이 다양한
논조論調를 띠며 창간되었다.

1949. 12. 12 / 369

좁디좁은
　책꽂이를
돌아보며

집이 좁다 보니 서재書齋랄 것도 없다. 방 한 칸에 온갖 것을 넣어 두
고 삼면(한쪽 면은 창문이다)이 책으로 둘러싸인 책상에 앉아 하루를
보낸다. 만일 이런 환경에서 다른 일을 1년 365일 하고 있다면 지루
할지 모른다. 그러나 책을 읽고 글을 쓰고 음악을 듣는 일은 매일이
새롭다. 예전에《집안에 앉아서 세계를 발견한 남자》라는 책을 본 적
이 있는데, 충분히 이해가 가는 표현이다. 꽤 많은 분들이 집안에 앉
아서 세계를 발견하는 희열을 느끼며 살아가실 것이다. 그러나 훨씬
많은 분들은 집안에 앉아 있으면 희열보다는 답답함을 느끼실 것이
다. 그리하여 주말만 되면 오천만이 살기에도 좁디좁은 대한민국 천
지는 차량의 물결로 일렁인다.

　　그런데도 온 나라의 언론과 지배 계층은 아이를 낳지 않아서 큰
일이라고 아우성이다. 조금 줄어들어도 좋지 않은가! 아니, 조금이
아니라 꽤 많은 인구가 줄어드는 편이 이 땅에 살아갈 후손들에게는
심리적·경제적 평화를 안겨 주지 않을까! 사람의 숫자가 줄어들면
사람의 가치가 올라갈 것은 자명한 이치니 그 무렵이면 우리 모두 제
대로 인간 대접 받으며 살아갈 수 있지 않을까. 그렇게 되면 비로소

우리 모두 한 권의 책, 한 곡의 음악, 한 점의 미술 작품을 제대로 감상하면서 이 한 번밖에 없는 삶이 주는 가치를 제대로 누릴 수 있을 것이다. 책을 만들고 책을 쓰면서도 나는 책을 읽을 수 없는 처지에 놓인 무수한 이웃들에게 미안하다. "책을 읽읍시다."라는 말이 수많은 이웃들에게 얼마나 사치인지 잘 알기 때문이다.

책을 읽는 것은 사적私的 취향이다. 그러니 몇 학년이면 무슨 책을 읽어야 하고, 대학생이라면 무슨 책을 읽어야 하며, 청춘이라면 무슨 책을 읽어야 한다고 제안하는 것은 가능하면 중단되어야 한다. 책을 읽는 것은 사적 취향이지만 무엇보다도 능동적 취향이다. 같은 정보를 제공하는데도 텔레비전이나 영화가 '바보상자'라는 비판을 받는 것은 수동적 수용 때문이다. 텔레비전을 보면서 눈동자를 굴리는 사람은 거의 없다. 그래서 시신경視神經이 움직이지 않고, 시신경이 작동하지 않는 한 뇌 또한 작동하지 않는다. 반면에 책을 읽는 행위는 능동성을 요구한다. 그냥 눈만 뜨고 있으면 절대 책의 내용이 들어오지 않는다. 텔레비전보다 훨씬 작은 크기의 책을 보는데도 눈동자가 끊임없이 움직이는 것은 그러한 능동성의 결과다. 그래서 그런지 피곤할 때는 나도 책이 눈에 들어오지 않는다. 아무리 재미있는 책이 곁에 있어도 텔레비전을 켜게 된다. 아무리 피곤할 때도 커다란 화면의 영상은 이해가 되지만 손바닥만한 책의 내용은 이해되지 않는다.

책을 읽을 수 있는 삶을 사는 이가 사명감을 느껴야 한다는 것은 바로 이 때문이다. 21세기 대한민국 시민을 5천만 명이라고 가정해 보자. 그렇다면 5천만 명 가운데 책을 읽을 수 있는 경제적·시간적·현실적 여유를 가진 시민의 비율은 과연 얼마나 될까? 9시에 출근해 6시에 퇴근하고 주말에는 아무런 추가 노동 없이 여가를 즐길 수 있으며, 한 달에 4권(일주일에 한 권이다) 정도의 책을 구입하기 위해 약 6만 원을 투자할 수 있는 경제적 여력이 있으며, 자신의 삶을 관장하는 세상을 이해하는 데 필요한 책(요리 책이나 주식 투자 정보 제공 책, 부동산 경매 관련 책은 제외다)을 읽고 이해한 후 자신의 삶을 규정지을 정치·사회적 결정을 내릴 판단력을 갖춘 시민이 대다수일 거라고 여긴다면 당신은 참으로 큰 오류를 범하고 있는 것이다.

내 판단에는 아무리 많이 잡아도 100만 명이 채 되지 않을 것 같다. 거리를 오가며 그곳을 가득 채운 무수히 많은 시민들과 눈길을 마주쳐도 책을 읽을 만한 여건을 갖춘 것으로 보이는 사람이 흔치 않아 보이기 때문이다. 그렇다고 해도 100만 명은 적지 않은 숫자다. 100만 명이 책을 읽고, 세상을 관장하는 보이는 것들과 보이지 않는 것들의 실체를 깨닫고, 이에 저항하면서 그 존재의 사악함을 다른 시민들과 함께 밝힐 수만 있다면 오늘날 대한민국이라는 나라가 이 지경에 이르지는 않았을 것이다.

자살률이니 행복 지수니, 언론의 자유 순위니 하는 지수를 구체적으로 살펴보지 않아도 오늘날 대한민국에서 사는 게 행복하다고 믿는 시민의 비율이 어느 정도일지는 묻지 않아도 알 수 있으니, 그건 대한민국 대다수를 차지하는 시민들의 바람과는 다른 길로 나라가 가고 있기 때문이다. 그리고 그건 배운 대로 행해야 할 사람들이 행하지 않았기 때문이다. 배울 시간도 없고 기회도 주어지지 않는 사람들의 몫까지 행해야 할 의무가 바로 배울 시간과 기회를 가진 사람들에게 있다.

너무 차별적이라고? 세상이 극단적인 차별로 구성되어 있다는 사실을 애써 외면하고자 한다고 차별이 사라지는가? 이 사회는 극단적인 차별이 지배하고 있다. 그러니 배울 기회를 갖게 된 이들은 그들에게 제대로 삶을 살 수 있는 지침을 제공하는 의무를 게을리 해서는 안 되는 것이다. 누가 누구를 가르쳐야 한다는 계몽주의야 말로 먹물 근성의 전형이라고? 가르친다는 것이 왜 나쁜가? 물론 막무가내로 "이거 외워. 무조건 내 말만 들어." 하는 행위를 가르침 이라고 한다면 그건 나쁜 것이 분명하다. 그러나 토론과 대화, 나아가 새로운 세상의 모습을 보여 주는 것이 왜 가르침이 아니란 말인가?

만일 가르치는 것이 배운 자들의 오만이요, 계몽이야말로 신분제 도의 또 다른 모습이라면 그 누구도 책을 읽고 쓸 필요도 없고, 혁명을 꿈꿀 필요도 없을 것이다. 그저 오늘을 사는 모두를 믿고 나또한 하루하루 행복하고 평화롭게 게임하고 골프 치며 살면 될 것이다. 그러나 나는 그렇게 살 수가 없다. 사람보다 더 믿을 만한 것은 사람을 생각하고 행동하게 만드는 지성이라고 믿기 때문이다. 그러하기에 나는 오늘도 책을 읽는다. 책을 통해 생각하고 행동할 시간과 기회조차 갖지 못한 이들에게 더 나은 세상을 전하기 위해 공부하고 행동하는 이들과 그들의 성과물을 배울 수 있기 때문이다.

    랑시에르 철학의 독특한 영역은 민주주의와 평등이라는 낯익은 개념을 둘러싼 '정치'의 재해석에서 발견된다. 통상 자유주의 정치세계에

---

*《즐거운 지식-책의 바다를
항해하는 187편의 지식
오디세이》(고명섭, 사계절, 2011)
90-91쪽에서 발췌, 전재.

서 정치는 이해가 상충하는 개인 또는 집단 사이에서 조정을 통해 합의를 끌어내는 것으로 이해된다. 그러나 랑시에르가 보기에 이런 과정은 정치가 아니다. 이미 정치적 주체로 받아들여진 공동체 주체들 사이의 통치 행위일 뿐이다. 그의 용어로, 이런 정치 과정은 기존 사회질서 유지를 목표로 하는 '치안police'에 해당한다. 진정한 정치 또는 본래의 정치는 '배제된 자들의 주체화'에 있다.

…

주체화란 지배 질서 안에서 보이지 않고 들리지 않던 자신들의 존재와 목소리를 보이게 하고 들리게 하는 것, 정치적 대화와 권력의 행사에서 정당한 상대자(파트너)로 서는 것을 말한다. 그것이야말로 랑시에르가 말하는 '본래의 정치'다.

…

랑시에르는 아리스토텔레스의 경우를 들어 이 문제를 설명한다.

말하는 동물(곧 인간)은 '정치적 동물'이라고 아리스토텔레스는 말한다. 그러나 노예는 언어를 이해할지라도 그 언어를 '소유'하고 있지는 않다.

노예는 '말하는 동물'에서도 '정치적 동물'에서도 배제돼 '보이지 않는 존재'인 것이다. 이 배제를 뚫고 일어서 자신의 언어를 되찾고 자신을 보이는 자리에 세우는 것이 말하자면 랑시에르적 정치다.[*]

어느 날 문득 그런 사실을 깨닫고 쓴 글이다. 사실 위 글을 쓰면서 무척 두려웠다. 아는 체한다는 비난을 듣지 않을까, 내가 정말 이런 글을 쓸 자격이 있는가, 나도 노예 상태에 있으면서 그렇지 않은

서재 그림

듯 착각하고 있는 것은 아닌가, 형식적일지 모르지만 민주주의 사회
에서 누가 누구에게 이렇게 살아야 한다고 말하는 것이 오만은 아닌
가, 한 사람 한 사람이 열심히 사는 것이 사명이지 누구를 위해 살아

야 한다는 것이 사명이 될 수 있는가, 하는 온갖 상념이 머릿속을 가득 채웠기 때문이다. 그래도 쓰지 않으면 이 절망의 시간이 끊임없이 자극하는 '째깍째깍' 소리를 견딜 수 없었다.

그리하여 이 책은 취미의 결과물이 아니다. 이 책은 더 이상 해낼 수 없다는 사실을 알면서도 마지막 한 자락을 붙잡고 안간힘을 쓰는 나 자신에 대한 위로의 편지다. 세상이 무지와 아집, 비합리와 몰상식이 아니라 지성과 관용, 합리와 상식으로 이루어질 거라 믿으며 고통 받는 모든 이웃들과 함께 위로 받고자 쓴 일기인 셈이다.

오늘날 책을 읽어야 할 까닭은 사막에서 바늘을 찾는 것만큼이나 귀한 반면, 책을 읽을 필요가 없는 까닭은 온 세상을 뒤덮고도 남을 만큼 넘친다. 그런데도 왜 우리는 책을 읽는가! 내 책꽂이가, 우리 책꽂이가, 나아가 인류 문명의 보관소이자 창조의 원천인 도서관 서가書架가 질문에 답해 줄 것이라 믿는다. 좁디좁은 곳에 파묻혀 자기 등조차 보여 주지 못한 채 꽂혀 있고 쌓여 있는 책들이 불쌍하다.

김흥식

스물세 살에 평생 출판을 업으로 삼겠다고 다짐했고, 십 년 동안 돈을 모아 서른세 살에 출판사 등록에 성공했다. 그러나 그 후 십 년 동안 헤매면서 모은 돈을 다 소진한 후 다른 일에 종사하며 돈을 모아 마흔세 살에 재도전했다. 그 후 이런저런 책 천여 권을 출판하며 오늘에 이르렀다.

수많은 책을 읽고 기획하고 출판하며 '어떻게 하면 이리도 재미있는 책의 속살을 독자들이 느끼게 할 수 있을까?' 고민하다 마침내 이 책을 쓰게 되었다.

누군가에게는 종이뭉치에 불과할지도 모르는 책 속에 얼마나 놀라운 문명이 담겨 있는지, 수많은 책과 책 사이에 또 얼마나 많은 이야기가 숨어 있는지 전달하고자 하는 욕심이 이 책을 출산하도록 이끌었다.

몇 권의 책을 번역하거나 써서 출간하기도 했는데, 이제는 어엿한 국민 대표 고전으로 자리매김한 《징비록》을 2000년도에 번역, 출간하여 널리 읽히는 책으로 만든 데 가장 보람을 느끼고 있다.

또 어린이 위인전기 정도로 전해 오던 안중근 의사의 거사와 삶을 사료에 바탕하여 재구성한 책 《안중근 재판정 참관기》는 한양대 비교역사문화연구소가 시상하는 '올해의 청소년 역사서'에 선정되었다.

조선시대 선비 김교신의 삶을 놀라운 책의 환상 속에 담은 동화책 《백 번 읽어야 아는 바보》는 경상남도 교육청이 선정한 '경남 독서 한마당' 작품에 선정되는 기쁨을 만끽하기도 했다.

그 외에 《한글전쟁》, 《세상의 모든 지식》, 《행복한 1등 독서의 기적》, 《원문으로 보는 친일파 명문장 67선》, 《그 사람, 김원봉》, 《우리말은 능동태다》, 《광고로 보는 출판의 역사》 등의 책을 썼다.